주무르면 다 고침! 4

강준현 현대 판타지 소설

초판 1쇄 찍은 날 § 2019년 2월 18일
초판 1쇄 펴낸 날 § 2019년 2월 25일

지은이 § 강준현
펴낸이 § 서경석

총괄팀장 § 최하나
편집책임 § 김대용
디자인 § 고성희

펴낸곳 § 도서출판 청어람
등록번호 § 제387-1999-000006호
등록일자 § 1999. 5. 31
어람번호 § 제1-2999호

주소 § 경기도 부천시 부일로 483번길 40 서경B/D 3F (우) 14640
전화 § 032-656-4452 팩스 § 032-656-4453
http://www.chungeoram.com
E-mail § chungeorambook@daum.net

ISBN 979-11-04-91929-9 04810
ISBN 979-11-04-91881-0 (세트)

MODERN FANTASTIC STORY
강준현 현대 판타지 소설
4
주무르면
다고침!
도서출판
청어람

주무르면
다고침!

목차

23. 개원

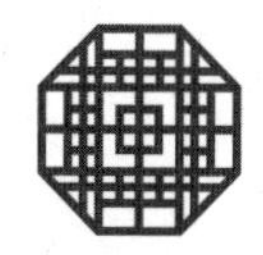

뇌전증은 불치병이 아니다.

약물치료를 통해 60~70퍼센트의 환자가 나을 수 있고, 약물로 치료가 되지 않는 환자들의 경우 다시 수술을 통해 어느 정도 고칠 수 있다.

즉, 전체 뇌전증 환자의 70~80퍼센트는 현재의 치료 방법으로도 완치가 가능하다.

하지만 많은 시간과 돈이 필요하다.

어릴 때부터 성인이 되는 동안 치료를 받는 이들이 허다하다.

또한, 사회생활을 해야 하는 환자의 경우 발작이 일어나면 발작으로 인해 2차 피해만 없길 바랄 뿐 별다른 대책이 없다.

그에 김영태 교수는 그저 먹는 것으로 뇌전증을 치료할 수 있는 약을 개발하길 원했다.

뇌전증을 앓고 있는 이들이 끊임없이 찾아오는 걸 보면 과연 가능할까, 라는 의문이 든다.

두삼이 연구실에서 처음으로 한 일은 기존의 뇌전증 약이 뇌전증 환자들에게 어떤 식으로 작용하는지를 살펴보는 것이었다.

실험에 참여한 환자들은 하루 3회 이상 복용을 하면서도 뇌전증이 계속 발생하는 사람들이었다.

이들은 복용을 하지 않으면 더 자주 경련과 발작이 일어났다.

즉, 복용한 약이 억제 효과는 확실히 있음을 보여주는 환자들이었다.

시간대별로 몸속에 들어간 각각의 약이 어떻게 뇌에 작용하는지 살펴보는 건 흥미로운 일임과 동시에 무척 고된 일이었다.

약에 포함된 성분이 몸에 흡수되면서 뇌를 자극하는 전기적 신호를 찾아야 하는데, 위의 작은 움직임들 모두가 뇌의 신호와 관련이 있다 보니 모래사장에서 바늘 찾기와 비슷했다.

물론 일일이 살펴보는 것이 나쁜 것만은 아니다.

가령 위산을 나오게 전기적 신호를 찾아낼 수 있었는데 나중에 위산 과다 환자를 치료할 때나, 위산 과다 약을 만들 때 써먹을 수 있을 것 같았다.

'하나의 신호만 더 살펴볼까.'

위로 올라가는 신호를 다시 찾으려는데 누군가 어깨를 두드렸다. 김영태 교수였다.

"아! 벌써 끝낼 시간입니까?"

"집중하는 것도 좋지만 쉬엄쉬엄하게. 얼른 점심 먹고 자네 과로 가보게."

"네. 근데… 제가 하는 일이 어떻게 되어가는지 궁금하지 않으세요?"

"고작 일주일밖에 되지 않았어. 지난 5년을 연구해도 실패했던 일이네. 편하게 마음먹게. 그리고 뭔가를 찾았다면 말해줄 거 아닌가?"

"그야 그렇죠. 그럼 고생하십시오, 선생님."

"고생했네. 허허!"

조급한 마음이 없잖아 있었다.

사실 신호를 찾는 것은 끝이 아니라 시작이었다.

신호를 찾으면 치료를 할 수 있는 물질을 찾아야 했고, 물질을 이용해 약을 만든다고 해도 임상 실험을 거쳐야 하니 정말 끝이 보이지 않는 길이었다.

김영태 교수의 말에 마음이 한결 여유로워진 두삼은 든든하게 점심을 먹고 안마과로 향했다.

안마사 중 일부가 바로 교육에 참석을 하지 못한다고 해서 교육은 이번 주로 미뤄졌다.

바로 오늘이 자신이 교육하는 날이다.

"한 선생님, 어서 오세요."

"도 간호사님, 식사하셨어요?"

"네. 선생님은요?"

"먹었죠. 다음에 같이 식사해요. 제가 맛있는 거 사드릴게요. 오늘은 이걸로 만족하시고요."

푸드코트에 사온 먹음직스러운 조각 케이크를 건넸다.

"어머! 케이크네요? 고마워요, 선생님. 커피는 드셨어요? 타드릴까요?"

"에이~ 그럼 제가 커피가 마시고 싶어서 사온 것 같잖아요."

"그럼 어때요? 서로 윈윈인데요?"

그녀는 금세 커피를 타왔다.

"커피 정말 맛있어요. 참! 안마사 교육은 2층 맞죠?"

"네. 2층 치료실에서 하시면 돼요."

"근데 그분들은 어떻게 오시나? 다들 병원 근처에 사시는 것도 아닐 텐데요?"

"출퇴근할 수 있는 병원 버스가 따로 있어요. 이 선생님이 제안하자 원장님이 바로 버스를 구해주셨대요."

"참 대단한 분이네요."

누굴 가장 존경하냐고 묻는다면 당연히 할아버지라고 말할 것이다.

하지만 존경받아 마땅한 사람이 누구냐고 묻는다면 주저 없이 민규식이라고 답할 것이다.

돈을 밝히는 것 같으면서도 돈보다 사람이 먼저다, 라는 말을 가장 잘 실천하는 사람이었다.

자신의 주변에 그런 사람이 있다는 게 운이 좋다고 생각했다.

물론 그러지 않았다면 함께 일할 일도 없었겠지만 말이다.

시간이 다 되었기에 2층 치료실로 갔다.

남자 넷, 여자 넷. 그리고 따로 떨어진 한 명.

"안녕하세요. 한의사 한두삼입니다."

"안녕하세요."

그들은 목소리가 나는 방향을 향해 인사했다.

"거기 따로 앉아 계신 분은 누구시죠?"

"도우미예요."

"그러시군요. 잘 부탁드립니다. 오늘 제가 여러분에게 교육할 것은 비만클리닉 관련 위의 활동량을 줄이는 방법입니다. 그리고 시간이 남는다면 어깨나 허리, 무릎 통증과 관련된 걸 배우겠습니다."

시각 장애를 가진 이들은 손끝이 남들보다 훨씬 예민하고 뛰어났다.

"혹시 더 좋은 방법을 알고 계신 분들은 저에게 스스럼 없이 말해주시기 바랍니다. 자! 그럼 각각 두 명씩 짝을 지어서 위의 활동을 늦추는 방법을 실습해 보겠습니다. 푸는 방법 역시 가르쳐 드릴 테니까 저녁에 입맛이 없을까 걱정하지 않으셔도 됩니다."

"하하하! 호호호!"

시답지 않은 농담에 웃어주다니 참 너그러운 분들이었다.

"점자로 된 매뉴얼은 나눠 드릴 겁니다. 일단 임맥의 하완혈을 손가락 한 마디가 들어갈 정도로 눌러줍니다. 하완혈의 3분의 2를 자극한다고 생각하면 됩니다. 그리고 다음은 족소양담경의 일월혈을 침으로 찌르듯이 삼분의 일, 검지의 반마디 정도 찔러주세요. 우진희 씨, 손 끝에 좀 더 집중하세요. 그렇게 찔러서는 소용없습니다."

"…네. 선생님."

옷에 달린 이름표를 보고 잘못된 부분은 지적을 해주며 설명을 했다.

그런데 실습을 하고 있는 젊은 남자 안마사가 손으로 거리를 짐작하는 것이 아니라 눈으로 보며 혈을 찾는 듯한 행동을 했다.

'후천적 시각 장애인가?'

조용히 다가가 그가 들릴 정도로 말하며 팔을 잡아 위치를 알려주었다.

"이준호 씨, 방금 말한 혈의 위치는 여깁니다."

"아! 죄송합니다. 아직 익숙하지 못해서……."

"한데 시력이 있으세요?"

"…네, 아직……. 윤곽은 보이는 정도랄까요. 점점 나빠지고 있어서 곧……."

"탓하려는 게 아닙니다. 시력이 남아 있는 건 좋은 일이지 나쁜 일이 아니잖습니까. 그리고 모르면 물어보세요. 처음부터 잘하는 건 바라지 않습니다."

"…감사합니다."

시력이 당당함까지 앗아갔는지 이준호는 계속해서 저자세였다.

얼마 전까지의 자신의 모습을 보는 것 같아 안쓰러웠지만 티는 내지 않았다. 그저 조금 더 신경 써주기로 했다.

"자! 여기까지입니다. 잘됐는지 확인해 보겠습니다."

누워 있는 네 명에게 손을 올려 확인해 보니 1명은 확실하게 시술에 걸려 있었다.

"전공효 씨만 성공하셨네요. 다들 좀 더 집중해서 해보세요."

"근데 선생님."

전공효가 입을 열었다.

"성공했는지 어떻게 구분을 하는 거죠?"

"혹시 귀 반사요법 아세요?"

"네. 당연히 알고 있습니다."

"위 반사구를 눌러보세요."

전공효는 누워 있는 안마사의 귀 반사구를 눌렀고 누워 있던 안마사는 인상을 찌푸리며 소리쳤다.

"아아~"

"자! 이번엔 풀어드릴 테니까 다시 한번 해보세요."

몇 곳의 혈을 자극해 풀어버렸다.

전공효는 곧장 다시 반사구를 눌렀다. 그러나 이번엔 비명이 나오지 않았다.

"…신기하군요."

"다시 해보세요. 다시 성공하면 푸는 법도 가르쳐 드리겠습니다. 자자! 성공할 때까지 합니다. 집중하고 계속하십시오."

네 사람이 하는 양을 지켜보며 부족한 부분은 차근차근 설명해 주었다.

"아!"

짧은 비명에 고개를 돌리니 전공효의 자리였다. 그는 두 번째도 성공했다.

"막았던 자리를 안마하듯이 주물러 주세요. 물론 집중을 하셔야 합니다."

"집중하라고 말하는 건, 혹시 기를 이용하는 겁니까?"

"맞습니다. 기를 이용한 안마는 눈에 보이지 않아 증명할 순 없습니다만…….”

“기는 존재합니다!”

전공효는 기가 존재한다고 확신했다. 그가 잘하는 이유가 있었던 것이다.

“저 역시 그렇게 생각합니다.”

볼 순 없겠지만 그를 향해 빙긋 웃으며 말한 후 다른 안마사들을 향해 말했다.

“기는 존재합니다. 여러분이 지금 하고 있는 일은 기가 없다면 설명이 되지 않는 일입니다. 그러니 의심하지 말고 믿으세요.”

‘내가 신이다!’라고 말하는 사이비 교주 같다.

“근데 아까와는 다르게 푸는 것 같았는데요.”

“그건 저만의 방법이랄까요. 원한다면 가르쳐 드리겠습니다만 주무르는 것이 훨씬 편합니다.”

“안마사인데 주물러야죠.”

“저도 같은 생각으로 혈 자리를 만들었습니다. 풀고 나면 두 분은 위치를 바꾸세요.”

위의 움직임을 둔화시킬 방법을 찾다 보니 몇 가지 방법이 있었다.

자신이 한다면 어떤 방법을 써도 상관없지만 다른 이들에게 가르쳐야 하니 최대한 안전한 방법을 찾아야 했다.

혹시나 이러한 안마법이 퍼져 나갔을 때를 대비해 실수를 하더라도, 해법을 모르는 사람이 우연히 성공하더라도 안전해야 했다.

성공해도 사흘에서 나흘 정도 지나면 풀리고 꼼꼼히 마사지를 하는 것만으로도 풀리는, 효과는 떨어지지만 안전을 고려한 방법이었다.

"아, 아~"

또 한 명이 성공했다. 우진희였다.

"풀고 다시 한번 해보세요. 성공하면 교대하시고요."

이준호를 제외하고 세 사람이 성공했다. 그러자 그는 더 당황했는지 손이 더욱 어지러워졌다.

"천천히 해도 돼요. 일단 교체한 후에 유현 씨가 하는 거 몸으로 느껴보고 해봐요."

"…네."

교육은 세 시간이 넘게 진행된 후 끝났다.

일곱 명은 모두 두세 번씩 성공했고 이준호는 마지막에 한 번 성공했다.

"이틀 후에 확인을 다시 하고 다음 단계로 넘어가겠습니다. 안 된다고 너무 기죽지 마세요. 금세 할 수 있을 겁니다. 수고하셨어요."

"고생하셨어요!"

수업을 끝내고 진료실로 내려오자 이방익 과장은 도 간호사와 수다를 떨고 있었다.

제법 친해졌기에 한마디 했다.

"어째 매일 도 간호사님과 수다 삼매경입니다?"

"할 일 없는데 진료실에서 처박혀 있으리? 그리고 방금 클리닉 관련 회의 마치고 온 거거든."

"아직도 결정 안 났어요?"

"오늘 결정 났어. 어떻게 됐을 것 같아?"

"표정에 우쭐함이 가득한 것 보니 비만클리닉은 하기로 했나 보네요."

"…재미없는 놈. 조건부로 가져왔다."

"웬 조건부요?"

"사상체질과에서 절대 포기 못 하겠다고 하잖아. 그래서 우리가 맡는 대신 클리닉 매출 순위 6개월간 3위 안에 들기로 했다."

"못 하면요?"

"훗! 비만클리닉으로 3위 안에 못 들면 사상체질과에 넘기는 게 나아."

"자신감이 엄청 나시네요?"

"왜? 넌 자신 없냐?"

"자신감이 없는 건 아니지만 오지 않는 손님을 어떻게 하시려고요?"

"걱정 말고 개원하는 날부터 이틀 동안은 오전부터 일해라."

"그야 어렵지 않아요. 그거면 돼요?"

"하나 더. 네 실력은 인정하는데 정확하게 어느 정도인지 알아야겠다. 진맥을 통해 그 사람이 어디가 이상이 있는지 파악할 수 있어?"

두삼은 볼을 긁적거리며 잠깐 생각하다 말했다.

"네."

"그럼. 도 간호사 한번 진맥해 봐. 도 간호사는 맞는지, 맞지 않는지 대답해 주고."

"공짜 진료인가요? 자요!"

도 간호사는 냉큼 손을 내밀었다.

“그럼.”

같이 일하는 도 간호사 몸이나 봐주자는 생각에 맥을 잡았다.

손이 하얗게 빛나고 그녀의 몸으로 스며들었다.

“제왕 절개 하셨네요. 근데 수술한 의사가 좀 급하게 마무리 했네요. 가끔 아랫배 부근이 불편하지 않아요?”

“어머! 맞아요.”

“그리고… 척추 추간판 탈출증이 있네요. 허리가 가끔 아프고 오른 다리가 저리겠네요. 심한 건 아닌데 오른쪽으로 가는 신경이 자세에 따라 눌려요.”

“에… 마, 맞아요.”

“신장이 조금 안 좋으세요. 부종이 심할 테고… 하체 비만이 있으시네요. 그건 몸이 차서 그런 거예요. 이럴 경우 생식기에 냉증이 자주 나타나죠.”

“…….”

“이런 경우 성관계를 통해…….”

“그, 그 얘기는 그만해 줄래요, 한 선생님!”

“아! 죄송해요. 그건 넘어가고… 요즘 무슨 걱정 있으세요?”

“…왜요?”

처음엔 놀라더니 이젠 슬슬 걱정이 되나 보다.

“간의 기운에 울증이 있어요. 보통 가슴이 답답하거나 정신적으로 힘들 때 일어납니다. 심하진 않는데 잘못하면 병으로 발전할 수도 있어요. 그리고…….”

"그, 그만해요. 점점 불안해요."

"…위장 장애가 조금 있는 게 마지막입니다."

"허어~ 도 간호사 반응을 보니 다 맞나 보네. 진맥만으로 그 정도까지 파악이 가능하다니, 의료 기기가 필요가 없겠어."

"그 정도는 아니고요. 그리고 설령 볼 수 있다고 해도 환자에겐 검사를 하게 할 겁니다."

"좋은 생각이야. 비싼 의료 기기 본전을 뽑는 것도 중요하지만 기록을 남겨두는 게 더 중요한 법이지. 자! 진료를 마쳤으니 이제 치료를 해야지. 진료실로 가세. 도 간호사도 가지."

"…왠지 무서운데요."

"한 선생 마사지 실력이 얼마나 좋은지 모르나 보군. 말했잖아 마사지 숍도 한다고. 또 해달라고나 하지 마."

도 간호사는 도살장에 끌려가는 소처럼 진료실로 들어왔다.

그러나 마사지를 시작한 지 얼마 되지 않아 공중목욕탕의 따뜻한 물에 들어간 사람처럼 묘한 소리를 냈다.

두삼은 그 모습에 피식 웃으며 말했다.

"항상 맛있는 커피 타주시니까 오늘은 제가 서비스를 팍팍 해드리죠."

"…지금이 좋은 거 같은데요."

"아닐걸요."

기운을 밀어 넣어 임독맥을 몇 바퀴 돌린 후 하체 쪽에 집중했다.

막혀 있는 부분을 일일이 다 뚫기엔 기운도 시간도 부족했기에 큰 맥 위주로 좁혀진 곳을 뚫어줬다.

"…와아~"

끝마쳤을 때 도 간호사는 살짝 상기된 얼굴로 감탄사를 토했다.

"괜찮았어요?"

"괜찮았냐고요? 대단해요, 아니, 훌륭해요. 만일 내가 돈이 있다면 매일 마사지를 받을 거예요."

최고의 찬사였다.

"좋았다니 기쁘네요. 울증은 약을 좀 먹어야 할 거예요. 스트레스를 받지 않는 게 중요하지만 어쩔 수 없다면 기운을 보해야 해요. 제가 준비해 줄 테니 드세요."

"비용은 내가 낼게. 임신했을 때 해주려고 했는데 그때 바빠서 제대로 못 해줬거든."

"비싼 약재 팍팍 넣습니다."

"그렇게 해. 근데 나 역시 한의사라는 걸 잊지 말게."

"흠! 이 기회에 저도 한 첩 먹을까 했는데. 뭐 더 확인할 거라도?"

"됐네. 오늘 정도면 충분해. 그리고 한 첩 해먹어. 다만 각오해야 할 거야."

그가 무슨 생각을 하는지 모르겠다. 다만 각오하라는 말이 거짓말은 아닌 것 같았다.

*　　　*　　　*

크리스마스 때 하란과 직원들과 파티를 한 걸 제외하곤 해가 바뀌어 한 살을 더 먹어도 생활은 달라지는 게 없었다.

아침에 이효원을 치료하고, 병원으로 가 여기저기에 불려 다니며 일하다가 오후에 안마과로 가서 마무리했다.

딱히 불만은 없었다.

쳇바퀴 같은 삶을 살지 않는 사람이 어디 있을까.

게임을 하는 이들도 일일 퀘스트를 하며 쳇바퀴를 돌지 않는가.

스각! 스각!

스케이트 날에 걸리는 얼음을 밀어낼 때마다 들리는 소리가 꽤 상쾌하다.

이젠 스케이트 타는 것도 익숙해져서 이효원의 손을 잡은 채 보조를 맞출 정도는 됐다.

또한 치료를 하면서 어느 정도 대화를 할 수 있을 만큼 내부와 외부를 따로따로 볼 수 있었다.

"우와~ 오빠, 어렸을 때 스케이트를 배웠으면 이름 꽤나 날렸겠어요."

"스승이 훌륭하잖아."

"에? 특별히 가르쳐 준 것도 없는데요?"

"네가 스케이트 타는 걸 봤잖아."

사실 스케이트를 잘 타게 된 것은 말 그대로 이효원 덕분이다.

과거 하란의 어머니, 배영옥의 임독양맥을 뚫을 때 자신의 몸 내부가 똑같이 움직였듯이 이효원을 치료하는 동안 그녀의 근육 움직임, 자세를 계속 염두에 두다 보니 자신의 몸에 적용이 되어

버린 것이다.

이효원을 카피했다고나 할까.

물론 그렇다고 해서 점프를 하거나 회전을 할 수 있는 것은 아니었다.

"그러고 보니 나랑 비슷한 거 같기도 하고. 근데 오늘은 꽤 오래 하네요?"

"잠깐만. 이것만 하면 돼. 됐… 어어~!"

꽈당!

마지막 물꼬를 터준 후 말을 한다고 정신을 잠깐 놓았더니 호되게 넘어졌다.

"오빠, 괜찮아요?"

"괜찮아, 오빠? 손잡아."

두 미인이 각각 손을 내밀었다.

"고맙다. 근데 효원이 넌 넘어지는 사람 잡아줘야지 그 순간 손을 놓아버려? 의리 없게."

"그때 잡아봐야 함께 넘어지는 거예요. 그리고 그게 더 다치는 거고요."

"아~ 네에~ 그러셨어요?"

"진짜라니까요. 근데 방금 뭐가 됐다는 거예요?"

얄밉긴 하지만 어쩌겠는가. 괜히 도와주다가 다치면 그게 더 낭패다.

"네 오른발의 기본적인 틀이 완성됐어. 이제부터 연습해도 돼."

"…진짜요?"

"응. 대신 무리는 하지 마. 여전히 효율은 좋지 않아서 금방 지칠 거야. 그리고 계속 반복하고 지켜봐야 하니까 지금처럼 아침 시간은 빼놓고."

물꼬를 만들어뒀다지만 발로 내려왔다가 올라가는 기운의 양은 대략 15퍼센트이다. 효율은 여전히 좋지 않았다.

덥석! 갑자기 이효원이 두삼을 껴안았다.

"…고마워요, 오빠. 진짜 고마워요."

"이, 인마! 떨어져! 다 큰 애가……."

"조금만요. 조금만……."

조금만이라면서 한참을 안고 있는 이효원.

국민 여동생이 안아주면 좋아해야 하는데 왜 자꾸 하란의 눈치를 보게 되는 건지 모르겠다.

다행히 하란은 등을 토닥여 주라고 제스처를 취했다.

토닥토닥!

"마음고생이 심했지? 애썼다. 하지만 이제 겨우 2단계 종료야. 고맙다는 인사는 다 나았을 때 받을게."

"피이~ 그때 또 안아달라고요?"

"…그 말이 아니거든! 얼른 떨어져… 어어!"

밀치려는 순간 이효원이 휙 하니 떨어지는 바람에 다시 얼음 바닥에 넘어져야 했다.

절뚝절뚝!

두 번째 넘어지면서 타박상을 당했는지 걷는 게 조금 불편했다.

현관을 나서는데 루시가 말했다.

—두삼 님, 대퇴골 타박상이나 골절, 무릎 연골 찢김이 의심되네요. 얼른 병원으로 가셔야겠어요.

"…나 한의사거든. 그리고 병원에 출근하는 중이고."

—다행이네요. 꼭 진료 받으세요.

말을 제대로 알아듣긴 하는 건가?

프로그램이랑 싸워봐야 뭐 하겠는가.

"걱정해 줘서 고맙다. 간다."

—잘 다녀오세요.

"……."

루시의 눈이 되어주는 카메라를 잠시 바라보다가 머리를 긁적이며 밖으로 나왔다.

그리고 오토바이에 올라 어느 정도 벗어난 후에 중얼거렸다.

"뭐야? 마누라같이. 근데 왜 대답을 하고 싶어지는 건지… 사랑이 그리운 건가?"

비루하게 살 땐 결혼을 포기했는데 이제 조금 살 것 같은가 보다.

"쓸데없는 생각 말자. 그나저나 오늘도 춥네."

겨울에 오토바이를 타는 건 다시 생각해 봐야 할 것 같다.

병원에 도착하니 8시 30분.

아슬아슬했다.

"안녕하세요, 한 선생님."

"좋은 아침입니다, 한 선생님."

"어서 와요, 한 선생님. 커피 마실래요?"

한마과의 식구가 늘었다.

도 간호사를 제외하고 각 진료실 간호사와 업무를 보는 간호사, 2층 업무를 보는 간호사까지 다섯이 늘었다.

업무를 보조해 주는 이들까지 치면 다소 북적이는 느낌이 난달까.

"이 선생님은요?"

"오늘 개원이라 그러신지 잔뜩 기합이 들어가 일찍 오셨어요. 근데 어디 아프세요? 자세가 어정쩡하네요?"

"아침에 빙판에 두 번이나 넘어졌어요."

"저런! 조심하지 않으시고. 다치진 않았어요?"

"괜찮아요. 곧 다 나을 거예요."

"…무슨 말이 그래요?"

멍든 피부와 근육을 몸속 기운들이 부지런히 치료 중이었다.

커피를 마시며 간호사들과 얘기를 하고 있는데 이방익의 진료실에서 큰 소리가 들려왔다.

"한 선생! 왔으면 잠깐 얼굴 좀 보자."

"네, 선생님."

안으로 들어가자 그는 평소에 쓰지 않던 안경을 쓰고 서류를 보고 있었다.

도 간호사의 말처럼 개업이라고 살짝 흥분한 모습이다.

'나도 기합을 더 넣어야 하나?'

이미 일상화된 병원 생활이라 딱히 흥분이 되지 않았다. 외과나 응급실처럼 긴박할 만큼 큰 사건은 없었다.

다만 수술실도 몇 번 들어갔을 만큼 서서히 업무 분야가 늘고 있었다.

"밖에 환자는?"

"글쎄요. 우리 과엔 아직 없네요."

"잘됐네. 조금 이따가 내가 부른 손님이 올 거야. 한 선생한테 붙여줄 테니까 솜씨를 마음껏 발휘해 봐. 워낙 관리를 받던 사람이라 별건 없을 거야. 하지만 원하는 바는 확실하게 효과를 볼 수 있도록 해줘. 작은 것도 약간 크게, 생색은 확실하게. 무슨 말인지 알지?"

그가 무슨 말을 하는지 잘 안다.

항상 최악의 경우를 상정해 말하는 것도 비슷한 맥락이다.

환자는 어떤 의사를 좋아할까?

실력이 좋은 의사? 병을 꼼꼼히 잘 설명해 주는 의사? 서비스가 좋은 의사?

상황마다, 환자마다 조금씩 다르겠지만 당장 목숨이 걸린 병에 걸리지 않는 이상 많은 이들은 실력보다 환자에게 친절한 의사를 좋아한다.

정확하게는 환자의 의문을 꼼꼼하게 잘 설명해 주고 해결 방법을 정확하게 제시하는 의사의 실력이 좋다고 생각한다.

물론 환자가 '왜 이렇게 안 낫는 거야?'라는 의문을 가지기 전에 고쳐야 한다는 조건이 붙지만 말이다.

의사 입장에서 보면 하루에 봐야 할 환자들은 많으니 어쩔 수 없다고 할 수 있다.

그러나 좀 더 친절해야 할 필요가 있다. 돈을 받지 않고 하는 무료 봉사를 하는 게 아니잖은가.

아무튼 이런 면에서 보자면 한의사는 의술이 아닌 입으로 먹고 산다는 농담이 있을 정도로 환자와 많은 대화를 나누는 편이다.

피드백이 바로 나오는 병이 아닌, 대부분 환자가 인내를 가지고 병원을 들락날락해야 하는 병을 치료하다 보니 설득을 잘해야 했다.

그러다 비싼 한약재를 팔 수 있으면 금상첨화다.

두삼은 말발이 좋다곤 할 순 없었다.

하지만 악력이 없을 때 3년간 먹고살기 위해 노력하다 보니 어느 정도 단련이 되어 있었다.

“생색은 낼게요.”

“그 정도면 돼. 아! 도착했나 보다. 전화 왔다.”

책상 위의 스마트폰이 울리자 그는 얼른 받았다.

“어, 왔어? 입구 들어와서 15미터쯤 직진해서 오다가 오른쪽으로 보면 안마과 있어.”

그가 전화를 끊고 얼마 되지 않아 노크 소리와 함께 문이 열렸다.

그리고 모자에 마스크를 한 여성이 안으로 들어왔다.

‘연예인인가 보네.’

겨우 보이는 눈과 전체적인 느낌만으로도 연예인임을 알 수 있을 정도로 아우라가 있었다.

“혜원 씨, 어서 와.”

“선생님, 오랜만이에요.”

혜원이라는 이름과 목소리가 S급 스타인 윤혜원임을 알 수 있었다.

"병원에 몇 번 찾아갔는데 선생님이 안 계셔서 얼마나 서운했는데요."

"미안. 갑작스레 효원이를 맡게 되어서 그렇게 됐어. 설마 누가 서운하게 했어?"

"아뇨. 그냥 선생님이 보고 싶어서요."

"하하하! 혜원 씨가 보고 싶었다니 영광이네. 요즘은 어떻게 지내?"

"새로운 드라마 준비한다고 정신없죠. 식단 조절 해도 이제 나이 때문인지 살이 안 빠지네요."

딱 보기에도 말랐는데 살이 뺄 게 있나 싶다.

"그럴 것 같아서 불렀어."

"호호! 선생님이 관리해 주시려나 싶어서 얼른 달려왔어요."

"혜원 씨를 돌팔이인 내가 맡을 수 있나."

"선생님이 돌팔이면 돌팔이가 아닌 사람이 있나요?"

"저기 저 친구. 한 선생, 인사하지. 여긴 톱스타 윤혜원 씨."

"안녕하세요. 한두삼입니다."

"네, 안녕하세요. 윤혜원이에요. 근데 너무 젊어 보이시는데요?"

"저 친구 나이를 거꾸로 먹고 있다니까. 올해 서른넷이라고 누가 믿겠어? 방법을 가르쳐 달라니 돈 주고 받으라고 하더군. 하하하!"

"어머, 그래요? 선생님 말씀처럼 실력이 엄청 좋으신가 보네요."

이방익은 자신을 낮추고 두삼을 띄웠다. 듣고 있던 두삼은 민망함에 말했다.

"과장님도 참… 이 과장님 말씀은 그냥 후배를 띄워주기 위해 한 말이라고 생각해 주세요."

"그야 그렇지만 지금까지 어느 누구에게도 칭찬을 하는 걸 본 적이 없었어요. 제가 느끼기에 실력이 괜찮은 이에게도 실력이 형편없다며 혼을 내셨죠. 아무튼 잘 부탁드려요, 선생님.

톱스타 이미지와 달리 예의 바르게 인사하는 모습에 절로 잘 해줘야겠다는 생각이 든다.

"혜원 씨, 불편한 곳이 있거나 원하는 게 있으면 자세히 말해."

"그래야죠. 근데 혹시 불만족스러우면요?"

"그런 일은 없을 거야. 한 선생, 다른 손님은 내가 맡을 테니 자네는 혜원 씨에게 최선을 다하게."

"네. 그러겠습니다."

자신의 진료실로 가려는데 이방익이 다가오라고 손짓했다.

그리고 귓속말로 속삭였다.

"스타 마케팅 알지? 치료비는 신경 쓰지 말고 보약도 팍팍 지어줘."

윤혜원을 봤을 때 짐작했다.

의사들이 TV에 나오기 위해 1억을 썼네, 1억 5천을 썼네, 라는 말이 떠도는 이유는 출연하고 나면 그만큼 효과가 있기 때문이다.

큰 병원들의 경우 스타 의사를 만들기 위해 일부러 내보내기도 한다.

두삼 역시 나쁘게 생각하지 않았다.

밥도 제때 먹지 못하고, 퇴근도 제대로 하지 못하는 외과 의사들을 존경하지만 솔직히 그들처럼 살 자신은 없었다.

아니, 정확하겐 과거의 일로 그렇게 열심히 살아봐야 각자의 이익 앞에선 아무 소용없다는 걸 깨달았다는 것이 맞을 것이다.

"무슨 말씀인지 알겠습니다. 근데 선생님 개인 병원에 손해가 가지 않겠습니까?"

"손해는 무슨. 그리고 병원 팔았어."

"에? 선생님 이름으로 된 곳이잖아요?"

"이름은 계속 쓰는 조건이야. 물론 내가 없다고 해도 잘 돌아가는 곳이고."

언뜻 이해가 되지 않았다. 그러나 곧 떠오르는 것이 있었다.

"아! 그래서 저한테 맡기신 거군요."

"무슨 짐작인지 알겠는데 반만 맞아. 사실 내가 해도 상관없어. TV 출연도 1년 후부터는 마음대로 할 수 있고. 그저 내가 키운 병원을 팔아놓고 대대적인 영업을 하는 건 도의적으로 옳지 않다고 생각한 것뿐이야. 무엇보다도 우리 분야에 유명한 사람이 많을수록 내 목적이 빨리 달성되지 않겠어?"

대인배라고 해야 하나, 아님 정상을 밟아본 사람이라 그런지 아주 쿨했다.

"왠지 어깨가 무겁네요."

"무거우라고 한 말이야. 3등 안에 들어야 할 거 아냐. 그러니 신경 써. 하하하!"

그는 가벼운 농담으로 기분까지 풀어줬다.

"한 선생님, 준비됐습니다."

누삼의 담당 천 간호사가 준비가 되었음을 알렸다.

"수고했어요. 갈게요."

천 간호사와 함께 진료실로 들어갔다. 옷을 갈아입은 윤혜원이 진료 침상에 앉아 있었다.

마스크를 벗고 있었는데 TV로 볼 때보다 훨씬 예뻤다. 하지만 매일같이 하란을 봐서인지 심장이 빨라지는 일은 없었다.

"진맥 좀 해볼게요. 혹시 불편한 곳 있으세요?"

맥을 잡으며 물었다.

"다이어트 때문에 기운이 좀 없어요. 그리고……."

말을 하다가 천 간호사를 흘낏 봤다.

치료할 때 혹시 오해를 받을 수 있었기에 함께 들어온 것인데 불편한 모양이다.

"천 간호사님, 잠시 자리 좀 비켜주실래요?"

천 간호사가 나가고 나자 입을 열었다.

"아랫배의 살이… 좀 그래요."

"알겠습니다. 그건 잠시 후에 보기로 하죠. 음, 다이어트를 자주하시죠?"

"아무래도 그렇죠. 집에 있을 때 살짝 살이 쪘다가 속된 말로 입금되면 빼죠. 많이 안 좋나요?"

"내부 장기의 기가 많이 쇠했습니다. 충분히 쉬면서 관리를 받는 게 좋습니다."

"다이어트 할 땐 항상 그래왔어요. 이번엔 조금 심한 정도?"

윤혜원의 상태는 더할 것도 없이 상당히 안 좋았다.

말투를 보아 그녀 자신은 버틸 수 있다는 투다.

스타 마케팅을 해야 하는 입장에선 이런 경우 듣기 원하는 대로 말해주고 뱃살에 더 신경 써주면 훨씬 이익이 될 것이다.

그러나 보지 않았다면 모를까 이대로 둘 순 없었다.

두삼은 진지한 표정으로 설명을 이었다.

"육체는 스스로 복구하는 단계가 있습니다. 그 기준을 50퍼센트라 생각할 때 50퍼센트 이상이면 자고 일어나는 것만으로도 70퍼센트, 80퍼센트로 복구가 가능합니다. 하지만 50퍼센트 아래로 내려가면 그때부턴 몸을 갉아먹게 됩니다."

"…제 상태가 50퍼센트 이하라는 소리인가요?"

"솔직히 그렇습니다."

"……."

윤혜원은 살짝 인상을 찌푸렸다. 믿고 싶지 않았다는 눈빛이다.

설명을 통해 환자에게 정확하게 병을 설명하는 건 의사의 몫이었다.

"아마 스스로도 어느 정도 느끼고 있을 겁니다. 생리가 뜬금없다 할 정도로 불규칙하고, 피부는 광채를 잃어가고, 자고 일어나도 개운하지 않을 겁니다. 현재 소화 기능도 좋지 않아 뭔가를 먹어도 더부룩할 겁니다. 거기에 변에서 냄새도 많이 날 거고요. 두통도 꽤 심했겠네요. 눈도 쉬이 충혈될 테고요."

큰 문제는 없었다.

그러나 몸 전체가 약해져 있는 것이 어떤 병이든 시작될 수 있는 환경이었다.

읊은 말들이 다 맞았는지 그녀의 눈이 흔들렸다.

"…그럼 어떻게 해야 해요? 한약을 먹어야 하나요?"

"한약도 당연히 필요하겠지만 지금은 쉬면서 음식으로 몸을 보하는 게 우선입니다."

"쉴 수가 없어요. 다음 주부터 촬영 시작이고 각종 스케줄도 시작돼요."

"미룰 순 없습니까?"

"없어요. 잘하면 몇 개쯤."

윤혜원의 말투에서 두삼은 자신에 대해 의심을 하고 있다는 걸 깨달았다.

만약 '당신은 암입니다'라고 말했을 때도 스케줄을 걱정했을까?

"처음 진맥을 해서 제 말이 믿기 힘든가 보군요?"

"…솔직히 그러네요. 며칠 전 병원에서 진료를 받았는데 특별한 이상이 없다고 했거든요."

"그럼 이 선생님께 진료를 받아보시겠어요?"

"이해해 주신다면."

천 간호사에게 이방익을 불러달라고 했다.

"허어~ 도대체 무슨 일인데 날 부른 거야? 검증받을 일이라도 있나?"

"설명은 조금 뒤에 드릴 테니 혜원 씨 진맥을 해보시죠."

"음! 이런 분위기 별론데……."

그는 너스레를 떨며 윤혜원의 맥을 잡았다. 그러고는 잠시 후 표정이 심각해졌다.

"잠깐만 엎드려 볼래?"

그는 혈을 눌렀다가 떼고 원래대로 돌아오는 반응을 보며 장기의 상태를 파악했다.

두삼만큼 손쉽고 상세하게 증세를 찾을 수 없다 뿐이지 진단에 일가견이 있는 그였다.

"혜원 씨, 안 보는 동안 무슨 일이 있었어?"

"…많이 안 좋아요?"

"응. 당장 쓰러져도 이상하지 않을 정도야. 도대체 그동안 몸 관리를 어떻게 했기에… 혹시 한 선생도 같은 진단을 했나?"

두삼은 고개를 끄덕인 후 좀 전에 봤던 그대로 설명했다.

"음, 원인은 뭐라고 생각하나?"

심각한 병이 있느냐는 질문.

"원인은 잦은 다이어트와 힘든 생활로 몸의 균형이 깨진 게 아닐까 생각합니다. 아마 최근 거의 잠을 자지 못했을 겁니다. 그에 잠들기 위해 술을 마셨을 테고요."

"…그걸 어떻게?"

"잠이 들지 않을 때 사람들은 보통 약을 먹거나 술을 마시죠. 운동을 하는 사람도 있겠지만 근육량을 볼 때 그건 아니고요."

"……."

이방익까지 같은 결론을 내리자 윤혜원은 두삼의 말을 믿을 수밖에 없었다.

거기에 다시 자신의 최근 생활 패턴까지 맞추자 기겁을 할 만큼 놀랐다.

대답은 이방익이 했다.

"말했잖아. 이 친구 진짜 최고라고. 근데 한 선생, 치료는 어떻게 할 생각인가?"

"글쎄요. 한 달 정도 입원시켜서 완전히 회복시키는 게 좋을 것 같긴 하지만…….”

“쉬면 좋다는 걸 누가 모르나. 하지만 한창 바쁜 시기라 쉽지 않을 거야. 그렇지 않아, 혜원 씨?”

“일주일 정돈 괜찮아요.”

“일주일이면 솔직히 난 자신 없어. 한 선생은 어때?”

“일주일 만에 몸을 정상으로 만들기 위해선… 아닙니다.”

방법은 있었다.

자신의 기를 불어넣어 준 후 그녀의 몸에 스며들게 해주면 됐다.

하지만 말하려다 보니 해야 할 일이 너무 많았다.

게다가 쉬면서 조금만 신경 써도 나을 수 있는 일에 기운을 소모했다가 혹시 갑작스레 일이 발생하면 그보다 낭패일 수 없을 것이다.

이방익은 한쪽 구석으로 두삼을 이끌더니 윤혜원이 듣지 못하게 낮은 목소리로 물었다.

“뭔 말을 하다가 말아? 일주일 만에 해결할 방법이 있다는 말이군?”

“잘하면요. 하지만 이 치료에 제 기를 다 소모해 버리면 다른 일을 못 합니다.”

“부탁하지. 해줘. 다 소모하라는 얘긴 안 할게. 다만 일주일간 최선을 다해줘.”

“스타 마케팅이야 다른 사람으로 하면 되지 않아요?”

“물론 그렇지. 다른 사람들도 몇 불렀거든. 하지만… 내가 혜원 씨 광팬이라 그녀가 나오는 드라마가 보고 싶은 것뿐이야.”

믿으라고 하는 소린지. 물끄러미 바라봤는데 사뭇 진지하다.

'드라마 광이라는 건가? 음… 내가 효원이를 치료하게 된 것도 비슷한 이유이니 탓할 순 없지. 게다가 첫 손님을 그냥 보내기도 뭐하고…….'

머리를 긁적이던 두삼은 윤혜원에게 말했다.

"지금부터 안마를 해드릴 테니 직접 겪어본 후에 저에게 치료를 받을지 결정하세요."

당연한 말이지만 두 사람이 왈가왈부해 봐야 윤혜원이 싫다면 할 수 없는 일이다.

"…그래요."

"안마를 통해 제 기운을 혜원 씨의 몸에 스며들게 한 후에 온전히 혜원 씨의 것이 되게 할 거예요. 많은 양은 아니지만 한결 편해질 겁니다."

"기 치료란 소린가요?"

"네. 가볍게 머리 마사지부터 할 거예요. 아픈 곳이 있다면 그만큼 건강이 좋지 않다는 것이니 조금 참으세요. 그 후엔 기분이 좋아질 거예요."

두삼은 가볍게 손을 푼 후 그녀의 작은 머리에 손을 올렸다.

"시작할게요."

은은하게 빛나는 두삼의 손이 움직였다.

*　　　*　　　*

스타 윤혜원은 물이 들어왔을 때 노를 저어야 한다는 생각을 가지고 있었다.

그에 일 년에 300일 이상 일했다. 물론 무분별한 이미지 소비를 막기 위해 1년의 절반 이상은 해외에서 활동했다.

한데 최근 몸이 예전 같지 않다는 생각이 들었다.

병원에 가서 링거를 맞아도 그때뿐이고 설명하기 힘든 묘한 기분에 잠을 못 자서 술에 의지해 잤다.

나이 때문인가 싶어 계획된 스케줄을 마치고 일을 줄여야겠다고 생각하고 있던 차에 과거 인연이 있던 이방익에게 전화가 왔다.

—건강 검진받는다고 생각하고 한번 와.

한강대학병원으로 자리를 옮겼다는 그가 왜 전화를 걸었는지 잘 알고 있었다.

자신의 이미지를 이용한 스타 마케팅을 하기 위함이 틀림없었다.

그녀는 트렌드 세터(Trend Setter)로 좋은 것이 있으면 다른 사람들과 알리고 공유하는 걸 좋아했다.

그렇다고 공짜로 서비스를 받고 좋지 않은 걸 좋다고 말하진 않았다.

만일 실력이 없는 이가 이방익처럼 눈에 보이는 행동을 했다면 절대로 방문하지 않았을 것이다.

하나 이방익은 달랐다.

좋지 않은 건 권하지 않았고, 꼭 스타 마케팅 때문에 권하는 것도 아니었다. 삼촌이 어린 조카를 보는 것처럼 본달까.

아무튼 그의 실력을 알기에 진맥을 받아볼 겸해서 방문을 했다.

한데 뜬금없이 젊은 한의사를 자신에게 붙여주는 게 아닌가.

약간 불만이 있었지만 실력이 좋다니 일단 지켜볼 수밖에 없었다.

설왕설래 끝에 의심을 다 거두지 못하고 머리 마사지를 받기 시작했다.

만약 아플 거라고, 아픈 게 몸이 좋지 않아서라고, 곧 시원해질 거라고 말하지 않았다면 당장 일어나 욕을 퍼부었을 만큼 그의 손은 매섭도록 아팠다.

정말 오랜만에 욕이 머릿속에 가득 찼다.

한데 잠시 후 똑같은 곳을 누르는데 거짓말처럼 아프지 않았다.

시원하고 맑은 하늘처럼 세상이 또렷해지는 느낌이었다. 직접 경험을 해서인지 믿음이 조금씩 생겼다.

머리가 끝나고 그의 보드라운 손은 목으로 내려갔다.

'악! 이런 거지 신발 같은 놈!'

조금 생기던 믿음은 순식간에 깨졌다.

눈앞이 새하얗게 보일 정도로 아팠다. 그리고 잠시 후 다시 평화.

어깨, 등, 허벅지, 다리, 발바닥까지 정말 지옥과 천국을 오갔다.

"아픈 건 끝났어요. 이제부턴 편안할 거예요."

아픔을 참느라 지친 그녀는 그의 말이 사실이길 간절히 빌었다.

"으음~"

사실이었다.

그의 손이 닿을 때마다 몸이 녹아내리는 듯한 기분을 느껴야 했다.

묘한 기분이었다. 편안함이 극에 이르면 이럴까, 아님 쾌락의 끝에 닿으면 이럴까.

'아! 영원히 끝나지 않았으면…….'

두삼의 손길이 끝나지 않길 바라며 그녀는 깊은 잠에 빠져들었다.

"…그때 잠들어서 지금까지 잤다고?"

막 침대에서 일어난 윤혜원은 매니저에게 물었다.

"응. 코까지 골며 하도 곤히 자기에 저녁에 약속 있는 건 내가 취소시켰다. 기분은 어때?"

"글쎄, 잠을 푹 자서 날 것 같은 기분이면 좋을 텐데 그저 평소에 비해 조금 좋아진 정도?"

이상했다. 잠들기 전의 기분이었으면 지금도 기분이 좋아야 정상인데 그저 그렇다.

"헐~ 젊은 의사 말이 맞았네."

"뭐라고 했는데?"

"자고 일어나도 컨디션이 안 좋을 거라고 그러더라. 자기의 기운을 아무리 보탰다고 해도 부족하다나 뭐라나. 그러니 데리고 갈 생각 말고 입원시키래."

"입원하래?"

"응. 협박 비슷한 말도 하더라."

"웬 협박?"

"입원 안 하면 자신도 치료를 포기하겠대. 뭐라더라? 너한테 쏟는 힘을 다른 곳에 쓰면 수십 명의 병은 낫게 할 수 있다나 뭐라나."

"…재미있는 의사네."

"얘기해 보니까 괜찮은 친구더라. 어떻게 할 거야?"

"배고파. 일단 먹고 생각해 볼래."

"알았어. 잠시만."

배고프다는데 매니저는 전화기를 들었다.

"뭐야? 배달 음식 먹으라고? 싫어. 그냥 오빠가 푸드코트에 가서 사와."

"아닌데. 너 일어나서 밥 찾으면 그 의사가 자신이 갖다준다고 연락하라고 했어."

"병원식은 싫은데……."

"전해줄게. 아~ 여기 7층 특실인데요. 혜원이 이제 깨어났어요. 배고프다는데… 아! 그리고 병원식 말고… 아하~ 병원식이 아니라고요. 네네."

전화를 끊는 것을 보고 물었다.

"…뭐래?"

"병원식 아니래. 대신 데워야 할 것이 있어서 20분만 기다리래. 배 많이 고프면 냉장고 안에 넣어둔 차 마시고 기다리란다."

"배고픈데… 차라도 줘."

한의사가 준 차라고 해서 쓴 한약을 달인 물이라고 생각했는데 포도주처럼 진한 자주색이었다.

"달콤하고 맛있어. 복분잔가?"

달콤한 걸 먹어서인지 음식이 올 때까지 배고픔을 잊을 수 있었다.

똑똑!

"식사 가져왔습니다."

문이 열리자 두삼이 카트에 뭔가를 잔뜩 싣고 들어왔다. 카트 밑 공간엔 커다란 압력솥까지 있었다.

"…뭐예요?"

"한약재를 넣어 끓인 백숙과 원기 회복에 좋은 음식들입니다. 천천히, 가급적 다 드세요."

"이걸 다요? 저 다이어트 중인데?"

"다이어트는 잊으세요. 어차피 다 먹어도 살찔 일은 없을 거예요. 매니저님, 매니저님도 한 마리 드시면 될 거예요. 다른 건 많이 먹지 마세요. 대부분 음기가 강한 것들이라 많이 먹으면 오히려 건강에 안 좋아요."

"아! 전 신경 안 써도 되는데. 아무튼 감사합니다."

"참! 치료는 하기로 하셨어요?"

윤혜원은 대답 대신 카트 위에 있는 음식들을 물끄러미 바라보다가 반문했다.

"매끼 이렇게 먹는 거예요?"

"글쎄요. 아침은 병원식으로 먹거나 사먹어야 할 거예요. 점심과 저녁은 제가 시간이 되면 가급적 해드리겠지만 힘들 땐 제가 지정해 주는 걸로 먹으면 돼요."

"…이걸 선생님이 했다고요?"

"맛이 이상할까 걱정되는 거라면 염려 놓으세요. 나쁘진 않을 겁니다. 그리고 설령 나빠도 드세요. 보기엔 이래도 약이에요."

'이 의사 도대체 뭐야?'

한의사니 약이야 직접 끓일 수 있지만 음식까지 직접 할 줄이야…….

음식이 웬만한 음식점에 견주어도 될 만큼 깔끔하다.

게다가 맛있는 냄새가 코끝을 자극했다.

"얼른 결정해 주세요. 내려가서 또 다른 손님도 봐야 하고 틈틈이 저녁 준비도 해야 합니다."

"…입원할게요."

"잘 생각하셨어요."

"근데 아까처럼 마사지를 받는 거예요?"

솔직히 아까 느꼈던 기분을 다시 느끼고 싶었다. 가급적 잠들지 않고 끝까지.

"지금 두 시네요. 다섯 시에 와서 다시 안마를 할 거니까 그렇게 아시고 쉬세요. TV는 괜찮지만 스마트폰은 자제하시고 담배는 피우지 마세요. 정 당기면 전자 담배로 피워요."

할 말을 마친 두삼은 살짝 고개를 숙인 후 병실 밖으로 나갔다.

그의 뒷모습을 물끄러미 바라보던 윤혜원은 매니저를 날카롭게 쳐다보며 말했다.

"담배 피운다는 거 오빠가 말했어?"

"아니! 숨겨도 시원찮을 판국에 내가 왜?"

"진맥으로 안 건가? 그나저나 오빠가 피우는 전자 담배가 일반 담배보다 더 나쁜 거 아냐?"

"아니거든! 90퍼센트 이상 덜 나빠. 다른 나라에선 금연 보조제로 이미 인정받고 있어."

"근데 TV에서는 왜 더 나쁘대?"

"그건 말하자면 길어 나라에서 세금……."
"길면 됐어. 일단 밥부터 먹자. 냄새 때문에 더 이상 참을 수가 없어."
"지가 물어놓고… 기다려. 손 데면 어쩌려고. 내가 챙겨줄 테니까 넌 가만히 앉아 있어."
매니저는 얼른 다가가 압력 밥솥 뚜껑을 열었다. 순간 입맛을 당기게 하는 한약재 냄새가 확 올라왔다.
"이야! 보약이네, 보약. 어서 먹자."
매니저가 퍼서 주는데 작은 영계가 아니라 토종닭인 듯 아주 컸다.
'다 먹으라는데 돼지도 아니고 어떻게 다 먹어?'
사실 닭 말고도 샐러드, 전, 반찬 등 먹을 게 너무 많았다.
못 먹으면 남기면 되겠지, 라고 생각을 하며 숟가락으로 고기의 일부와 국물을 떠먹었다.
"……!"
"헐~ 그 친구 의사가 아니라 식당을 해야겠다. 너무 맛있지 않냐? 게다가 몸도 마구 좋아지는 기분이고."
매니저의 말이 자신이 하고픈 얘기였다.
맛있게 허겁지겁 먹는 그녀.
어느새 모든 접시들은 서서히 비워가고 있었다.

24. 뜻밖의 선물을 받았다면
돌려주는 게 예의다.

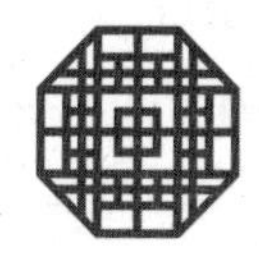

이방익이 연예계 인물들 사이에서 발이 넓다는 걸 알게 된 이틀이었다.

배우, 가수, 개그맨, 아나운서, 운동선수 등 남녀노소를 막론하고 안마과에 찾아왔다.

그리고 그들이 다녀간 후 일주일 정도가 지나자 안마과의 손님이 서서히 늘었다.

아직까지 안마가 치료라는 인식이 없어서인지 치료를 위해 오는 손님은 드물었고 대부분이 다이어트 때문에 왔다.

"허벅지의 살을 조금만 더 뺐으면 하는데 굶어도 잘 되지 않아요."

원피스에 줄무늬 스타킹을 신은 아가씨가 자신의 두껍다(?)는 허벅지를 보여주며 말했다.

'도대체 어디가 두껍다는 건지…….'

그녀의 허벅지를 보며 속으로 중얼거렸다.

얇은 발목에 늘씬한 종아리, 거기에 적당한 두께의 허벅지는 어느 남자가 보더라도 잘 빠졌다고 엄지를 치켜세울 정도였다.

한데 여자는 그렇게 생각하지 않는 모양이다.

허벅지 두께에 불만이 있어 찾아온 이에게 '당신의 허벅지는 이미 날씬한 허벅지입니다!'라고 말해 봐야 좋은 소리는 못 듣는다.

그녀가 원하는 건 스스로의 만족이었다.

"잠깐 진맥을 해볼게요."

손목을 잡고 기를 보냈다.

'음, 몸 관리는 꽤 잘했네.'

허벅지로 기를 보내면서 몸의 상태도 간단히 체크를 했다.

기가 무한하지 않았기에 찾아온 손님마다 몸 구석구석을 살펴볼 순 없었다.

나머지는 맥의 상태로 짐작만 할 뿐이다.

'타고난 근육이 많구나. 굶는다고 빠질 허벅지가 아니야.'

물론 몸이 망가질 때까지 굶으면 빠지겠지만 그 정도까지 몸을 혹사시키는 스타일은 아니었다.

"어느 정도 빼길 원하시죠?"

"선생님께 상담을 받은 언니 말로는 몸의 밸런스도 잘 보신다면서요? 저도 보시고 선생님이 결정해 주세요. 그래서 일부러 달라붙는 옷을 입고 왔는데."

그런 소문은 또 언제 퍼진 건지.

언니라는 이가 지난주 왔던 연예인인가?

이 추운 날 입기엔 조금 과한 의상이라고 생각했는데 그런 의도가 있었구나.

"…제 눈이 정확하다곤 할 순 없는데……."

"봐주세요."

"원한다면 봐드려야죠. 잠시 점퍼를 벗고 일어서서 천천히 돌아보시겠어요?"

"보기 좋게 원피스를 살짝 더 올릴까요?"

너무 적극적이다.

"…조금만요."

조금만이라고!

아무리 스타킹을 신고 있다고 해도 끝 선까지 올리면 시선을 두기가 애매했다.

가끔 가슴을 성형하는 의사들은 수술할 때 무슨 생각을 할까 싶다.

시간이 지나면 아무렇지 않게 볼 수 있을지 모르겠지만, 아직까진 의사가 아닌 남자의 시선으로 보게 되는 경우가 있었다.

그럴 때 혹시라도 옆에 서 있는 천 간호사와 눈이 마주치면 참 민망하다.

최대한 담백한 시선으로 미인 대회 심사 위원이 된 듯이 몸매를 천천히 살폈다.

"뒤돌아서 걸어보세요."

가만히 서 있을 때는 모르지만 걷다 보면 단점이 보이기도 했다.

이번에도 그 경우였다.

걸을 때 엉덩이 밑살이 살짝 도드라져 보였는데 허벅지 살이 쪄서가 아니라 엉덩이가 살짝 처져 있었다.

"됐습니다. 걸을 때 엉덩이 밑살이 살짝 접히는데 그것만 없어질 정도로 케어를 받으면 될 것 같아요."

"얼마나 걸릴까요? 다다음주에 친구들과 워터 파크에 가기로 했거든요."

"일주일에서 열흘 정도 걸릴 겁니다. 혹시 케어를 받아야 할 곳이 또 있습니까?"

"아랫배도 조금."

"알겠습니다."

위층 안마실에 전달될 진료 차트를 작성하는데 여자가 조심스레 물었다.

"안마는 선생님이 해주시는 건가요?"

"경우에 따라선 합니다. 물론 원하지 않으시면 안마 치료실로 바로 가셔도 됩니다."

"저의 경우는 어떤데요? 언니가 꼭 선생님께 받으라고 해서요."

그놈의 언니 쓸데없는 소리 많이도 했다.

"하는 편이 좋습니다. 다만 위치가……."

"해주세요. 선생님의 시술을 시술로 받아들이지 못한다면 오지 않았을 거예요."

오히려 자신보다 여자 손님의 마인드가 더 쿨했다.

'곧 의사의 마인드가 되겠지.'

현재처럼 진행된다면 오래 걸리진 않을 것 같다.

살을 빼는 시술은 여러 가지가 있다.

지방 흡입 수술, 지방 분해 주사, 냉각 지방 분해술 따위들로 지방 흡입 수술은 빨대 같은 기구를 이용 지방층에 삽입해서 빼내는 것이고, 지방 분해 주사는 지방 분해에 이용되는 여러 약물, SL, HPL, PPC, 카복시 등을 투입해서 지방을 분해하는 것이다.

한데 이러한 지방 제거 시술들은 다 부작용을 가지고 있었다. 특히 목숨까지 잃을 수 있다는 점에서 안마를 통한 살 빼기와는 차이가 있었다.

'기가 온전히 차 있을 날이 없네.'

두삼의 경우 지압과 함께 효과를 높이기 위해 기를 조금씩 이용해 지방을 분해했다.

하지 않아도 되는데 조금 더 빨리 치료를 마치기 위해서였다.

분해된 지방은 혈액으로 들어가 배출되는데 운동을 하지 않으면 다시 쌓일 수 있다는 부작용도 있어서 때에 따라선 신진대사를 빠르게 하는 방법도 병행했다.

물론 이번 환자의 경우는 그렇게까지는 필요 없었다.

엉밑살의 지방을 일부—한꺼번에 제거하는 우를 범하진 않았다—제거하고 허벅지의 근육을 풀어주는 것으로 마무리 했다.

"밖에 가셔서 예약 정하신 후 2층으로 가시면 됩니다. 천 간호사님."

"…수고하셨어요. 언니 말씀처럼 정말 잘하시네요. 다른 곳에서는 많이 아프던데."

운동의 고통이 싫어 시술을 받지만 양의학석 시술이든, 한의학적 시술이든 역시 아프다.

"하하! 제가 좀 합니다. 다만 혹 동생분이 계시면 제가 잘한다는 건 비밀로 해주세요."

"어머, 왜요?"

"접수 데스크에서 예약 시간을 잡아보면 아시겠지만 점점 바빠지네요."

"제 시술이 다 끝나면 말할게요. 그럼 되는 거죠? 호호!"

똑똑하기도 하셔라.

손님이 나가고 천 간호사를 봤다.

다음 손님을 들여보내라는 신호였다. 한데 고맙게도 고개를 살랑살랑 흔들었다.

없다는 뜻이다.

"천 간호사님도 잠시 쉬세요."

"네, 선생님."

잠시 숨이나 돌릴까 했는데 쉬는 꼴을 못 보겠다는 건지 류현수가 들어왔다.

"이야~ 여긴 천국이네, 천국. 우리 과는 노인분들이 대부분인데. 방금 나간 여성분은 무슨 일로 온 거예요?"

"…또 왔냐? 2차 시험 준비는 안 하냐?"

류현수는 1차 합격 후 병원에 가끔 나왔다.

"머리 식힐 겸, 병원 분위기도 익힐 겸 왔어요."

"그럼 너희 과로 가지 왜 여기로 와?"

"형도 참 섭섭하게. 근데 방금 그 여성분 막 주무른 거예요?"

"…안마거든."

"업어 치나 메어치나. 형, 나 안마과 하면 안 될까요? 잘할 자신 있는데."

"은수한테 그대로 전해줄게. 네가 여성들의 몸을 주무르고 싶어 한다고 말이야."

"안마죠."

"사심이 들어가면 추행이다."

"…농담이에요, 농담. 근데 비만클리닉이라고 해서 정말 심각한 사람들이 오는 줄 알았는데 아닌가 봐요?"

"나도 처음엔 그럴 줄 알았는데 이 선생님께 들으니 고도비만 환자들의 경우는 의외로 많지 않대."

"아하! 무슨 말인지 알 것 같아요."

류현수는 손가락을 튕기며 아는 척했다.

"날씬해지고 싶다는 욕망은 결국 타인에게 잘 보이고 싶다는 본능이죠. 칭찬이 고래를 춤추게 하듯이 인정받은 이들이 더욱 예뻐지고 싶어 더 자주 찾는다는 말이죠? 고도비만인 이들은 타인에게 잘 보이고 싶다는 본능보단 먹고 싶다는 본능이 더 큰 거고요."

"일반화할 순 없지만 지금까진 그런 것 같다. 나도 쉬어야 하니까 할 말 있음 얼른 하고 가."

"재미있는 소문 얘기해 주려고 왔는데 서운하네요. 듣기 싫음 말고요."

"응. 말아."

류현수는 대학 다닐 때도 저런 식으로 말하곤 했다.

대부분 누가 누구와 사귄다는 얘기였기에 들을 가치는 없었다.

"에이~ 형과 나 사이에 비밀이 있으면 안 되잖아요. 제가 특별히 말해 드리죠."

넉살이 좋은 건지 남의 말을 귓등으로 듣는 건지 류현수는 두삼의 말을 개의치 않고 말을 이었다.

"형, 혹시 본관 쪽 정체불명의 마스크맨에 대해 들어봤어요?"

달갑지 않은 얘기다.

"…그런 얘긴 어디서 들었냐?"

"어디서 듣긴요, 본관 간호사들에게 들었죠. 근데 말투를 들어보니 형도 알고 있었나 보네요?"

"병원에서 마스크 쓰고 다니는 사람이 한둘이냐? 게다가 미세먼지 때문에 쓰고 다니는 사람도 많고. 그런 헛소문을 듣고 다니다니 할 일도 없다."

"소문을 듣고 분석해 본 결과 헛소문으로 치부할 게 아니라니까요."

'전문의 2차 시험 준비하는 놈이 그런 소문을 분석할 시간도 있고 잘한다.'

두삼의 마음을 알 리가 없는 류현수는 계속 말을 이었다.

"전에 강변북로에서 큰 사고가 났을 때부터 본격적으로 나타났다더군요. 척 보는 것만으로 환자의 상태를 알아맞히고, 손을 가볍게 대는 것만으로도 피가 멈추고 바이탈이 안정을 되찾는대요. 이후로 소아과, 혈관내과, 신경과에 자주 나타나 환자들을 치료한다는데. 정말 대단하지 않아요?"

"…넌 그런 허황된 말을 믿어? 그런 게 실제로 가능하다고 보냐?"

스스로를 부인하는 것 같아 기분이 좋진 않았지만 마스크맨에 대한 얘기는 멈추고 싶었다.

"형도 믿어지지 않죠? 저도 처음엔 그랬어요. 손만 댔는데 피가 멈춘다는 게 말이 안 되잖아요. 본관에서 활약했다고 하니 당연히 서양 의학을 배운 의사라고 생각했기 때문이었어요. 근데 마스크맨을 한의사라고 생각하면요?"

"…소설 쓰냐?"

"소설이 아니라니까요. 근거가 있어요."

"근거씩이나?"

류현수는 호주머니를 뒤적거리더니 잘 접힌 종이 한 장을 꺼냈다.

"짠! 이게 바로 근거입니다. 한번 봐보세요."

그는 잘 펴서 두삼의 앞에 펼쳐 보였다.

종이에 적힌 건 '침을 통한 전신, 혹은 부분 마취에 대한 논의 일정'에 관한 공고문의 초안이었다.

양의학과 한의학의 협업은 이미 민규식과 협의가 된 얘기였다.

물론 직접 가르치는 건 힘들었다. 전문의 과정도 겪지 않은 한의사가 수십 년 경력의 교수들을 가르친다? 그건 병원에도, 두삼에게도, 교수에게도 좋지 않았다.

한의학계는 물론 양의학계에서도 이상한 논리를 갖다 붙여서 덮으려고 난리가 날 것이다.

마취에 대한 교육이 아닌 '논의'라고 한 이유도 비슷한 맥락이다.

아무튼 그래서 시침 부위에 관한 자료만 넘겼다.

'얘는… 이걸 어디서 구한 거야?'

일시가 정확하게 적혀 있지 않은 것을 보아 정식으로 작성된 공고문도 아니었다.

"놀랍죠? 시침을 통한 전신마취와 부분 마취. 병원에서 이런 걸 준비한다는 건 이미 그러한 실력자가 존재한다는 거잖아요. 그래서 전 그 실력자가 마스크맨이 아닐까 싶어요."

상상력으로 그럴싸하게 갖다 붙인 추리임에도 결과적으로는 사실이었다.

물론 인정할 생각은 추호도 없지만 말이다.

"억측이 심하네. 니가 싫어하는 임동환 선배가 주도하는 건지도 모르지."

"거기서 그 인간, 아니, 그 선배 얘기가 왜 나와요?"

"중국에서 유학하고 와서 그 침술을 알고 있다는 소문이던데."

"소문은 소문일 뿐이죠."

"…마스크맨 소문은 믿고 동환 선배 소문은 그냥 헛소문일 뿐이다? 이기적인 상상력에 경의를 표한다."

"전자는 재미있지만 후자는 기분이 나쁘잖아요. 그 선배 얘긴 그만하죠. 기분 풀러 왔는데 기분만 상하겠어요. 그나저나 이 공문 사실일까요? 솔직히 청소하는 아주머니 쓰레기통에서 구한 거라 확신을 못 하겠어요."

"뭘 하고 다니기에… 휴우~ 말을 말자."

"지나는 길에 우연히 눈에 보여서 살펴본 것뿐이에요. 어쨌든

형의 생각은 어떠냐고요?"

"사실일 거야. 면접관 할 때 얼핏 들은 것 같아. 근데 그게 중요하냐?"

"중요하죠. 솔직히 우리나라에서는 흔한 케이스가 아니잖아요. 무엇보다도 만약 침으로 마취를 완벽하게 할 수 있다면 어디를 가든 굶는 일은 없을 거 아닙니까."

"완벽하다면 그렇긴 하지."

비마취 전문의로 인한 치명적인 의료 사고가 빈번하게 발생하고 있다.

한의학을 통한 마취가 아예 부작용이 없는 것도, 마취통증학을 완벽하게 대체할 수 있는 것도 아니지만 일부 대안이 될 수는 있을 것이다.

그리고 언젠가는 한방마취통증과가 생길지도.

"아! 근데 형도 중국에서 마취를 배웠잖아요?"

"그랬지."

"나중에 노하우 좀 가르쳐 주세요."

"이미 가르쳐 줬잖아."

"에? 언제요?"

"면접할 때 한 말을 그새 잊어먹었냐?"

"집중하라는 거요?"

"그래. 어차피 시침 자리는 알려주지 않겠어? 그럼 남는 건 뭐다?"

"누가 더 정확하게 찌르느냐, 겠죠."

"맞아."

실수를 하더라도 최대한 안전한 혈 자리를 선정해 전신마취와 부분 마취 시침 자리를 만들었다. 하지만 완벽하다고 장담할 순 없었다.

똑똑!

노크 소리와 함께 천 간호사가 고개를 들이밀며 말했다.

"허리 통증을 호소하는 환자 대기 중이세요."

얼마 만에 들어온 일반 환자인가.

"알았어요. 현수야, 이만 가라. 시험 끝나면 한잔 살게."

"그날은 죽을 때까지 마실 테니 지갑 두둑이 채워두세요."

류현수가 나가고 환자가 들어왔다.

*　　　*　　　*

"오늘은 저녁이 조금 늦었네요? 잘 먹을게요."

한결 건강해진 윤혜원은 앉자마자 하얀 쌀밥을 한입 가득 넣었다.

"마지막 식사니 맛있게 드세요."

"음… 퇴원하라고요?"

처음엔 촬영 때문에 치료도 못 받겠다고 하더니 이젠 나가기 싫은 표정이 역력하다.

"언제까지 있을 수 없잖습니까? 촬영도 하셔야 하고."

"얼마만큼 차올랐어요?"

"뭐가요?"

"신체의… 그 퍼센튼지 뭔지 하는 거요."

"70퍼센트요."

"와아~ 몸이 날 것처럼 가벼운데 70퍼센트라는 건가요? 난 90퍼센트쯤 됐을 거라고 생각했는데."

"무거운 몸을 이끌고 생활하는 데 익숙해져서 착각하는 거죠. 그러니 지금부터라도 건강 잘 챙기세요."

"이런 기분을 계속 느끼려면 그래야 할 것 같네요. 그래서 하는 말인데 80퍼센트 정도는 될 때까지 머물고 싶은데……."

"…더 머무는 건 혜원 씨 선택이지만 제 케어는 여기까지입니다."

"네? 그런 게 어디 있어요. 전 선생님께 계속 케어를 받고 싶은데요? 마사지도 받고 싶고요."

"하하……. 제가 바빠서. 가끔 오세요. 그땐 제가 마사지해 드릴게요."

"훗, 농담이에요. 모레부터 촬영이거든요. 대신 가끔 오면 직접 마사지해 준다는 말 잊지 마세요?"

"당연하죠."

"고맙습니다, 선생님."

그녀는 밥을 먹다 말고 일어나 정중하게 인사했다.

그동안 그녀 때문에 기운이 텅 비었지만 지금 이 순간만큼은 기보다 더 중요한 뭔가가 마음을 채웠다.

"네, 퇴원 잘하세요."

"제 드라마 꼭 보셔야 해요."

"하하! 그럴게요. 그럼."

작별 인사를 건네고 밖으로 나오는데 매니저가 따라 나왔다.

"한 선생, 이거 고마움의 선물. 혜원이가 주래요."
"이런 건 안 주셔도……."
"받아요. 안 받으면 내가 혼나요."
그는 선물을 강제로 안겼다. 그리고 또 다른 하나를 꺼내 다시 안겼다.
"요건 내 거. 내 배우 잘 돌봐줘서 고맙다는 의미로 주는 거예요. 혹시 마음에 들지 않으면 팔아버려요. 술값 정도는 나올 겁니다."
뜻밖에 받은 선물.
윤혜원이 준 건 상품권이었고 매니저가 준 건 그녀의 화보집들이었다.
"훗! 재미있는 선물이네. 사실 화보집 따윈 볼 필요도 없는데."
윤혜원의 몸에 대해서 머릿속으로 얼마든지 그려볼 수… 큼! 고맙다고 준 선물이니 잘 쓰기로 했다.
겨울철 병원 퇴근 시간은 오토바이를 타기엔 좋지 않은 시간이다.
막 해가 떨어진 터라 완전히 어둠이 오지 않아 헤드라이트를 켜지 않고 달리는 차들도 제법 있었고, 가로등도 완전히 켜진 것이 아니라 조금 위험했다.
그래서 두삼은 괜스레 빨리 가려 무리하지 않고 천천히 오토바이를 몰았다.
"해먹기 귀찮은데 뭐라도 사갈까?"
집으로 올라가는 삼거리가 가까워졌을 때 긴장을 풀고 저녁은 뭘 먹을지 고민했다.

사려 가는 것도 귀찮았다.

그냥 집에 가서 김치찌개나 끓여 먹자는 생각으로 좌회전을 했다.

골목길에선 사람이 언제 튀어나올지 몰라 되도록 속도를 줄인 상태에서 회전을 했는데 이 습관이 자신을 살리게 될 줄이야.

부우우우웅!

좌회전을 하는 순간 헤드라이트도 켜지 않은 SUV가 빠른 속도로 다가오는 게 보였다.

'빨라! 지금 브레이크를 밟으면 사고는 나지 않……!'

"젠장!"

헤드라이트를 켜지 않아 차에 타고 있는 두 명의 얼굴이 보였다.

놈들은 놀란 자신을 보고 웃고 있었다.

두 사람의 표정을 보는 순간 그들이 브레이크를 밟지 않을 것임을 직감했다.

그래서 오토바이를 던지듯이 내팽개치고 우측 대각선으로 몸을 날렸다.

끼이이이익! 콰앙! 콰직!

증거를 남기기 위해서인지, 자신들이 무사하기 위해서인지 브레이크를 밟는 소리가 들렸다.

하지만 차는 오토바이를 부수고 난 후 막 일어나는 두삼을 향해 돌진했다.

두삼은 뒤에서 다가오는 차를 느끼며 4미터는 넘어 보이는 벽을 두어 번 박차고 올라갔다.

본능적인 행동이었는데 마치 영화처럼 벽을 밟고 올라가 벽의 끝부분을 잡을 수 있었다.

콰앙!

귀가 먹먹해질 만큼 큰 충돌음과 함께 벽이 부르르 떨리는 것이 느껴졌다.

만약 일반 콘크리트 벽돌로 된 벽이었다면 버티지 못했을 것이다.

자연석을 콘크리트로 고정시켜 둔 벽이라 부서진 건 차의 앞면이었다.

겨우 살았다는 생각에 안도의 한숨을 쉬는데 자신을 차로 박으려 했던 놈들이 차의 시동을 걸려 하는 것이 보였다 시동이 걸리면 다시 박을 분위기다.

'이 개새끼들……!'

분노와 함께 눈에 불똥이 튀었다. 당장 목을 비틀어 버리고 싶을 정도다.

하지만 사고로 인해 큰 소리가 나서인지 주변 집에서 사람들이 나왔다.

또한 차에 있던 두 명도 차에서 내려 가증스러운 연기를 했다.

"괜찮습니까? 갑자기 튀어나와서 제 친구가 브레이크를 밟는다는 게 액셀을 밟았네요."

"미, 미안합니다. 진구야, 경찰에 연락 좀 해줄래? 나 손발이 떨려서 도저히……."

"그래."

"……."

자진해서 경찰에 연락을 하는 모습에 '고의가 아닌가? 착각인가?'라는 생각이 얼핏 들긴 했다.

그러나 눈이 마주칠 때마다 묘하게 입꼬리를 올리는 걸 보니 의심할 여지가 없었다.

'너희들이 연기를 한다면 나도 연기를 해줄게.'

당장 멱살이라도 잡고 왜 이런 짓을 했느냐고 묻고 싶었다. 그러나 그래 봐야 얻을 게 없었다.

"위험하긴 했지만 아무도 다치지 않은 게 다행이죠. 한데 그쪽 분, 손발이 가늘게 떨리는 게 벽에 부딪혔을 때 다친 것 같은데요?"

"놀랐을 뿐입니다."

"제가 의사입니다. 잠깐 맥을 짚어볼게요."

다가가자 그는 '무슨 짓을 하려고'라는 눈빛으로 피하려 했다.

하지만 두삼이 그의 뒷덜미에 손을 올렸다. 그러자 기운이 빠져나가 그의 경동맥을 막았다.

"…괘, 괜찮다니까, 놔요! 놓으라고……!"

그는 말을 하다 말고 픽 하고 꼬꾸라졌다.

자신이 했다고는 누구도 생각지 못할 것이다.

"어! 이봐요 친구분! 119에도 연락해요! 아무래도 이상이 있는 것 같아요. 이봐요! 정신 차려요!"

두삼은 진맥을 보는 척하면서 그의 경동맥을 풀어주고 대신 전신을 마비시켰다. 그다음 아무것도 보지 못하게 시력까지 잃게 만들었다.

현재의 마음 같아선 정말 망가뜨리고 싶었다. 그러나 일단 알아볼 것이 있어 막는 걸로 만족했다.

진구라는 놈도 어떤 핑계로 쓰러뜨릴까 고민하는데 뒤에서 자신을 부르는 소리가 들렸다.

"오빠!"

하란이었다. 그녀는 얼른 달려와 걱정스러운 표정으로 두삼의 몸 이곳저곳을 살폈다.

"…괜찮아? 다친 데 없어?"

"응, 괜찮아. 어떻게 알고 나왔어?"

"…갑자기 큰 소리가 나서 드론으로 봤어."

"그렇구나. 근데 왜 이렇게 춥게 하고 나왔어?"

그녀는 집에서 입는 얇은 옷차림에 양말도 신지 않고 슬리퍼를 신은 채였다.

"그야, …걱정돼서."

"걱정해 줘서 고맙다. 경찰 오면 진술도 해야 하고, 저기 누워 있는 친구 병원 가는 것도 봐야 하니까 먼저 들어가 있어."

두삼은 입고 있던 오리털 패딩을 벗어 그녀를 덮어줬다.

"괜찮은데… 근데… 이번 사고……."

하란도 이상한 점을 느꼈는지 낮은 목소리로 중얼거렸다. 그러다 뭘 생각했는지 그새 말을 바꿨다.

"아, 아니다. 먼저 가서 가게 사람들한테 조금 늦을 거라고 말해놓을게."

"그래. 시끄러운 거 보니까 도착했나 보다."

하란과 얘기를 끝내고 나자 경찰과 119가 동시에 도착했다.

일단 환자부터 구급차에 실었다.

"한강대학병원 의사인데, 이 사람 그쪽으로 보내주세요. 제가 전화해 두겠습니다."

"상태는 어떻습니까?"

"갑자기 움직이지 못하는 것으로 보아 머리나 척수신경에 손상이 있지 않나 의심됩니다만, 정확한 것은 검사를 해봐야 할 것 같습니다."

구급차를 보내놓고 병원으로 전화를 걸어 환자가 가고 있음을 알렸다.

전화를 끊고 나자 경찰이 다가왔다.

"가해 차량 동승자의 말에 의하면 갑작스럽게 나타난 오토바이를 보고 브레이크 대신 액셀을 밟으면서 일어난 실수라고 하는데요. 뭔가 하실 말이라도?"

"그리 말했으니 맞겠죠. 없습니다."

"다친 데는 없으세요? 병원엔 안 가도 되겠습니까?"

"괜찮습니다."

피해자인 두삼이 괜찮다는데 경찰이 뭐라 할까.

단순 교통사고로 보험 처리를 하는 선에서 끝났다.

사실 죽이려 했다고 말한다고 해도 달라질 건 없었다. 변호사를 사서 몇 년간 싸운다고 해도 패소할 게 분명한 사안이다.

설령 행운이 따라 승소한다고 해도 얼마나 감옥에 가둬둘 수 있을까?

사람을 죽이고도 이런저런 감형을 받으면 2년 정도밖에 되지 않는다.

법보다 주먹이 가깝고, 범죄자가 오히려 법의 보호를 받는 세상이랄까.

"보험사에 연락했으니 연락 갈 거요. 앞으론 골목 다닐 때 항상 조심하쇼."

비틀린 미소를 지은 채 떠나는 남자를 보며 두삼은 분노를 속으로 삭였다.

'너희들이 폭력을 무기로 삼는다면 난 의술을 무기로 삼는 것뿐이야.'

* * *

"루시, 현재 두삼 오빠가 있는 곳의 화면 띄워줘."

집으로 돌아온 하란의 표정은 잔뜩 굳어 있었다.

—띄웠어요.

거실의 TV에 사고 현장을 비추는 4분할 화면이 보였다.

"저기 경찰과 얘기하고 있는 사람 있지? 놓치지 말고 계속 추적해. 그리고 오빠가 큰길에서 골목으로 들어온 순간부터의 화면도 보여주고."

—알았어요. 근데 하란 님, 심장박동과 표정을 보면 화가 난 상태네요.

"맞아."

—목숨이 위험했던 건 두삼 님인데 왜 하란 님이 화를 내는 건가요?

"……"

―두삼 님을 볼 때마다 심장이 두근거리는 것과 관련이 있는 건가요?

"…쓸데없는 소리 말라고 했을 텐데?"

―하란 님이 정해둔 쓸데없는 말의 기준에 포함이 되지 않습니다만.

"지금부터 기록해 둬."

두삼을 보면 심장이 두근거리는 이유?

심장이 없는 인공지능은 모르겠지만 누구나 짐작할 수 있을 것이다.

맞다. 그녀는 두삼을 좋아하고 있었다.

어머니의 병을 치료하기 위해 악양에 머물 때 치료를 위해 노력하는 그를 바라보다가 '괜찮은 사람'이라는 생각을 하게 된 게 시작이었다.

지금까지 공부와 연구를 하느라 연애를 잘 모르는 그녀였지만 점점 커져가는 마음에 은근히 자신의 마음을 표현했다.

한데 두삼은 이렇다 할 반응을 보이지 않았다.

행동을 보면 싫어하지 않는다는 건 확실했다. 다만 자신을 마음에 들어 한다는 확신은 없었다.

그냥 고백을 해볼까 고민하던 차에 고장난 루시를 고치다가 최익현과 두삼이 대화하는 영상을 보았다.

그 영상을 통해 두삼 역시 자신을 마음에 두고 있다는 걸 알고 얼마나 기뻤던가.

다만 최익현에 대해선 다시 생각하게 된 계기가 되었다.

최익현이 자신을 좋아하고 있다는 건 진즉에 알고 있었다. 하지만 왠지 가까이하기엔 부담스러웠다.

한국에 왔을 때 도움을 준 그에게 사장 자리를 맡기고 회사를 떠난 것엔 그러한 이유도 작용을 했다.

인간적으로는 나쁘지 않은 사람이라고 생각했는데 두삼에게 하는 행동을 보니 자신의 판단이 잘못되었음을 알 수 있었다.

'그냥 화가 나서 한 말이길 바라요, 최익현 씨.'

오늘 일이 왠지 최익현과 관련이 있을 것 같았다.

"잠깐 멈춰봐. 이 사람은 언제부터 여기에 있었지?"

두삼의 오토바이가 지나가자 전화기를 꺼내는 파란 점퍼 차림의 사내를 보며 물었다.

—4시 30분부터 저 자리에서 서성이고 있어요.

"차는?"

—차 역시 마찬가지예요.

"이 남자가 전화하는 시간에 차 모습을 보여줘."

—네.

분할된 TV 화면엔 파란 점퍼의 사내와 차 속의 사내가 통화하는 모습이 나타났다.

—공교롭네요.

"…그러게. 파란 점퍼는 뭘 하고 있어?"

—골목에서 대기 중이에요. 하란 님이 마크하라는 인물이 움직이고 있어요.

"두 사람 다 동시에 띄워."

사고 차량에 있던 사내가 골목길을 따라 내려가더니 파란 점퍼의 사내와 만났다.

"소리 최대한 키워봐."

—더 접근하지 않는 이상 주변이 시끄러워서 최대한 키워도 안 들릴 것 같은데요?

부웅~ 빠아아아앙! 휘이이잉~

차들이 지나가는 소리와 바람 소리, 경적 소리만 들렸다.

"다른 소리를 제거하고 증폭하면?"

—해볼게요.

—…구급…….

—…실패… 멍청한…….

스마트폰을 이용한 마이크라 확실히 한계가 있었다. 아무래도 조만간 드론들도 업그레이드를 해야겠다.

—차로 이동할 모양이네요.

"나도 보고 있어. 따라붙어."

—태양이 없어서 기동 시간은 30분에 불과해요.

"차 지붕에 붙으면 되잖아."

—아! 그러네요.

"첩보 영화라도 보고 좀 배워."

—당장 첩보 영화를 볼게요.

루시는 차가 움직이는 동안 첩보 영화를 봤는지 차가 웬 건물 앞에 서자 조용히 드론을 하늘로 날아 올렸다.

—이제 어떻게 할까요?

"저들이 누구에게 명령을 받고 움직였는지 샅샅이 알아내."

—해킹을 허락하시는 건가요?

"저들에 관련된 범위에서만."

—그럼 와이파이부터 시작할게요.

루시는 두 사람이 들어가는 사무실의 와이파이부터 해킹을 시작했다.

*　　　*　　　*

두삼은 정의감 넘치는 형사나 검사가 나와서 사건을 해결하는 드라마, 혹은 영화를 싫어한다.

깡패들은 무기를 들고 설치는데 주인공은 주먹만을 사용하다가 쥐어 터지다가 겨우 살아남고, 16부작 드라마에서 15회까지 범죄자들은 온갖 불법적인 일을 하는데 형사와 검사는 법을 준수하면서 겨우겨우 헤쳐 나가는 꼴이란 정말 답답하다.

결정적으로 온갖 나쁜 짓을 하던 놈들이 법의 심판을 받는다며 감옥으로 들어가는 게 드라마의 끝이라니, 드라마를 뒤집어서 생각해 보면 결국 당한 사람만 불쌍하다.

의료 드라마도 비슷한 구석이 있다.

철천지원수가 죽을병에 걸려 찾아왔는데 인권과 직업 윤리를 들먹이며 수술을 해준다.

웃기지 않은가?

온갖 나쁜 짓을 다해놓고 나중에 용서를 빌면 용서를 해야 하는 것인가?

능력이 없다면 모를까. 있다면 눈에는 눈, 이에는 이로 대응하는 게 옳다고 생각했다.

"1205호 환자 좀 보러 왔습니다."

두삼은 외과 병실을 찾았다.

"…한방의학과 선생님이 왜?"

"아! 제가 어제 사고 현장에 있다가 우리 병원으로 보냈거든요. 혹시 괜찮아졌나 보려고요."

"뭐가 잘못된 건지 온몸 마비에, 시력까지 잃었어요."

"하아~ 그래요? 원인은 뭐래요?"

간호사는 대답 대신 고개를 저었다.

"안타깝네요. 잠깐 들어가 봐도 되죠?"

"네. 근데 조심하세요. 입이 아주 거칠어요. 그래서 1인실로 옮겨둔 거예요."

"심하게 하면 그냥 나올게요. 참! 이거 저희 한방의학과에서 끓인 한약인데 피로 회복에 좋을 겁니다."

"뭘 이런 걸 다. 감사합니다, 선생님."

"뭘요. 괜한 진상을 보낸 건 아닌지 미안하네요."

한약 상자를 건넨 후 전신 마비가 된 사내의 병실로 들어갔다.

"누구야! …혹시, 형님입니까?"

"의산데?"

"이런 돌팔이 새끼들! 얼른 날 원래대로 돌려놔! 사고가 났을 때 난 아무렇지도 않았어! 병원비 받아먹으려고 이러나 본데 나중에 나 깨어나면 다 죽었어!"

"음, 괜찮은 인간이면 고쳐주려고 했더니 그냥 그대로 둬야겠네. 근데 너무 시끄럽다. 이왕 이렇게 된 거 주둥이라도 막아버려야겠어."

"…다, 당신 누구… 야? 고칠 수 있다고?"

"당연히. 내가 그렇게 만들었거든."

"…뭐라고? 당장 원래대로 돌려놔! 너 이 새끼! 절대 가만 두지 않을 거야!"

짜악!

입만 나불거리고 있는 사내의 이마를 내려쳤다.

"이, 이 개새끼가……."

"아직 상황 파악이 안 되지? 너 입을 막아버리고 내가 그냥 가버리면 어떻게 될 것 같아?"

"……."

"전신 마비에 눈멀고 말도 못하는 채로 평생 살면 참 재미있긴 하겠다. 한 번만 더 욕하면 한 달 뒤에 찾아올 테니까 그렇게 알아."

아주 바보는 아니었다. 방금 한 말을 상상했는지 잔뜩 겁먹은 얼굴로 물었다.

"…나, 나에게 바라는 게 뭐야?"

"말이 짧다? 혀가 짧은 거냐? 진짜 짧게 만들어줘?"

"…아, 아닙니다! 제게 뭘… 뭘 바라십니까?"

표정은 두고 보자는 얼굴인데 말은 번듯하게 나왔다. 고쳐주면 당장 칼을 들고 달려들 것 같다.

"어제 날 죽이라고 지시한 놈이 누구야?"

"무슨 말을……."

잠시 생각하는 표정을 짓던 그는 곧 알겠다는 듯 외쳤다.

"아! 서, 설마 너… 아니, 당신이 한두삼?"

"내 이름도 알고 있었네. 역시 날 죽이려고 한 게 맞는 거지? 누가 그런 명령을 내린 거야?"

"…당신, 의사가 사람한테 이런 짓을 해도 되는 …겁니까?"

짜악!

다시 그의 이마를 때리곤 말했다.

"이럴 때만 의사냐? 그럼 의사는 차로 박거나 칼로 찌르면 '아이쿠! 감사합니다' 하고 찔려 죽어야 하냐? 그리고 이 방에 나 말고 사람이 어디 있어? 내 눈엔 넌 사람 아냐. 그냥 쓰레기지. 이제 묻는 말에 답하지?"

"…주, 죽이려던 게 아니라 그냥 한두 곳 병신으로 만들 생각이었습니다. 진짭니다."

"와~ 너 재주도 좋다. 차로 박아서 딱 한두 곳만 병신으로 만들 수 있는 거야? 얼마나 그런 짓을 자주 했으면 그럴 수 있는 거냐?"

"그야 몇 번……."

"이야, 경력자였다는 거네. 그래서 그 사람들은 어떻게 됐어? 네 말대로 딱 한두 곳만 다쳤어?"

"……."

"생각대로 안 된 모양이네. 길게 얘기할 거 없고 누가 그런 명령을 내린 거지?"

"…저희 형님이요."

"조폭이었냐? 그럼 형님이라는 놈과 조직에 대해서 상세하게 말해봐."

"…말하면 절 고쳐주시는 겁니까?"

"한두 군데만 빼고. 남을 그렇게 만들려 했으면 당할 것도 생각했어야지."

"……."

"싫음 말아. 너 찾아오는 사람 중에 한 명 눕히고 물어보면 돼. 다만 입도 앞으로 못 쓸 거야. 아! 귀는 놔둘게. 사람들이 널 놀리는 소리는 들어야 할 거 아냐."

"아, 아닙니다! 말씀드리겠습니다! 저희는 창신동 곰돌이파로 모두 열두 명입니다. 아지트는……."

그는 아는 바를 한참 주절거렸다.

"진즉에 이럴 것이지. 됐다. 그 정도면 충분해."

"들리지 않고 말을 못해도 상관없습니다. 다만 움직이고 볼 수 있게만 해주세요, 선생님."

"그래? 알았어."

그의 손을 잡고 기운을 들여보냈다.

막아뒀던 척추신경 이외의 신경들도 여러 군데 막아버렸다. 그리고 시신경과 입도 역시 꼼꼼히 막았다.

운이 좋다면 막아둔 것들이 풀릴 수도 있겠지만, 글쎄 어떻게 될지는 모르겠다.

"어라? 입을 막고 다른 걸 치료하려고 했는데 안 되네. 미안. 너처럼 차로 박아서 한두 군데 병신으로 만드는 재주가 나한텐 없네."

"……."

"이해한다고? 그럼 다행이고. 네가 망가뜨린 사람들에게 평생 속죄하면서 살아. 혹시 그러다 보면 나을지도 모르겠다. 나도 속죄하면서 사람들 치료하면서 살게."

속죄는커녕 원망만 하고 살 것이다. 하지만 상관없다.

임독양맥이 타동되면서 신체 능력이 발달되지 않았다면 누워 있는 건 자신이었을 테니 말이다.

'그나저나 나머지 놈들은 어떻게 처리한다.'

고민을 하며 막 나가려는데 노크 소리와 함께 간호사가 껄렁한 사내 몇 명과 들어왔다.

"선생님, 마한구 씨 지인들이 병문안 오셨네요."

맨 앞에 서 있는 남자는 방금 전 마한구에게서 들은 두목의 생김새와 유사했다.

'눈썹 옆의 베인 자국. 이자가 두목이군.'

안 그래도 고민하고 있었는데 찾아와 주다니 고마웠다. 그러나 당장 뭔가를 하기엔 무리가 있었다.

'일단 나가서 어떻게 접근할지 고민해 봐야겠어.'

결정을 한 후 간호사에게 말했다.

"그렇습니까? 환자는 자고 있나 봐요. 언제 깨나 기다리고 있었는데 나중에 다시 오든가 하죠."

한데 어제 죽을 뻔한 후 운이 트인 모양이다.

막 나가려는데 자신을 담당의로 착각을 한 건지 두목이 불러 세우며 물었다.

"이보쇼, 의사 선생. 내 동생 왜 이러는 거요?"

잠깐 머뭇거리던 두삼은 무슨 생각을 했는지 얼른 그의 앞으로 가 설명했다.

"어제 차가 벽을 들이박았을 때 충격이 척수신경을 손상시킨 것으로 보입니다."

"척추가 다쳤다는 말이구먼. 차가 부서지긴 했지만 타고 있었는데 그럴 수가 있는 거요?"

"가능성은 충분히 있습니다. 가끔 기침을 심하게 하다가 허리가 삐끗하는 경우가 있습니다. 그건 여기 배의 근육에 힘이 들어가면서 척추를 순간적으로 치는 것처럼 되는 겁니다."

두삼은 설명을 하면서 남자의 배와 허리에 손을 올렸다.

그 모습이 뒤에 서 있는 이들에겐 거슬렸는지 한 발 나서며 인상을 찌푸리고 말했다.

"허어~ 이 양반이 지금 누구한테 손을……."

"됐다. 상세하게 설명하려다 보니까 그랬나 보지. 듣자 하니 못 움직일 수도 있다는데 사실이오?"

"네. 상황을 봐야겠지만 현재로서는……."

"무슨 말인 줄 알겠소. 한동안은 지켜보도록 하지. 근데 어차피 못 움직이는데 1인실이 필요 있나? 6인실로 바꿔주소."

"…곧 조치될 겁니다."

한동안 지켜본다는 말이 깨어날 가능성이 없으면 버리겠다, 라고 들렸다.

의리라곤 개뿔도 없는 놈들.

하긴 서로 돈 때문에 모인 조직일 터. 의리가 어디 있겠는가.

"그럼, 전 이만."

두삼은 밖으로 나왔다.

방금 전 설명을 하며 그의 몸에 손을 댔을 때 그의 심장으로 가는 혈관 중 하나를 3분의 2쯤 막아뒀다.

이제 심근경색이 언제라도 발생할 수 있었다.

'또다시 내 앞에서 비슷한 일이 발생하면 민규식 원장이 의심할 수도 있어.'

일단 심근경색이 발생하면 5분 안에 조치를 취하지 않으면 그대로 죽을 가능성이 높았다. 물론 죽는다고 죄책감이 생기진 않을 것 같다.

그저 자신을 병신으로 만들라고 사주한 놈이 누군지 알아내야 했다.

사실 누군지 짐작은 된다.

자신을 미워하는 인간은 둘이다.

악양 혁한의원의 김장혁, 그리고 최근에 하란의 일 때문에 척을 지게 된 최익현.

이번 일은 최익현이 사주했을 가능성이 높았다.

아직까진 짐작일 뿐이고 확인되지 않는 짐작으로 누군가를 해할 정도로 미치광이는 아니다.

"음……."

병실에서 나와 엘리베이터에 오른 두목이 가슴 부근을 툭툭 치면서 신음을 흘렸다.

옆에 있던 뚱뚱한 사내가 걱정스레 물었다.

"왜 그러십니까? 형님?"

"모르겠어. 갑자기 심장이 답답하네."

"병원에 오신 김에 진찰 한번 받아보시죠. 심근경색일 수도 있습니다."

"내 나이에 무슨……."

"나이는 상관없습니다. 식습관이 문제죠. 이런 말씀 드리기 그렇지만 저희 아버지도 지금의 형님처럼 그러시다가 돌아가셨습니다."

"이 새끼가… 내가 죽었으면 하지?"

"아, 아닙니다, 형님! 제가 왜 그런 생각을……."

"쌍놈의 새끼. 그런다고 니가 올라설 것 같아?"

"아니라니까요, 형님! 진짜 아닙니다."

"그건 나중에 얘기하기로 하고 어디 과로 가야 하는 거냐?"

"아마 흉부외과로 가시면 될 겁니다."

"그럼 가자. 끄응 …아무래도 이상하다."

엘리베이터에서 내려 흉부외과로 가던 두목은 흉부외과 앞에서 심근경색으로 쓰러졌다.

*　　　*　　　*

"대표님, 회삽니다."

기사의 말에 최익현은 잠에서 깼다.

어젯밤 좋은 소식을 기대하고 있다가 실패했다는 소식을 듣고 새벽까지 술을 마셨다.

그 때문에 오후 늦게까지 잠을 잤는데도 피곤했다.

"들어갔다가 일 하나만 보고 나올 테니 대기하고 있어요."

처리할 일이 없었다면 집에서 쉬었을 것이다.

옷차림을 바로 한 후 회사로 들어갔다.

경비원이 조르르 문을 열어줬고 로비로 들어가자 직원들이 인사를 했다.

'이제야 조금 회사 같네.'

하란이 회사를 맡고 있는 동안에는 회의할 때를 제외하곤 너무 자유로웠다. 그에 대표직을 맡고 난 다음 조금씩 바꿔가고 있었다.

풀어주면 그게 권리인 줄 알고 한없이 풀어진다는 것이 그의 생각이었다.

비서실로 들어서자 두 명의 직원이 후다닥 일어났다.

"시원한 커피 부탁해."

"금방 준비하겠습니다, 대표님. 한데 안에 우하란 전 대표님께서 와 계십니다."

"아무 연락도 없이… 언제 오셨나?"

"그게… 10시쯤에 오셨습니다."

"…오전 10시? 근데 왜 연락 안 했어?"

"우 대표님이 절대 연락하지 말라고 하셔서… 죄송합니다."

"이익! …나중에 보자."

누가 현 대표인지 모르는 거냐고 한마디 해주고 싶었지만 일단은 들어가는 게 우선이었다.

노크를 하고 들어갔다. 하란은 창을 보고 있었다.

"오셨으면 연락을 주시지… 타 투자사 사장과 만나고 오느라 늦었습니다."

"…일을 하다 보면 늦을 수 있죠. 술을 했나 봐요?"

독한 술을 너무 많이 마셨더니 아직 술이 덜 깬 모양이다.

"가볍게 한잔했습니다. 앉으시죠."

"아뇨. 이대로가 편해요."

'무슨 일이지?'

목소리가 사무적이긴 했지만 쌀쌀맞지는 않았다. 한데 오늘은 유독 목소리가 차갑게 느껴졌다.

"한데 무슨 일 때문에?"

"할 얘기 있어서 왔어요."

하란은 돌아서면서 말을 이었다. 몹시 화가 난 듯한 그녀의 표정을 보는 순간 뭔가 잘못됐다는 걸 알게 됐지만 뭣 때문에 그러는지 떠올리기 전에 그녀의 말이 이어졌다.

"최익현 씨, 참 무서운 사람이더군요?"

"그게 무슨 말씀인지……?"

"두삼 씨 일 말이에요. 사소한 말다툼 때문에 조직폭력배인 사촌 형에게 청부 폭력을 한다는 게 평범한 건 아니잖아요?"

"……!"

어떻게 알았지? 아니, 어떻게 변명을 해야지?

짧은 순간 머리는 팽팽 돌아갔다. 하지만 변명보단 내부의 질투심이 먼저 폭발했다.

"대표님의 마음이 그놈에게 기울지만 않았다면 그렇게까지 하지 않았을 겁니다."

"…그렇게 한 게 내 탓이라고 말하는 건가요?"

"왜, 하필 한두삼 그놈입니까? 차라리 나보다 잘난 놈을 좋아했다면 이렇게까지 하진 않았을 겁니다."

"…하아… 정말 구제불능이군요. 아뇨! 내가 누구랑 사귀었던

간에 당신은 지금처럼 똑같이 했을 거예요. 두삼 씨에게 날 넘볼 자격이 없다고 했죠? 그건 분명 나의 재산 때문이었을 거고요. 그렇게 따지자면 당신은 자격이 있나요? 내가 볼 땐 두 사람은 다르지 않아요."

"……."

"당신이 날 좋아하고 있다는 거 알고 있었어요. 그렇게 티를 내는데 어떻게 모르겠어요. 근데 좋기보단 싫었어요."

"…이유가 뭡니까?"

최익현은 이를 악물고 참으며 물었다.

"모르겠어요. 그저 부담스럽더군요. 내 겉모습과 돈을 본 건 오히려 당신 아닌가요?"

"아닙니다!"

"당사자가 아니라는데 뭐라겠어요. 아무튼 더 이상 두삼 씨를 건들지 말아요. 또다시 유사한 일이 발생하면 내가 가진 증거를 경찰에게 보낼 거예요. 그리고 지금 이 시간부로 최익현 씨, 당신을 대표직에서 해임합니다."

"꼭 이렇게까지……."

"인사 팀엔 아까 연락해 뒀어요. 퇴직금은 내일쯤 들어갈 거예요."

인사 팀에 말해뒀다는 건 어떻게 해도 마음을 바꿀 수 없다는 얘기였다.

"…알겠습니다. 더 이상 여기 있을 이유가 없겠군요."

더 이상 머물러 있다간 하란 앞에서 못난 모습을 보일 것 같았다.

그래서 화를 삭이고 밖으로 나가려는데 다시 속을 헤집는 차가운 목소리가 들렸다.

"두삼 씨에게 손 떼라는 말 허투루 듣지 마세요. 청부가 당신만의 능력은 아니잖아요?"

꽈악! 으스러져라 주먹을 쥐었다. 분노에 머리가 어지러울 지경이었다.

비서들 얼굴도 보지 못하고 바로 내려왔다.

직원들이 인사를 했는데 올라갈 때와 달리 마치 놀리는 것처럼 느껴졌다.

대기하고 있던 기사가 최익현이 나오는 것을 보더니 뒷문을 열었다.

"…얘기 못 들었습니까?"

"…방금 들었습니다. 마지막으로 모셔다 드리라고 하셨습니다."

"훗! 생각해 줘서 눈물이 날 만큼 고맙네요. 됐습니다. 내가 직접 운전해서 갈 테니 차는 내일 주차장에서 찾아가세요."

"…알겠습니다."

차에 오른 최익현이 거칠게 차를 몰아 도로로 나왔다.

"씨발! 이 연놈들이… 사람을 얼마나 우습게 봤으면! 건들지 말라고? 반드시 내 앞에서 무릎 꿇게 만들어줄게! 으아! 씨발!"

그는 솟아오르는 분노를 참지 못하고 차의 핸들을 마구 치면서 운전을 했다.

그리고 무슨 생각을 했는지 자신의 사촌 형에게 연락을 했다.

띠리링~ 띠리링~ 띠리링~

신호는 가는데 받질 않는다.

"일을 도대체 어떻게 했기에 사방팔방 소문이 나! 이 병신 같은 놈은 또 왜 안 받는 거야? 제발 좀 받아라, 이 새끼야!"

울리는 전화를 향해 소리치던 그는 스마트폰을 들고 있음을 잠깐 잊었는지 신경질적으로 핸들을 쳤다.

손에서 벗어난 스마트폰은 여기저기 부딪히다가 좌석 밑으로 떨어졌다.

"으아~ 씨발! 정말 되는 일이 하나도 없네."

최익현은 전방에서 눈을 뗀 채 신경질적으로 스마트폰을 주우려고 했다.

하지만 그 짧은 순간이 그의 운을 갈랐다.

빠아아아아앙!

귀를 울리는 경적 소리에 고개를 들었을 땐 엄청난 덤프트럭이 지척까지 다가와 있었다.

"씨……."

콰아앙! 욕을 다 뱉기도 전에 어마어마한 충격이 그를 덮쳤다.

25. 다이어트

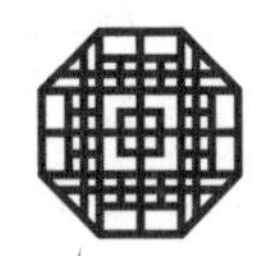

인생지사 새옹지마라더니, 수술을 마친 두목은 최익현이 사주한 범인이라는 걸 알아내고 얼마 되지 않아 최익현이 교통사고로 병원 응급실에 실려 왔다는 걸 알게 됐다.

중앙선을 넘어 마주 오던 덤프트럭과 부딪혔지만 좋은 차를 타고 있었기에 즉사는 모면했다. 그러나 아무리 튼튼한 차라고 해도 트럭과 정면으로 부딪혀서 멀쩡할 순 없었다.

민규식 원장과 혈관외과, 신경외과 의사들이 동시에 수술에 참여했고 두삼 역시 긴급 콜을 받았다.

"한 선생이 보기엔 어떤가? 중추신경을 살릴 수 있겠는가?"

비장과 찢어진 대장을 떼어낸 민규식이 조용히 와서 물었다.

어떻게 해서든 살리려는 세 명의 의사, 그들 때문에 억지로 일을 하고 있는 두삼.

"…아뇨. 불가능합니다."

자신이 돕는다면 가능했다. 하지만 돕지 않을 생각이다. 인간에게 도움이 되고자 의사가 된 거지, 쓰레기를 살릴 마음은 없었다.

하나 조금 미안했다.

엉망이 된 상태에서 살고자 노력하는 최익현에게 미안한 것이 아니라 살리고자 하는 세 명의 의사에게 미안했다.

"어쩔 수 없지. 그런 표정 짓지 말게. 목숨을 건진 것만으로도 우리가 할 일은 다했네."

자신이 안타까워한다고 생각한 건지 민규식은 힘내라는 듯 말하곤 수술을 하고 있는 전철희에게 다가가 '척추는 덮자'라고 말했다.

* * *

"오빠, 어서 와. 콜록콜록!"

일요일 아침, 현관에 마중 나온 하란이 기침을 했다.

"최익현 씨 때문에 마음고생이 많았나 보네? 감기 같은데 손 줘봐."

"…비슷해."

두삼을 건드리면 자신이 용서하지 않겠다고 마음을 먹고 있었다. 그러나 쫓아내고 난 후에 바로 교통사고를 당해 전신 마비에 뇌까지 일부 다쳤다고 하니 마음이 좋지 않았다.

그 때문인지 10여 년 동안 한 번도 걸리지 않았던 감기가 걸린 것이다.

"기운이 많이 불안하다. 오늘은 푹 쉬어야겠는걸."

"오빠 덕분에 어느 때보다 건강한 상태니 내일이면 다 낫겠지."

건강한 사람은 감기에 잘 걸리지 않지만 일단 걸리면 앓고 나야 낫는다.

사상의학에선 사람을 태양인, 소양인, 태음인, 소음인 네 체질로 나누는데 태양인은 폐대간소(肺大肝小)형으로 워낙 건강한 체형에 폐기능이 좋아 감기에 잘 걸리지 않는다.

하란의 체질인 소양인은 비대신소(脾大腎小)형으로 감기를 앓게 되면 고열이 발생하고 몸살감기를 주로 앓는다.

태음인은 간대폐소(肝大肺小)형으로 호흡기 계통이 약해 감기에 자주 걸리는데 편도가 심하게 붓거나 기침, 가래가 많은 목감기에 걸리는 경우가 많다.

소음인은 신대비소(腎大脾小)형으로 코와 관련된 감기에 주로 걸린다.

"아닐걸. 이제부터 슬슬 열이 오를 거야. 몸도 축축 처지는 느낌일 테고."

"…병원이라도 갔다 와? 일요일이라 연 곳이 있으려나 모르겠어."

"오늘은 나한테 맡겨. 내일이면 건강하게 만들어줄 테니까."

"…일요일인데 안 쉬어?"

"오늘은 네 집을 아지트 삼아 쉬면 되지. 잠깐 쉬면서 기다려. 효원이 봐주고 올라올게."

최근 이효원의 치료는 계속 길을 깊게 파주는 것이 다였다.

현재 33퍼센트 정도의 기운이 재활용되고 있는데 수치가 올라가는 정도가 점점 빨라지고 있었다.

"어제 드디어 트리플 러츠 성공했어요."

"잘했어. 하지만 너무 무리하진 마. 아직까진 예전의 33퍼센트밖에 안 된다고 항상 생각해."

혹시 몰라 그녀의 부러졌던 뼈와 발목에 상당한 기를 둘러 보호하고 있었다. 발목을 사용할수록 기의 양이 조금씩 줄었는데 확인해 보니 오늘은 절반 이상 사라져 있었다.

그만큼 충격이 전해졌다는 뜻이었기에 한 말이다.

"피이~ 잘 알고 있어요. 왠지 될 것 같은 기분에 해봤을 뿐이거든요. 그나저나 어느새 3퍼센트가 더 늘었네요?"

"그니까. 처음이 어렵지 점점 가속화되는 것 같아. 지금 이대로라면……. 아니다. 기대는 금물."

"쳇! 무슨 말을 하다가 말아요. 김빠지게."

"조급함이 다된 밥에 재를 뿌리는 거야."

"…그건 누구보다도 잘 아네요."

오늘날 그녀가 이렇게 된 것도 조급함 때문 아닌가.

"알면 됐다. 오늘도 바로 훈련장으로 가는 거야?"

"네."

"일요일도 없구나. 고생해라."

"그동안 많이 쉬었잖아요. 수고했어요, 오빠."

이효원을 치료한 후 일단 집으로 갔다.

한미령에게 하란의 집에 머물 거라고 말해준 후 이것저것 챙겨서 돌아왔다. 그리고 바로 부엌으로 향했다.

"뭐 해? 콜록!"

"죽. 아침 거의 안 먹었잖아."

"뭐야? 루시가 말했어?"

—전 아무 말도 안 했어요. 제가 두삼 님께 무슨 말만 하면 쓸데없는 소리 한다고 하셔서 인사만 해요.

"아까 손잡았을 때 위를 체크해서 안 거야. 일단 가서 소파에 앉아 있어. 볼이 상기된 거 보니까 열이 올라오기 시작했네."

"…솔직히 입맛이 없는데……."

"그렇겠지. 하지만 하는 성의를 봐서 맛있게 먹어줬음 좋겠다."

감기에 걸릴수록 잘 먹어야 하는데 나른하고 멍한 느낌에 입맛이 없다. 거기에 독한 약이라도 먹으면 속까지 버리기 십상이다.

안에 넣은 약재가 충분히 우러나올 때까지 끓이다가 마지막으로 쌀을 넣고 완성시켰다.

완성된 죽을 큰 그릇에 가득 담아 가져갔다.

"자, 다 됐다."

"이걸 다 먹어?"

"원하는 만큼 먹어도 돼. 일단 먹어봐."

"…맛있네."

"입에 넣자마자 말하면 신뢰성이 없잖아? 천천히 먹어. 입맛이 돌 거야."

딱히 믿지 않는 눈빛이었다. 하지만 죽을 직접 끓여줬다는 고마움 때문인지 마지못해 천천히 먹었다.

한데 서서히 빨라지는 숟가락질.

"…맛있어."

"몸이 원하는 거야. 더 있으니까 천천히 많이 먹어. 난 약 좀 끓일게."

양의학이 들어오기 전에는 한의학으로 감기를 예방하거나 치료했다.

1년에 한 번 가을쯤 어린아이들에게 녹용(鹿茸)을 달여 먹이면 감기에 잘 걸리지 않는다거나, 독감 증상엔 마황탕을, 땀이 나지 않는 증상에 갈근탕을 쓰는 등.

감기에 대한 자료가 제법 쌓여 있었다.

하지만 일반적인 감기약처럼 쓸 수가 없다는 단점이 있다.

체질, 증상 등 고려해야 할 것이 많아서다. 또한 시간이 많이 걸리는 건 덤이다.

그럼에도 두삼은 양약보다 한약을 선호했는데 정확한 진맥을 통해 부족한 부분을 채워줄 수 있다는 장점 때문이었다.

"쓰지 않게 만들었으니까 차처럼 틈틈이 마셔."

다 먹은 그릇을 치우곤 따뜻한 약을 건넸다.

"이거 너무 잘해주니 부담스럽네."

"동생한테 이런 것도 못 해줘?"

"동생이라서… 그게 다야?"

뭔가 훅 다가오는 느낌이다. 본능적으로 한발 물러났다.

"그… 그럼 그게 다지. 다음 코스가 마사지니까 이 옷으로 갈아입어."

"오호~ 그게 다구나. 그럼 마사지는 내 침실에서 받아도 되겠네? 어차피 동생이잖아?"

왜, 말이 그렇게 되는 건데? 동생이라도 친동생이 아니잖아!

하지만 말을 꺼내지 못했다. 왠지 한번 입이 열리면 좋아한다고 고백할 것 같았다.

고백하는 건 문제될 것이 없다. 하지만 고백했다가 실패한다면 그때부터 지금처럼 자연스럽게 집을 드나드는 건 힘들 것이다.

'혹시 하란이가 날 좋아하나? …설마.'

대학 다닐 때만 해도 일단 고백부터 했는데, 과거의 일이 자신을 너무 소극적으로 만들었다.

"오빠, 들어와."

옷을 갈아입은 하란이 문을 열고 말했다.

집을 많이 드나들었지만 하란의 방을 구경하는 건 처음이다.

"내가 알던 학교 선배 방 같다."

엄청 화려할 줄 알았는데 조금 독특할 뿐 평범했다.

두 면의 벽엔 드론과 요상하게 생긴 기계들이 멋지게 디스플레이 되어 있었고 TV, 공기청정기 같은 가전이 놓여 있는 게 다였다.

"오~ 대학교 때 좀 노셨나 봐?"

"그건 아니고……."

상처받을까 그 선배가 남자라는 말은 하지 않았다.

"침대가 엄청 크네?"

방에서 가장 좋아 보이는 건 침대였다. 킹 사이즈를 두 개 이상 붙여놓은 것만큼 컸다.

"…좁은 기숙사 침대에서 오래 살아서인지 침대는 큰 게 좋더라고. 밟아도 되니까 올라와서 편하게 해."

"으응."

머뭇거리는 게 더 이상했다.

"잠 오면 자도 괜찮아."

어깨를 천천히 주무르며 차가운 기운을 들여보냈다.

그리고 그녀의 흐트러진 임독양맥의 기운을 바로 잡기 위해 소주천을 시켰다.

"왠지 시원해지는 느낌이야."

"그게 느껴진다니 열이 많이 나긴 하나 보다."

의식적으로 소주천을 계속 돌리면서 마사지를 통해 내부 장기와 근육을 풀고 열을 식혔다.

하란의 경우 기가 부족한 것이 아니라 약간 탁해지고 열이 나는 것에 불과했기에 사용한 기운의 대부분은 다시 회수할 수 있었다.

20분쯤 지나자 하란은 새근거리며 잠들었다. 그러나 발끝까지 완전히 마사지를 해준 후에야 자리에서 일어났다.

문득 땀에 젖은 머리가 눈에 거슬려 손을 뻗다가 멈췄다.

현재의 행동은 스스로가 말한 동생이라는 의미를 넘어서는 것이었다. 게다가 이곳은 여기저기 보는 눈도 많다.

"…푹 자."

갈 길을 잃은 손으로 이불을 덮어준 후 거실로 나왔다. 점심은 뭐가 좋을까 생각하다가 루시에게 말했다.

"루시, 하란이 깰 것 같으면 말해줘."

—오늘 하란 님 방은 들여다볼 수 없어요.

"…그래?"

—두삼 님의 방금 표정, 가끔 하란 님의 운동하는 모습을 볼 때와 같은…….

"…아무 표정 아니거든. 쓸데없는 소리 마."

—이제 두삼 님마저 쓸데없는 소리를 한다고 말하는군요. 하

지만 방금 표정은…….

깨톡!

“아! 메시지 왔다. 확인 좀 할게.”

곤란함에서 벗어나게 해준 고마운 깨톡은 박기영 작가였다.

방청권을 줄 때 시간되면 잠깐 만나고 싶다는 내용이었다.

그러자고 답장을 보낸 후 밖으로 나가자 그는 이미 대문 앞에서 기다리고 있었다.

“어? 왜 거기서 나와?”

“친한 동생 집이에요. 가까운 커피숍으로 갈까요?”

“그냥 가게에서 얘기하지, 뭐.”

“그래요.”

가게로 들어가 차를 놓고 마주했다.

“자! 이건 다음 주 방청권.”

“항상 감사합니다.”

“혹시 왔을 때 얘기나 할까 해서 살펴봤더니 다 다른 사람들이 왔더구먼.”

“형도 알다시피 제가 좀 시간이 없잖아요?”

집이 근처라 가끔 들러 차를 마시고 가다 보니 형, 동생 할 정도로 친해졌다.

“아직도 바쁘냐?”

“점점 더 바빠지고 있어요. 이방익 선생님은 물론 저도 예약손님 받는 것만으로도 버거워요.”

“그래? 부탁 하나 하려 했는데 그럼 안 되겠네?”

“무슨 부탁인데요?”

"이번에 드디어 새로운 프로그램에 들어가게 됐거든. 가제는 '새 삶을 드립니다'야."

"예전에 참가자들 중에 가장 불쌍한 사람들 성형해 주는 그런 프로그램요? 욕 많이 먹지 않았나요?"

"많이 먹었지. 성형수술 조장한다는 얘기도 많았고. 하지만 시즌5까지 갈 만큼 성공했어. 긍정적으로 보는 이들도 제법 있었고. 물론 우리가 그 포맷 그대로 간다는 건 아냐."

"그럼요?"

"돈이 없어 치료를 받지 못하는 이들을 무료로 치료해 주는 프로그램이야. 병원은 무료로 치료를 해주는 대신 이름을 방송에 알리게 되고, 우리는 그걸 그대로 방송에 담는 거지."

"예능인데 너무 어둡지 않아요?"

"감동을 주느냐, 측은함을 주느냐는 연출 팀이 신경 써야 할 영역이지. 넌 그냥 할 건지만 결정하면 돼."

"음… 혼자 결정할 수 있는 일도 아니고요. 우선 시간 좀 주세요."

거절하려던 두삼은 문득 하란을 떠올리곤 생각을 바꿨다.

부족하다고 생각되면 그 갭을 줄이려 노력해 봐야 하지 않을까.

"당연히 병원과도 얘기를 해야지. 하지만 그 전에 네 생각을 듣고 싶어서 왔어."

"음, 어떤 분야인데요?"

"당연히 네가 맡고 있는 분야지. 중증 비만 환자로 걷는 것도 쉽지 않은 상태야."

"중증 비만 환자요? 해보고 싶긴 하네요."

현재 찾아오는 손님 중 비만이라고 불릴 만한 사람들은 소수에 불과했다.

대부분은 자신의 몸을 좀 더 아름답고 예쁘게 가꾸고자 하는 이들이었다. 몸을 꾸미고 관리하는 것이 스스로의 삶을 더욱 풍요롭고 활기차게 만든다는 걸 알고 있는 이들이었다.

그래서 기껏 준비하고 있던 것들은 제대로 써보지도 못하고 있었다.

"이방익 선생님껜 말씀드려 보셨어요?"

"이 선생님에게는 전화로 해봤지. 그게 아무래도 예의일 것 같아서 말이야. 한데 1년간은 안 되신대."

"아! 병원 팔아서 안 되시겠구나."

"이 선생님도 널 추천하시더라. 나도 네가 하는 편이 더 좋고."

"그래요?"

"당연하지. 이방익 선생님은 이미 유명해서 새로움이 없거든."

이방익이 허락한다면 반대할 이유가 없다.

"언제까지 결정하면 돼요?"

"빠를수록 좋지. 이미 몇몇 환자들에 대한 치료는 시작했거든."

하긴 치료가 하루 만에 뚝딱 되는 것도 아니고 몇 달은 기본으로 걸리니 지금부터 준비하는 게 맞다.

"알았어요. 일단 병원에 말한 후 연락드릴게요. 전 긍정적으로 생각해요."

"오케이! 그리고… 그때 영상 사용해도 되지?"

"무슨 영상… 아! 그때 찍힌 거요? 근데 그걸 굳이 사용할 필요가 있을까요?"

"니가 몰라서 하는 말인 것 같은데 그 영상 지금 봐도 소름 돋아. 이번 프로그램도 솔직히 네 모습을 보고 기획한 거야."

"대단한 것도 아니에요. 피 색깔만 보고도 정맥이 파열되었는지 구분할 수 있어요."

"누가 뭐래? 그냥 그 장면이 극적이라 쓰겠다는 거야. 왜? 껄끄러워?"

"아뇨. 사용하세요."

생각해 보니 어차피 병원에서도 곧 침을 이용한 마취를 공론화시킬 것이다. 그러니 파장은 있을지언정 문제가 될 것 같진 않았기에 허락했다.

*　　　*　　　*

병원에서의 허락은 하란의 감기가 떨어지듯이 금세 떨어졌다.

허락이 떨어지기 무섭게 PD, 조연출, 작가, 카메라맨까지 모두 4명이 찾아왔다.

작가는 박기영이었다. 그가 나서서 소개를 시켜줬다.

"이분은 우리 프로그램 메인 PD님, 카메라 감독님, 연출 팀 스태프."

"안녕하세요. 한두삼입니다."

"엄기형입니다. 박 작가에게 말씀 많이 들었습니다. 한데 생각보다 엄청 젊으시네요."

"감사합니다. 한약을 달이면서 좋은 기운을 많이 쐬어서 그런가 봐요."

"오호~ 제 와이프에게도 한약 좀 달여달라고 해야겠네요."

"그러실 필요가 뭐 있습니까. 저희 병원에 보내세요. 피부 관리와 한약은 꽤 잘합니다."

"하하하! 가정의 평화를 위해서라도 잘 부탁드려요."

방송계와는 좋은 관계를 유지하는 게 좋았다.

보고를 했을 때 센터에서도 팍팍 밀어준다니 그대로 전하기만 하면 됐다.

"꼭 보내십시오. 근데 제가 뭘 하면 되죠?"

"일단 평소의 모습을 찍을 겁니다. 그러니 평소 하던 대로 편하게 하면 됩니다. 알려지기 꺼려 하는 환자들의 경우 얼굴을 다 지워 드릴 거고요. 혹시 불편해하는 환자들의 경우엔 카메라를 끌 겁니다."

PD는 스토리 보드를 보여주며 설명을 이었다.

"그다음 환자의 신상 명세와 영상을 보여 드릴 테니 확인하고 환자에 대해 솔직히 말해주시면 됩니다. 그 후 환자를 만나고 직접 진료를 하면 됩니다."

"오늘 환자를 볼 수 있는 겁니까?"

"네. 현재 병원에서 건강 문제를 체크하고 있습니다. 물론 앞으로 치료를 받으러 오는 틈틈이 촬영이 있을 겁니다만, 한 선생님에게 최대한 불편 없이 진행할 생각이니 불편한 상황이 오면 언제든 말해주세요."

"그러죠."

엄 PD의 말처럼 진료를 보는 데 불편한 건 없었다.

밖에서 촬영을 한다고 손님들에게 알렸기에 말 그대로 자신의 할 일만 하면 됐다.

엄 PD가 가끔 궁금할 걸 묻지 않았다면 있는지도 몰랐을 정도로 조용히 있었다.

“한 선생님, 방금 전 환자에게 마사지를 한 거죠? 무슨 효과가 있는 겁니까?”

“좀 전 환자의 경우 시술을 통해 지방을 제거한 후 피부 처짐으로 병원에 왔습니다. 늘어진 피부가 탄력을 되찾거나 사라진 지방층에 근육이 생겨야 처짐이 없어지는데 당장은 힘들죠. 그래서 피부가 당겨지는 시술과 함께 마사지를 통해 탄력을 생기게 만들었습니다.”

“방금 제가 본 건 마사지하는 것으로 보였는데… 피부가 당겨지는 시술을 하셨다는 겁니까?”

“네. 혈을 자극한 거죠. 물론 본마사지는 위층에서 합니다.”

“침을 쓴 것도 아닌데……?”

“믿기지 않는 모양이시군요?”

“아니, 그보단 시청자들이 보고 이해를 할 수 있어야 할 것 같아서…….”

“간단히 보여드릴게요. 기영이 형.”

두삼은 펜을 가지고 왔다. 그리고 박기영을 불렀다.

“쩝! 내가 실험체냐?”

“PD님은 너무 마르셔서 효과가 미비하거든.”

“쳇! 배 까면 되냐?”

“그럼 방송 불가잖아요. 오동통한 손 줘봐요.”

투덜거리며 손을 뻗는 그의 팔뚝에 지름 10센티미터 정도 되는 토끼를 그렸다.

"돼지냐?"

"…자! 이제 피부를 긴장하게 만들어볼게요. 이 시술 방법은 이방익 선생님께 배웠죠."

가볍게 주무르며 손끝으로 혈을 자극했다.

"어! 돼지가 작아진다!"

토끼라니까요!

토끼가 지름 8센티미터 정도로 줄어들었다.

"…신기하네요."

"아직 끝이 아닙니다. 침을 이용해……."

"나 침 싫은데……."

"움직이면 아파요."

두삼은 재빨리 돼지, 아니, 토끼 주위에 침을 꽂았다. 그러자 토끼는 절반 정도로 줄어들었다.

이건 전기적 신호를 이용한 방법인데 추울 때 피부가 쪼그라드는 것과 비슷한 이치다.

"헐~ 대박! 근데 피부가 살짝 아픈 느낌인데."

"그야 당연하죠. 형은 지방이 사라진 게 아니잖아요."

엄 PD는 놀란 눈이 되어 카메라맨에게 찍었는지를 확인한 후에 물었다.

"이건 어떻게 한 겁니까?"

"신경을 자극하는 겁니다. 추위에 피부가 오그라드는 것을 더 강하게 한다고 생각하면 될 겁니다."

"처진 피부에 사용하면 좋겠군요?"

"그렇죠. 다음 환자가 대기 중인가 보네요."

천 간호사가 신호를 보내왔기에 얼른 마무리를 짓고 의자에 앉았다.

정신없이 환자들을 받다 보니 어느새 오늘 예약을 끝마쳤다.

"후우… 이제야 끝났네요."

"비만 때문에 찾는 환자들이 많군요?"

"저희 과에서 비만클리닉을 운영하고 있기 때문이죠. 거기에 소문까지 나서 일반 환자보다 비만클리닉에 오는 분들이 더 많습니다. 자, 이제 환자에 대해 볼까요?"

"여기 있습니다."

엄 PD가 건네는 서류를 받아 첫 장을 폈다. 사진과 환자에 대한 프로필이 간단히 적혀 있었다.

노형진, 올해 25살. 몸무게 195kg. 초고도비만.

이 정도면 병원에서 이미 수없이 경고를 했을 터.

'이 정도면 다이어트를 생각해 볼 만했을 텐데. 죽어도 먹는 걸 참지 못하는 건가?'

'물만 먹어도 살찐다. 비만 유전자가 있다'라는 말은 희대의 개소리다.

물의 칼로리는 제로. 신체에 따라 물을 제대로 배출 못하는 체질은 있어도 물 먹어서 살이 찐다는 건 말도 안 된다.

비만 유전자는 비만 유전자와 관련된 유전인자를 발견은 했지만 연관성은 미비하다는 것이 중론이다.

두삼은 담배, 도박 따위와 마찬가지로 비만은 의지와 관련이 있다고 봤다. 살을 빼야 한다는 의지와 맛있는 것을 먹고 싶다는 의지 중에 어느 쪽이 강하느냐에 따라 비만이냐 아니냐가 결정되는 것이다.

어떤 변명을 갖다 붙여도 결국은 의지의 차이이다.

그렇다고 그들이 의지박약이라고 말하고 싶진 않다. 누구든 약한 부분이 있다. 담배에 대한 의지는 약하지만 음식에 대한 의지는 강한 사람이 있을 수도 있고, 둘 다 강하지만 도박에 약한 사람도 있을 수 있다.

"심하군요."

"외과 수술을 해야 할까요?"

"그렇게 해서 고치는 방법도 있지만, 그걸 바라셨으면 저에게 부탁하지 않으셨을 테죠?"

"네. 환자 가족들이 위 수술에 대해서는 위험하다고 고개를 젓더군요."

"위험하죠. 그리고 이제 20대에 불과한 청년에겐 너무 가혹한 방법이기도 하고요."

흔히 위와 식도를 십이지장을 지나고 난 쪽의 장과 연결시켜 버린다. 그렇게 하면 많이 먹을 수가 없다.

꾸역꾸역 먹다간 목이 막혀 버린다.

위의 크기를 줄이는 방법도 있지만 그 역시 좋다고 보기엔 힘들었다.

비만에 대한 외과적 수술의 목적은 팽만감을 줄이고 적게 먹게끔 하는 게 핵심 기술인데 두삼은 한의학으로도 충분히 가능하다고 생각했다.

"환자를 볼까요?"

“그 전에, 치료에 얼마나 걸릴까요?”

“PD님이 노형진 씨가 어떤 모습이길 바라느냐에 따라 다르겠죠.”

“……?”

“방송에 보여질 노형진의 모습 말입니다. 가령 100kg 이하로 빼는 것만 생각하면 3, 4개월. 아주 멋진 근육질의 남자를 원하면 5개월 이상이죠.”

“아! 무슨 말인지 알겠습니다.”

“어떤 걸 원하시죠?”

“당연히 극적인 것이 방송엔 더 좋겠군요.”

“저나 병원을 위해서도 그 편이 좋을 거라 생각했습니다.”

“한데 너무 길면 곤란합니다.”

“최대한의 시간을 상정한 겁니다. 생각보다 훨씬 빠를 가능성도 있습니다. 그럼 볼까요? 아! 그 전에 배달 음식을 먼저 시켜야겠네요. 치킨, 족발, 피자 같은 것들로요. 노형진 씨가 얼마나 먹죠?”

“얼마나 먹느냐가 아니라 음식을 손에서 안 뗀다는 표현이 맞을 겁니다.”

“그래도 포만감을 느끼는 순간은 있겠죠. 안마과 식구들 회식 겸해서 주문해야겠네요. 아! 음식값은 제가 내겠습니다.”

“…아니, 제작비로 내도 됩니다.”

“그건 스태프분들끼리 쓰세요. 원래 TV에 나오려면 돈을 어느 정도 지불해야 한다면서요. 전 공짜로 나오는 거니 이렇게라도 써야죠.”

“…하하. 그건 프로그램이 인기가 있을 때의 얘기죠.”

“엄 PD님이 맡으셨으니 인기가 있겠죠.”

솔직히 유명한 PD 한두 명을 제외하곤 누가 어떤 프로그램을 만들었는지 잘 모른다. 하지만 박기영이 실력 있는 PD라고 했으니 맞을 것이다.

아무튼 조금 떨어져 있는 한방부인과에서 냄새를 맡고 올 정도로 많은 양의 배달 음식을 주문했다.

음식 냄새가 배일 것 같아 자리를 휴게실로 옮겨 한 상 거하게 차려놓고 노형진이 오길 기다렸다.

잠시 후 뒤룩뒤룩 살찐 노형진이 천 간호사와 함께 들어왔다.

"오늘 검사받은 결과입니다."

천 간호사는 검사지를 건네고 나갔다.

"앉으세요, 노형진 씨. 이 앞에 음식들은 오늘 검사받느라 굶었을 테니 마음껏 드시라고 주문해 둔 겁니다. 그러니 편히 드세요."

"…네? …치료를 위해 온 것으로 알고 있는데……."

그는 먹지 않아야 하는 것 아니냐고 말은 했지만 이미 눈, 코는 음식으로 향하고 있었다.

"각오를 단단히 하셨나 보네요. 그런 각오 좋습니다. 하지만 마지막 만찬이라 생각하고 드세요."

"…그래도 됩니까?"

노형진은 엄 PD를 보며 물었다. 그에 엄 PD가 고개를 끄덕이자 '그럼 조금만 먹겠다'는 말과 함께 피자 한 조각을 잡았다.

두삼은 그가 먹는 것을 지켜보다가 검사지로 눈을 돌렸다.

사실 볼 필요가 없었다.

고혈압, 고지혈증, 당뇨, 관절 이상 등 언제 죽더라도 이상이 없을 정도로 몸은 엉망이었다.

검사지를 던져놓고 피자 조각 중 하나를 들고 입에 넣었다.

"PD님도, 감독님도 드세요."

엄 PD와 촬영감독을 위해서 하나씩 빼서 건네줬다.

"근데 노형진 씨는 피자를 왜 좋아해요?"

"…맛있잖아요."

"맛은 당연히 있죠. 근데 어떤 맛이요? 자세하게 설명해 줘요. 난 치즈의 고소함과 씹을 때 느낌이 좋아서 먹는 편이에요."

"…치즈의 맛도 좋지만 토핑의 맛도 무시 못 하죠. 그리고 도우가 주는 고소함과 쫀득함은 갓 구은 빵을 먹는 느낌이고요."

"듣고 먹어보니 그런 것 같기도 하네요."

"업체마다, 피자 종류에 따라서도 달라요. 단맛 강조한 것도 있고 짠맛을 강조한 것도 있죠. 맛이 없는 것도 있어요. 어울리지 않는 토핑을 마구 올린 것들은 균형이 없어요. 그렇다고 못 먹을 정도는 아니지만요."

그는 음식을 먹어서 기분이 좋아져서인지, 함께 음식을 먹으니 거부감이 없어진 건지 모르지만 피자 맛에 대해 한참 설명했다.

"치킨은요?"

두삼은 그의 옆에 바싹 붙어 등에 손바닥을 가볍게 대며 물었다.

어느 정도 먹었으니 이제 서서히 포만감을 느끼는 시점을 찾아야 할 때였다.

포만감을 느끼게 하는 호르몬 중 렙틴이라는 것이 있다. 하지만 노형진의 경우 렙틴 호르몬이 제 기능을 못하기에 전기적 신호를 통해 뇌의 시상하부의 포만 중추를 직접 자극해야 했다.

이 방법은 뇌전증 치료제 연구를 위해 무수한 전기적 신호를 하나씩 찾다가 알게 됐다. 안타깝게 찾고자 하는 뇌전증 약효와 관련된 전기적 신호는 못 찾았지만 말이다.

아무튼 지금은 전기적 신호를 응용하는 방법을 알고 있었다.

뇌전증의 이상 세포처럼 계속해서 전기신호를 내뿜도록 만드는 것이다.

노형진의 식욕은 대단했다.

피자에 이어 치킨 세 마리를 아작 내고 족발 두 개를 간단히 먹었다. 그리고 다시 피자로.

그의 먹는 속도가 확연히 떨어진 건 먹기 시작한 지 1시간이 지난 후였다.

"포만감이 느껴지나요?"

"…네."

"더 먹을 수 있다는 대답처럼 들리네요."

"그렇긴 한데 더 먹으면 위가 아픈 느낌이 들어서요. 1시간쯤 쉬면 더 먹을 수 있습니다."

"그럼 위가 아픈 느낌이 들 때까지 드셔보세요."

그 느낌은 싫은지 그는 깨작깨작 먹다가 더 이상은 못 먹겠다는 듯 절반쯤 먹은 피자를 내려놓았다.

"고생하셨습니다. 지금 바로 시술에 들어가죠."

"…지금요?"

"네. 저기 보이는 침상에 누워 배가 보이게 옷을 들어보세요."

그는 음식을 먹는 속도에 반비례하게 둔한 움직임으로 침상 쪽으로 향했다.

딱 봐도 심각해 보이는 뱃살이 드러났다. 두삼은 바로 손으로 배를 주물렀다.

'헐! 위의 움직임을 둔화시키려는데 혈을 제대로 찍을 수가 없네.'

지방으로 된 갑옷이 혈을 짚을 수 없게 했다.

어쩔 수 없이 스승님이 남겨둔 침을 꺼내 위의 움직임을 둔화시키는 혈에 꽂았다.

이어 이왕 침을 꺼낸 김에 신경세포에도 침을 꽂아 전기적 신호를 잔뜩 주입해서 이상 신호를 발산하게 만들었다.

"그리고 한 가지 더."

두삼은 손을 뻗어 그의 코 부분을 만졌다. 그리고 그의 코를 마비시켜 버렸다.

강제로 포만감을 최상치로 만들고 위를 둔하게 만들어 일시적으로 안 먹게 만들었지만 입맛이 기억하는 대로 다시 먹다 보면 더 살이 찔 게 분명했다.

코가 제 기능을 못하면 어떤 맛도 느끼지 못한다. 만일 이렇게까지 했는데도 그가 음식을 먹으면 다른 장기의 기능도 둔화시키거나 수술을 하는 게 나았다.

"자! 됐습니다."

"…이게 끝이라고요?"

"기본 시술은 마쳤어요. 이제 두 번째 시술을 할 겁니다. 위층 안마실로 가죠."

두삼은 노형진을 데리고 안마실로 올라갔다.

*　　　*　　　*

지방 덩어리인지 고기인지 헷갈리는 요즘 삼겹살.

그 삼겹살을 보면 인체가 보인다.

지방층도 여러 개다.

피부 바로 밑에 있는 지방층은 절대 제거해서는 안 되는 지방층이고 지방 흡입을 통해 제거하는 것이 두 번째, 세 번째 지방층이다.

지방 흡입이나 다른 시술을 하지 않고 지방을 제거하기 위해선, 운동을 통해 태우거나 마사지와 같이 직접 충격을 줘 분해시키는 방법이 있었다. 가장 좋은 건 누가 뭐라고 해도 운동이 최고다.

하지만 살을 빼야겠다는 의지가 없던 사람이 운동만으로 살을 뺀다?

그럴 수 있다면 노형진은 이곳에 찾아오지 않았을 것이다.

물론 운동을 하지 않고 살이 빠지는 경우에도 문제는 생긴다. 지방이 빠지면서 근육마저 빠지고 그 자리를 다시 지방이 차지하게 되는 요요현상을 겪을 게 분명했다.

즉, 살을 뺄 땐 적당한 운동, 마사지, 거기에 2단계 시술이 적절하게 조화를 이루어야 했고, 살을 뺀 후엔 스스로 운동을 할 맛이 나게 해줘야 했다.

'뜻대로 따라줄지는 미지수지만…….'

안마실로 옮겨 침상에 눕힌 후 2단계에 앞서 잠깐 생각에 빠져 있던 두삼은 상념을 털어냈다.

"시작하겠습니다. 이번 2단계 시술은 위를 제외한 모든 신체에서 에너지를 과소모하게 만드는 겁니다."

"에너지를 과소모하게 만든다?"

엄 PD가 물었다.

"예를 든다면 많이 먹어도 살이 찌지 않는 사람들이 있죠. 그 사람들의 경우 몸에 필요 이상의 음식이 들어오면 에너지로 발산을 바로 시켜 버립니다. 그래서 살이 잘 찌지 않죠."

"인위적으로 그렇게 만드는 게 가능하다는 겁니까?"

"가능하죠. 그게 한방 치료의 핵심입니다. 하지만 조절을 해야 합니다. 지금 이 상태에서 살이 빠져 버리면 늘어진 피부는 결국 수술을 해야 할 테니까요. 물론 제 능력이 닿지 못할 정도로 늘어진 피부라면 당연히 수술을 권할 생각이고요."

엄 PD가 이해했다는 듯 뒤로 물러난 후 노형진을 향해 말했다.

"방금 한 얘기 들었죠?"

"네."

"아무리 여러 가지 시술을 한다고 해도 늘어지는 피부를 최소화하기 위해 결국 필요한 건 뭐다?"

"…그, 글쎄요?"

"운동입니다. 지금 당장 운동을 시작하라고 말하진 않겠습니다. 관절에 무리가 갈 테니까요. 하지만 서서히 살이 빠지기 시작하면 운동을 해야 합니다. 살이 늘어진 떡처럼 축축 처지길 바라는 건 아니겠죠?"

"예!"

상상을 했는지 그의 대답은 남달랐다.

"제 말대로만 하면 수술을 최소화시킬 수 있습니다. 그러니 철저히 제 말을 들으세요. 내일부터 한동안 입원을 해야 할 겁니다."

"…네, 선생님."

"그럼 시작하죠."

일단은 현재의 몸 상태에서 10퍼센트 정도만 활성화시킬 생각이었다.

'아니, 5퍼센트만.'

아무래도 처음 하는 일이다 보니 조심할 필요가 있었다.

시술을 하고 지방을 자극하기 위한 마사지를 했다. 내일부터는 안마사들이 할 일이다.

"…으, …아."

마사지를 하는 동안 노형진은 신음 소리를 냈다.

"많이 아프죠?"

"…괘, 괜찮습니다."

"다행이네요. 아프다고 했으면 그동안 운동을 하지 않은 것에 대한 반작용이라고 말하려고 했는데."

"……."

환자라고 해도 달콤한 말만 해줄 생각은 없다.

받아들이냐 마냐는 듣는 사람에 따라 다르겠지만 몸에 좋은 약이 쓰듯이 건강과 관련된 좋은 말 역시 쓴 법이다.

"오늘은 여기까지. 내일 아침에 입원하세요. 12시 30분쯤 다시 뵐게요."

"…네."

“촬영 끝이죠?”

“네. 충분히 찍었습니다.”

“수고하셨습니다. 전 이만 일이 있어서 가볼게요.”

촬영을 한다고 진료 시간을 줄였음에도 벌써 7시가 넘었다.

얼른 옷을 갈아입고 지하 주차장으로 내려갔다.

오토바이가 망가진 후 새로운 오토바이를 사는 대신 차로 출퇴근을 하고 있었다.

솔직히 그날을 생각하면 두 번 다시 오토바이는 타지 못할 것 같았다.

지하 3층 주차장에 내려 입구로 나가려는데 낯익은 두 사람이 입구 앞에 서서 얘기를 나누고 있었다.

임동환과 주해인. 두 사람은 막 밖으로 나오는 두삼을 보고 살짝 당황한 표정이다.

그에 반해 두삼은 아무렇지 않게 말했다.

“선배, 해인이랑 저녁 데이트?”

“…으응, 이제 퇴근?”

“네. 촬영 때문에 조금 늦었네요.”

“방송한다는 얘긴 들었다. 이방익 선생님과 같은 과를 하더니, 운이 좋구나.”

이방익이라는 배경 때문에 자신이 방송에 출연하게 됐다고 생각하는 것 같았다.

‘뭐 굳이 설명할 필욘 없지.’

“그렇게 됐네요. 전 급해서 이만. 즐거운 시간 보내세요. 해인이도.”

껄끄러운 만남을 길게 이어가 봐야 서로 불편할 것 같아 서둘러 마무리를 지으려 했다.

한데 주해인 앞이라 뭔가 잘난 척할 거리가 필요했을까? 임동환이 쓸데없는 소리를 했다.

“겨울이라 오토바이를 주차장에 댔나 보네? 한겨울에 오토바이라니… 이제 책임질 환자들도 있는데 몸조심해라.”

오토바이 타는 건 어떻게 알았지?

“…아, 그건 그렇죠. 그래서 겸사겸사 차 하나 구했어요.”

“…그래? 하기는 이제 한강대학병원 소속 의산데 차가 낫지. 차는 어디다가 주차했어?”

“직원 전용 주차장이요.”

주차장의 좌측을 가리키며 말했다.

“나도 그쪽에 주차했는데 같이 움직이자.”

그가 무슨 생각을 하는지 알 것 같았다. 학교 다닐 때도 잘난 척한다고 해서 싫어하는 애들이 꽤 있었는데 그중 대표적인 인물이 류현수였다.

‘이 선배는 여전하구나.’

두삼도 어릴 때 할아버지 덕분에 잘난 척하며 산 적이 있기에 이해했다. 하지만 언제부터인가 그때를 생각하면 낯이 뜨거웠는데 임동환은 아직까지 그렇지 않은 모양이었다.

삐익! 삑!

“내 차는 저기 있네.”

제법 비싼 외제차가 전조등을 깜박이며 ‘네 차는 어디 있니?’라고 묻는 듯했다.

"제 차는 형 차 옆에 있네요."

그의 차를 기준으로 좌측엔 국산 소형차, 오른쪽엔 두삼의 차가 서 있었다.

"세금도 싸고, 통행료에 주차비도 절반이니 혼자 끌고 다니기엔 좋지. 한데 아무렴 의산데… 렌트를 해서 중형차 정도 몰아도 될 것 같은데."

그는 당연하게 소형차를 보고 두삼의 차라고 생각하는 듯했다.

렌트 차량용 넘버는 '하허허'로 시작하지만 리스는 일반 차량 번호을 썼다.

"아, 네. 그럼 내일 봬요."

얼른 작별 인사를 하고 자신의 차로 가서 문을 열고 탔다.

"어, 그게……!"

뭔가 말하는 것 같았지만 무시하고 시동을 켰다.

구르르르르르릉~! 시동 음이 그의 말을 잡아먹었다.

그동안 조금 부담스러웠던 차의 시동 음이 오늘처럼 고마운 적이 없었다.

끼이익!

빠르게 차를 빼서 출구를 향해 달렸다.

백미러로 흘낏 보니 멍하니 서서 쳐다보고 있는 그의 모습이 보였다.

"왜 쪽팔림은 내 몫인지……."

최대한 빨리 지하 주차장을 벗어났다.

*　　*　　*

"할아버지는 어떻게 그렇게 많은 일을 하실 수 있던 거지?"

뇌전증 연구소에서 나와 점심을 먹으며 중얼거렸다.

자고 일어나 기운을 돌리는 시간을 제외하고 잘 때까지 바쁘게 움직이다 보니 멍하니 생각할 시간조차 없었다.

그나마 가장 한가한 시간이 식사 시간이었다.

물론 점심을 얼른 먹고 안마과로 가야 한다는 생각 때문인지 여유롭다고 할 수 없었다.

그저 먹어서 에너지를 채우는 시간이랄까.

물론 자신이 이만큼 바쁘다고 자랑할 수준은 아니다.

아마 바쁜 외과의 의사들이 듣는다면 행복에 겨운 소리한다고 할 것이다.

다른 대학에 비해 의사 한 명당 환자 비율이 제일 적다고 평가받는 한강대학병원이지만 그렇다고 여유로운 생활을 할 수 있는 정도는 아니었다.

담당 과장이 이틀 만에 퇴근하는 걸 기뻐할 만큼 바빴다. 게다가 가끔 스쳐 지나가는 수련의를 볼 땐 절로 손을 들어 마사지를 해주고픈 마음이 들 정도였다.

한데 가만히 생각해 보면 어린 시절 할아버지는 지금의 자신보다 더 많은 환자들을 돌보고 치료하셨다.

새벽부터 일어나 입원한 환자들을 돌보셨고, 업무 시간엔 새로운 환자들을 보고, 밤에 또다시 입원 환자들을 돌보셨다.

어디서 그런 체력이 나오셨던 건지 모르겠다.

"아직도 여기서 먹어요?"

익숙한 목소리에 고개를 드니 웬일로 평범한 여자처럼 잔뜩 꾸민 민청하가 서 있었다.

"이제 병원 소속 한의사니 직원 식당에 가서 먹어도 되지 않아요?"

"내려가기 귀찮아서요. 근데 웬일로 예쁘게 차려입었네요? 데이트?"

"…그동안 엉망인 모습을 너무 많이 보여줬나 보네요. 이게 평소 모습이거든요!"

"아, 네네."

"하아~ 하긴 믿을 수가 없겠죠. 하지만 이제부터 이 모습에 익숙해질 거예요. 참! 선물 줘요."

민청하는 길고 하얀 손을 내밀었다.

웬 뜬금없는 선물.

"…무슨?"

"서운하네요. 5년의 개고생 끝에 본 시험 결과가 어제 발표됐는데 못 들었어요?"

"아! 아아! 축하해요! 이제 당당히 전문의네요."

"헤헤! 감사해요."

"선물 당연히 줘야겠군요. 뭐가 갖고 싶어요?"

가끔 식당에서만 만나는 사이지만 항상 친근하게 대해줘서 개인적으로 고마웠다.

"에이~ 선물 얘긴 농담이에요. 합격한 거 자랑하려고 일부러 말한 거예요. 뭐, 정 해주고 싶다면 근무할 때 밥이나 가끔 사줘요."

아무리 봐도 말하는 게 참 예쁜 여자다.

"하하! 그럴게요. 근데 바로 근무하는 거예요?"

"내가 미쳤어요? 전문의라고 해도 앞으로 몇 년간은 죽었다 생각하고 근무해야 하는데요. 이때가 아니면 언제 놀겠어요. 정식 출근일인 2월 말까진 해외여행도 하고 그동안 못 한 것도 해 보려고요."

"하긴 지금이 적기겠네요. 조심히 잘 다녀와요. 그때 점심 살게요."

"여기서요?"

"가고 싶은 곳 있음 말해요. 거하게 대접할게요."

"오케이! 한동안 밥 걱정은 없겠네요."

어디로 여행을 갈 건지에 대해 그녀와 더 이야기를 나누고 일어났다. 이제 노형진을 만나러 갈 시간이었다.

그가 입원한 곳은 2인실이었지만 아직 입원 환자가 많은 건 아니었기에 혼자 쓰고 있었다.

오늘은 조연출과 촬영 팀 1명만 나와 촬영 중이었다.

"어제 집에 가서 잘 쉬었어요?"

"…네."

"점심은요?"

"…조금 전에 병원식으로 먹었어요."

왠지 우울한 얼굴 표정이 잘 쉰 것 같지 않았다.

"근데 표정이 왜 그래요? 어디 보자. 어젠 얼마나 먹었는지 볼까요?"

그의 팔목 맥을 잡았다.

"…배고프지 않아서 거의 안 먹었어요."

"음, 그러네요. 점심도 조금밖에 안 먹었네요."

위엔 아주 약간의 음식만 담겨 있었다. 그마저도 거의 소화가 다 된 상태였다.

"혹시 배고프지 않아요?"

"…전혀요. 조금만 먹어도 배가 아프다는 느낌이 들어서……."

모든 게 정상이었다. 그래도 혹시 몰라 어제 시술해 둔 곳들을 체크했다.

노형진이 쭈뼛거리다 말했다.

"근데… 선생님."

"할 말 있으면 편하게 해요."

"…음식 맛이 느껴지지 않아요. 그리고 먹지 않았는데도 배가 계속 부른 상태고요."

"당연하죠. 어제 했던 1단계 시술이 그 두 가지예요."

"…아!"

"설마, 마음껏 먹으면서 다이어트를 할 거라고 생각했던 건 아니죠?"

"…그야 그렇습니다만……."

"너무 안 먹으면 쓰러질 수 있으니 병원에서 주는 밥은 꼭 다 드세요. 그리고 퇴원할 땐 식단표를 줄 테니 아무리 맛없어도 먹고요."

징징거림을 받아줄 생각은 없었다. 살을 빼려면 적응을 해야 했다.

"자! 몸무게를 재볼까요?"

병실에 올 때 가지고 온 전자식 체중계를 바닥에 놓았다. 노형진은 무거운 몸을 일으켜 체중계에 섰다.

숨 가쁘게 올라가던 체중계의 숫자는 192에서 멈췄다. 하루 만에 3kg이 줄었다.

현재 몸무게에 비하면 많이 빠진 건 아니지만 활성화 속도를 높일 필요는 없었다.

너무 한꺼번에 빠지면 건강이 위험할 수 있었다.

'현재는 5퍼센트가 적당하겠어.'

결정을 내린 두삼은 옆에 있는 천 간호사에게 지시를 내렸다.

"아침, 저녁으로 피부 탄력 마사지를 받게 하고요. 식후엔 살 빼는 마사지를 받게 하세요."

"알겠습니다, 선생님."

"그리고 하루 성인 권장량의 1.5배로 식단 조정해 주고요. 노형진 씨는 앉아서 할 일이 없을 때 지금 알려주는 동작을 반복해요. 틈틈이 계속하세요."

손을 가볍게 쥐었다 폈다 하는 동작. 맨손으로 아령 운동을 하는 동작. 앉아서 다리를 들었다 내리는 동작처럼 특별할 것 없는 동작이었다.

모든 동작을 알려줬을 때 오랜만에 민규식에서 전화가 왔다. 병실을 나오며 받았다.

"예, 원장님."

—오늘 5시쯤 시간이 되나?

"손님이 없으면요."

—예약은 없다는 얘기군. 그럼 그때 한방 센터 입구에서 보세나.

"무슨 일입니까? 오래 걸릴 일이라면 가게에 연락을 해둬야 해서요."

—해두게. 이제 슬슬 새로운 환자를 맡을 때도 되지 않았나. 그럼 그때 보세나.

새로운 환자를 맡기겠다는 소리였다.

급하지 않은 환자라면 나중에 하면 안 되겠느냐는 말을 하려다 하란을 떠올리곤 알겠다고 말했다.

"하아~ 못 오를 나무는 쳐다보지도 말아야 해. 자꾸 오르고 싶어지잖아."

신경질적으로 머리를 긁곤 진료실로 향했다.

* * *

"먼저 나갑니다."

옷을 갈아입고 입구로 나가자 한쪽에 민규식의 차가 서 있었다.

가까이 다가가자 문이 열리며 민규식의 모습이 보였다.

"타게."

그가 비켜주는 자리에 앉자 차는 빠르게 어디론가 향했다.

"청하 씨 합격했다면서요? 축하드립니다."

"고맙네. 그 앨 만났나?"

"푸드코트에서요. 여행 간다고 들떠 있던데요."

"쉬는 기간에 병원에 와서 공부나 하라고 했는데 싫다고 하더니 여행을 갈 생각이었군. 쯧쯧!"

"…제가 말을 잘못했나 보네요. 부녀 지간을 갈라놓은 건 아니겠죠?"

"허허. 이제 슬슬 정을 떼야지. 그렇지 않으면 결혼하는 걸 어떻게 보겠나? 전문의로 생활하다 보면 내가 왜 공부하라고 했는지 알겠지. 그나저나 내 딸하고는 잘되어가고 있나?"

"네? 무슨 말씀인지 모르겠네요. 저흰 그런 사이 아닙니다. 고작 식당에서 몇 번 본 것뿐인데요."

"허어~ 그래? 근데 둘이 휴게실에 들어가는 걸 본 사람이 있다던데."

쿨럭!

"네?"

"허허. 젊은 사람이 기관지가 그렇게 약해서야."

"…오, 오해십니다. 그저 몸이 많이 안 좋아 보여서 마사지를 해준 것뿐입니다."

"벌써 몸을 더듬는… 아니, 마사지하는 사이가 된 건가? 고작 몇 번 만나서? 자네 생각보다 꽤 행동파구먼. 허허허!"

"…그렇게 따진다면 전 수백 명과 사귀야 합니다만."

"허허허! 농담일세. 청하에게 들었어. 자네 마사지 실력이 엄청나다고 자랑을 하더군. 뭐, 실제로 사귄다고 해도 딱히 반대할 생각은……."

"원장님!"

"그 사람, 참. 말이 그렇다는 그야. 그리고 내 귀는 아직 멀쩡하니 그렇게 소리치지 말게. 운전석에 앉은 친구가 의외로 입이 가볍다네."

운전사 쪽을 바라봤다. 백미러로 운전사와 눈이 마주쳤다. 그는 씨익 웃으며 시선을 돌렸다.

계속 얘기해 봐야 놀림만 받을 것 같아 얼른 화제를 돌렸다.

"오늘 볼 환자는 어떤 증상입니까?"

"Anorexia Nervosa."

"네?"

"좀 더 공부해야겠군. 신경성 식욕 부진증."

혈을 외울 때도 얼마나 힘들었는데……. 생활 영어도 아닌 의학 용어에 익숙해지고픈 마음은 없었다.

"거식증!"

신경성 식욕 부진증, 거식증은 여러 가지 이유로 발생하는데 대부분은 심리학적 요인으로 발생한다.

체중 증가와 비만에 대한 두려움이 점차적으로 커지면서 악화되는데 먹고 토하기를 반복하다가 몸이 아예 음식을 거부해 버린다.

100명 중 2명은 결국 거식증에서 벗어나지 못하고 죽음에 이른다.

"얼마나 심합니까?"

거식증 환자를 자신에게 보일 정도라면 아주 심각하다고 봐야 했다.

"백약이 소용없고, 수많은 의사들이 상태를 호전시키려 노력했지만 실패했네. 각종 영향제로 생명을 유지시키고 있지만 이젠 그마저도 서서히 몸이 거부하는 지경까지 왔네."

"어쩌다가……."

"나도 남자 때문이라는 정도밖에 모르네."

"많은 의사들이 치료를 해왔다면 의료 기록이 있을 것 아닙니까?"

"없네. 환자의 아버지가 개인적으로 알음알음 의사를 직접 데려와 치료를 했던 모양이야. 나도 나 사장의 소개로 어제 처음 봤다네."

"그럼 병원으로 데리고 오는 것이……."

"환자가 거부해서 안 된다더군. 1년 전쯤에 도저히 안 되겠다 싶었는지 병원에 데리고 간 모양인데 오히려 죽을 뻔했다더군."

민규식의 표정이 어두운 것을 보아 정말 심각한 모양이다. 심리적인 요인으로 발생한 병을 자신이 고칠 수 있을까 생각해 봤다.

자신이 없었다.

지금까지 본 환자들과는 완전히 다른 케이스였다. 어디가 아프면 그 부분만 낫게 해주면 되지만 심리적인 건 자신의 영역이 아니었다.

"너무 고민 말게. 보고 아니다 싶으면 그냥 나와도 좋네. 사실 부모도 거의 포기하고 있는 상태라네."

"…알겠습니다."

대답은 했지만 마음이 편치 않았다. 솔직히 죽음을 다시 담담히 지켜볼 자신이 없었다.

섬에서 있었던 일이 주마등처럼 스쳐 지나간다.

차는 무거운 분위기 때문에 느려진 건지, 아님 교통체증 때문인지 멀지 않은 남산 밑 부자 동네를 가는 데 한참 걸렸다.

저택의 주차장에 차가 서자 양복 차림의 여성이 문을 열어줬다.

"어서 오십시오, 원장님. 회장님께선 위에서 기다리고 계십니다."

무뚝뚝하다 못해 음울해 보이는 그녀의 표정이 아니더라도 집안의 분위기는 짐작할 수 있었다.

얼굴이 은은하게 비치는 대리석으로 된 바닥도 분위기를 밝게 만들진 못했다.

"…어서 오세요, 민 원장님. 그 친구가 원장님이 말한 한의사입니까?"

"그렇습니다, 고 회장님."

"한두삼입니다."

"고정운일세."

분위기상 인사말은 생략했고 그도 말을 아꼈다.

고정운의 표정은 몹시 힘들어 보였다.

'자신의 딸이 아픈 이유 중 하나가 자신의 유전자 탓이라고 생각하고 있을지도…….'

사실 거실에 들어서면서 그와 그의 처가 결혼할 때의 사진을 봤는데 두 사람의 유전자를 받았다면 결코 괜찮은 몸매를 타고나기 어려웠을 것이다.

그들 부부를 폄하하려는 것은 결코 아니다.

정보가 거의 주어지지 않은 상황에서 환자에 대해 최대한 알아보기 위한 노력이라고 할까.

"데려다주지. 따라오게."

그는 말하는 것도 마음이 아프다는 듯 별다른 소리 없이 바로 환자가 있는 곳으로 안내했다.

복도를 지나 고급스러운 문을 열고 들어서자 커다란 방이 나왔다.

한쪽 면 전부가 유리로 되어 있어 아기자기하게 꾸민 정원이 보였는데 방이 얼마나 큰지 가구가 놓여 있음에도 휑하니 보일 정도였다.

그리고 창문 한쪽에 병원 중환자실을 연상시키는 기기들과 침대가 보였다.

"…보게."

가슴이 아파서일까, 고정운의 목소리는 가볍게 떨리고 있었다.

"그럼……."

민규식과 함께 환자에게로 갔다.

'어, 어떻게……!'

환자는 마치 미라처럼 말라 있었다. 이런 상황에 어떻게 살아 있느냐고 물어보려다 뒤에 있는 고정운이 떠올라 입을 닫았다.

산소 호흡기를 쓰고 있었는데 들썩임마저 느릿느릿했다. 다이어트를 하다가 정말 '다이' 하게 된 것이다.

"…맥을 짚어보게."

민규식은 이해한다는 표정으로 나지막이 말했다.

마치 죽기 전에 형식적으로 하는 마지막 의료 행위를 하는 기분으로 맥을 잡았다.

죽기 직전의 맥이 이럴까 약해도 너무 약했다.

'배영옥 여사님 수준이네, 아니, 더 심하다고 해야 하나.'

배영옥이 1시간 내에 죽어도 이상할 것이 없는 상황이었다면, 눈앞의 환자는 10분 내에 죽어도 이상할 것이 없는 상황이다.

한참을 살피던 두삼은 기운을 밀어 넣어 몸을 살펴보는 것이 무슨 소용이 있을까 싶었다.

과거 모두 죽었다고 했을 때 포기하지 않고 덤벼들었다가 어떤 꼴을 당했던가.

'그래, 몇 시간 더 연장시킨다고 무슨 의미가 있을까. 포기하자.'

손을 떼려 할 때였다.

문득 어린 시절의 기억이 떠오르며 섬에서의 기억을 덮었다.

'의사인 내가 죽음을 선고하기 전까진 죽은 게 아니다! 당장 안으로 들여라!'

기다리던 환자가 갑자기 숨을 멈추며 쓰러지자 일을 돕던 사람들이 환자가 죽었다고 생각하고 돌려보내려 할 때 할아버지가 외쳤던 말이었다.

할아버지는 결국 그 환자를 살리셨다. 병명이 기억나진 않지만 심각한 병은 아니었던 것으로 기억난다.

어린 시절 그 모습이 얼마나 멋있던지… 가끔 동네 또래들과 놀 때 흉내 내곤 했다.

'그래. 해보지도 않고 사망 선고를 내리려 하다니……. 그땐 정

말 내가 죽이는 거야.'

다시 환자의 맥을 꼭 쥔 두삼의 손이 하얗게 빛났다. 그리고 기운이 여자의 몸속으로 들어갔다.

한데 그때 이상한 증상이 일어났다. 팔을 통해 쭈욱 들어가던 기운이 점점 약해지더니 어깨를 지나기 전에 사라져 버린 것이다.

'뭐, 뭐야!'

깜짝 놀라 다시 기운을 넣었다. 한데 방금 전과 똑같은 증상이 일어났다.

'이게 무슨…….'

처음 보는 현상에 놀라 더 이상 기운을 넣지 않고 손목의 맥 대신에 더 잘 느낄 수 있는 목의 맥에 손을 올렸다.

조금 전과 다를 바 없는 미약한 맥. 한데 한참 맥을 느끼고 있는데 이상한 현상이 또 하나 생겼다.

움찔!

조금 강한 맥이 손끝으로 전해졌다. 잘못 느꼈나 싶어 더욱 집중해서 그 현상을 잡아내려 노력했다.

불규칙적이지만 아주 가끔 손끝으로 확실히 약간 강한 맥이 느껴졌다.

'…살고 싶으니 내 기운을 달라는 건가?'

왜 이런 생각을 했는지 모르겠다.

하지만 처음 맥을 잡았을 땐 아예 느껴지지 않던 것이, 기운을 주입한 후 마치 기를 더 달라는 신호처럼 느껴졌다.

'오냐! 먹어봐라.'

이왕 먹는 거 제대로 먹어보라고 양손을 그녀의 단전 위에 올렸다.

양손에서 하얗게 빛나던 기운이 그녀의 단전으로 들어갔다. 그리고 단전으로 들어간 기운은 사지로 뻗어가기 전에 빠르게 흐려졌다.

다만 좀 전과 달리 기운을 끊지 않고 계속 밀어 넣자 사라지는 이유가 보였다.

메마른 땅에 약간의 물을 부으면 순식간에 사라져 버리듯 기가 메마른 육체는 두삼의 기운이 들어가는 족족 흡수해 버리는 것이었다.

'젠장! 기가 부족해.'

병원 일까지 마치고 나면 거의 30퍼센트 정도의 기운밖에 남지 않았는데 오늘도 마찬가지였다.

남은 기운을 탈탈 털어먹고도 더 달라고 하는 육체를 보고 있자니 한숨밖에 나지 않았다. 하지만 더 줄 순 없었다.

무리하면 자신의 원기가 다친다.

일단 손을 뗐다.

"윽!"

기운이 텅 빌 때 느껴지는 허탈감에 절로 숨이 거칠어졌다.

단전에 손을 올리고 있던 두삼이 손을 떼며 갑자기 숨을 헐떡거리자 민규식이 물었다.

"왜 그러나?"

"제 기운을 넣어서 그렇습니다. 후… 혹시 근처에 기운을 보할 수 있는 한약 없습니까? 아님 보양식도 괜찮습니다."

"잠깐만 기다리게!"

"구해 오는 동안 저는 잠깐 기운 좀 돌리겠습니다."
두삼은 침대 앞쪽에 털썩 주저앉아 몸의 내부를 관조했다.
습관 때문인지, 아님 이유가 있는 건지 모르지만 이러한 명상은 일어날 때와 자기 전에 하는 것이 가장 효율이 좋았다.
다른 때도 해봤지만 두 시간대보다는 확실히 효율이 나빴다.
근데 지금은 찬밥과 더운밥을 가릴 때가 아니었다.
기껏 넣어줬는데 그 양이 적어 숨을 거두면 그보다 낭패가 있을까.
단전에 집중하자 어느새 적은 양의 기운이 모여들면서 임독맥을 달리기 시작했다.
눈 굴리기처럼 이렇게 돌리다 보면 기운은 점점 커졌다.
"한 선생, 여기 있네. 마음껏 먹게."
얼마 지나지 않았는데 민규식은 상당한 양의 한약을 가지고 왔다.
그리고 말을 하는 사이에 가정부로 보이는 이들이 연신 뭔가를 가져와 옆에 놓고 갔다.
"…뭐가 이렇게 많습니까?"
팩에 든 각종 한약부터 고급스러운 상자에 든 단까지 수북했다.
대답은 웬 상자를 내려놓으며 고정운이 했다.
"연아 먹인다고 그동안 사둔 것들이네. 다 먹어도 되니 가격은 신경 쓰지 말게."
그는 말을 하면서 상자를 열었는데 그곳에 족히 백 년은 넘은 산삼 두 뿌리가 아주 예쁘게 담겨 있었다.
"…감사합니다."

신경 쓰지 말라니 더 신경이 쓰였다.

물론 산삼을 먹을 생각은 없다.

다른 것이 없다면 모르겠지만 잘 달여서 만들어놓은 것들이 있는데 굳이 욕심낼 이유가 없었다.

일단 팩에 든 한약을 들고 약간 찢어서 그대로 입에 넣었다.

"…여성 생리 불순과 임신을 위한 한약이군요."

"…다른 걸 먹게."

"아뇨. 그저 기운을 채우기 위한 거니까 괜찮습니다."

그렇게 말하면서 두삼은 팩 대신 청자로 된 도자기를 손에 잡았다.

뚜껑을 열자 한약 특유의 냄새가 찐하게 올라왔다.

'경옥고!'

공진단에 비해 저렴하지만 효능은 그에 못지않은 명약의 하나.

손가락으로 푹 떠서 입에 넣었다.

약의 기운이 입에서부터 뿜어져 나왔다. 좋은 약재로 제대로 숙성시켜서 만든 경옥고가 분명했다.

한참 퍼먹던 두삼은 기운들이 날뛰기 시작하는 것을 느끼곤 얼른 눈을 감고 기운을 단전으로 이동시켰다. 그리고 임독양맥으로 순환시켰다.

명상을 매일같이 하다 보니 알게 된 거지만 자연적으로 채워지는 기운과 약효를 통해 채워지는 기운은 조금 달랐다.

약효로 채워지는 기운이 더 독하고 진했는데 명상을 통해 임독양맥을 돌리다 보면 점점 연해지면서 자신의 것과 비슷하게 됐다.

완전히 자신의 기운이 된 것과 아닌 것의 차이는 기운을 세밀하게 조절할 수 있느냐 없느냐였다.

가령, 기운으로 혈관을 막는 호스를 만들 때 전자는 생각대로 만들어지지만 후자의 경우는 조금 조잡하게 만들어졌다.

'됐다.'

좋은 보약을 먹어서인지 정신없이 명상을 하자 생각보다 빨리 50퍼센트나 차올랐다.

'완벽하게 내 것과 비슷하진 않지만 세밀한 작업을 하는 것도 아니니 상관없겠지.'

자리를 박차고 일어나 다시 환자, 고연아에게 가서 맥을 체크했다.

자신의 기운 30퍼센트를 먹어서인지 확실히 아까보다 맥의 움직임이 강해진 느낌이다.

옳은 방향이라 확신을 하고 그녀의 단전에 손을 댄 후 주입했다.

'……!'

기운이 퍼지는데 아까처럼 사라지지 않고 고연아의 몸이 가볍게 떨리는 게 느껴졌다.

잘못되었다는 걸 깨닫자마자 얼른 회수했지만 그녀의 떨림은 한동안 지속됐다.

"후우~"

"왜 그러나?"

떨림이 지켜보는 사람에게 보일 정도는 아닌가 보다.

"환자의 식성이 까다로워서요."
"응?"
"아무것도 아닙니다. 저 소파에 앉아서 좀 더 명상을 해야겠습니다."
"…그러게."
두삼은 고급스러운 소파에 앉아 눈을 감았다. 그리고 다시 내부를 관조하며 기운을 회전시켰다.

*　　　*　　　*

"죄송합니다. 최선을 다했지만……."
지금까지 고연아를 치료했던 의사들이 돌아가면서 딸의 죽음을 알리는 꿈을 밤새도록 꾼 고정운은 피곤한 모습으로 방에서 나왔다.
기다렸다는 듯 야채 주스를 건네는 집사에게 물었다.
"그 의사는?"
"한약을 먹고 소파에 앉아 몇 시간 앉아 있다가 아가씨의 아랫배에 잠깐 손을 올리는 행동을 반복하고 있어요."
"밤새?"
"예. 시간을 볼 때 잠시 후 소파에서 일어나 아랫배에 손을 댈 시간이에요."
"무슨 도깨비놀음도 아니고… 가보지."
나경록 사장과 민규식 원장으로부터 정상적으로 보이진 않을 테지만 일단 믿어보라는 얘길 들었다.

그에 그저 지켜보고만 있지만 이해가 되지 않았다.

만일 고연아를 대하는 태도가 진지하지 않았다면 벌써 '뭐 하는 짓'이냐고 한마디 했을 것이다.

보낼 때 보내더라도 이상한 꼴을 당하게 하고 싶지 않은 게 그의 마음이었다.

고정운이 딸의 방에 도착했을 때 두삼은 단전에 손을 올리고 있었다.

그러다 손을 떼며 안도의 한숨을 쉬며 중얼거렸다.

"하아… 드디어 끝이구나."

"뭐, 뭐가 끝이라는 말인가?!"

"아! 오셨습니까. 근데 설명 드리기에 앞서 일단 아침 식사 좀 할 수 있을까요? 쓴 한약만 삼켰더니 입이 너무 쓰네요."

묻는 말에 답부터 하지 않는 것은 그가 가장 싫어하는 일이었다.

하지만 하룻밤 사이에 어제 온 의사가 맞나 싶을 만큼 핼쑥해진 모습에 고개를 끄덕일 수밖에 없었다.

식탁에 앉은 두삼은 정말 걸신이 들린 사람처럼 먹는 것에 집중했다. 그리고 밥을 세 공기째 먹고 난 후에 숟가락을 놓았다.

"이제 설명을 해줄 수 있겠나?"

"물론이죠. 기다려 주셔서 감사합니다. 어젯밤에 처음 환자분을 진맥했을 때……."

두삼이 막 말을 하려는데 비서가 부리나케 다가오더니 귓속말을 했다.

"회장님, 아가씨가 정신을 차리셨어요!"

"뭐!"
"조금 전에 눈을 떠서 직접 산소마스크를 벗었어요."
"당장 가보지!"
몸이 약물을 서서히 거부하기 시작하면서부터 보름 가까이 눈도 제대로 뜨지 못하고 있었다.
한달음에 딸의 방으로 달려갔다.
"연아야!"
피곤한지 눈을 감고 있던 고연아는 아주 천천히 눈을 떴다.
"……."
뭔가 말하려는 듯 마른 입술이 달싹이긴 했지만 말이 나오진 않았다. 그러나 무슨 말을 하려는지 모를 수가 없었다.
"…그래, 아빠다, 아빠야! 이 녀석……."
고정운의 눈주름을 따라 눈물이 흘렀다. 하지만 감동적인 시간은 한 사람으로 인해 깨졌다.
"지금은 눈을 뜨는 것조차 생명이 위험할 수 있습니다. 연아 씨, 당신이 살고 싶어 한다는 건 알고 있으니 이만 쉬어요."
두삼은 그녀의 머리에 한 손을 올리고 다른 한 손으로 그녀의 손을 부드럽게 주물렀다. 그러자 신기하게 금방 색색거리면서 잠이 들었다.
"연아 씨는 한동안 계속 자야 할 겁니다."
"…그런가? 식사 후 차를 못 마셨군. 마시면서 아까 못 들은 얘기를 듣고 싶은데."
고정운은 손으로 얼굴을 쓱 닦고 말했다.
"그러시죠. 저도 드릴 말씀이 있으니까요."

두 사람은 정원으로 자리를 옮겼다.

"난 커피로. 한 선생이라고 했지? 자네는 술이라도 한 잔 줄까? 의사들 술 좋아하지 않나."

"아닙니다. 전 꿀차나 코코아처럼 단맛이 강한 걸로 부탁드립니다. 밥을 먹었는데도 쓴맛이 가시질 않네요."

가정부가 가고 나자 고정운이 물었다.

"피곤하지 않나?"

"괜찮습니다."

자신보다 피곤해 보이는 고정운 앞에서 피곤한 척할 수 없어 괜찮다 말했지만 사실 죽을 맛이었다.

밤새도록 기운이 차오르기 무섭게 고연아에게 줘버렸는데 멀쩡한 게 이상하리라.

다만 얻은 게 있어서 심적으로는 버틸 만했다.

명상을 통해 임독양맥으로 기운을 돌리던 것을 이제는 가만히 있어도 돌릴 수 있게 된 것이다.

밤새도록 돌리다 보니 관성을 얻은 건지 어느 순간부터 의식하지 않아도 돌고 있음을 알게 됐다.

지금도 돌고 있다.

그리고 야금야금 주변의 기운들을 몸속으로 끌어들여 비어진 빈자리들을 채우고 있었다.

얼마나 놀라운 일인가.

이제부터 더 많은 일을…….

'빌어먹을! 기운을 더 빨리 채울 수 있게 됐다고 일을 더 할 생각을 하다니, 지금 일하는 걸로도 부족한 거냐, 두삼아!'

일 중독자처럼 구는 스스로를 책망했다.

아무튼 할아버지가 수많은 환자들을 볼 수 있었던 비밀은 푼 것 같았다.

"험!"

생각에 빠진 건지, 잠을 잤는지 고정운의 헛기침 소리에 정신을 차렸다.

어느새 테이블엔 꿀을 넣은 코코아가 놓여 있었다.

달콤한 코코아를 한 모금 마신 후 입을 열었다.

"원장님께 말씀을 들으셨는지 모르겠지만 저는 몸의 기운을 이용해 사람의 내부를 보거나 치료를 합니다."

"얼핏 들었네."

"그래서 어제 제일 먼저 내부를 보려고 했고요. 한데 제 기운을 그냥 흡수해 버리더군요. 그리고 흡수를 하고선 더 달라고 조르기도 했고요. 아! 몸이 말했다는 건 아닙니다. 그저……."

"특이한 표현이지만 충분히 이해하네. 그렇게 느꼈던 거겠지."

"맞습니다. 아무튼 본능은 살기를 원했습니다. 그래서 원하는 만큼 기운을 주입했습니다. 그러기 위해서 쓴 한약을 그렇게 먹은 것이고요."

"이제야 괴상하기까지 한 행동들이 이해가 되는군."

"괴상하기까지야……."

"고맙네. 솔직히… 연아가 다시 눈을 뜨게 될 줄은 생각도 못 했네."

"솔직히 저도 기대한 건 아니었습니다. 그저 할 수 있는 한 해보자는 생각대로 했을 뿐입니다."

"그렇다고 해도 호전시키는 건 어느 누구도 못 한 일이지. 이젠 어떻게 할 생각인지 알고 싶군."

"글쎄요. 생각해 봐야죠. 근데 그보다 먼저 왜 저렇게 되었는지 알고 싶습니다."

"…아주 흔한 이유지."

커피 잔을 잡는 고정운의 팔에 힘이 들어갔다.

"내겐 자식이 연아 한 명뿐이네. 이게 무슨 말인지 이해하겠나?"

"소중하다?"

"그야 당연히 소중하지. 우리에게도, 내 회사에도."

"아! 맞다. 회장님이시죠? 죄송합니다. 아무것도 듣지 못하고 끌려온 것이라."

"경제엔 관심이 없나 보군?"

"의학 서적 보기에도 바쁜데요."

고정운은 약간 어이없다는 듯 물었다. 사실 그는 웬만한 연예인보다 더 자주 방송 매체에 나왔다.

"하긴 자신의 분야에 빠져 살면 그럴 수도 있지. 아무튼 상속자인 딸의 미래를 위해 쓸 만한 인재를 붙여줬다네. 다행히 연아도 그 남자를 마음에 들어 했지."

정말 그의 말처럼 흔한 이유였다.

남자를 사랑하게 되었는데 하필 그 남자가 바람을 피우는 모습을 목격한 것이다.

거기서 멈추고 끝냈으면 좋았을 텐데 배신감에 뒤를 캤고 그에 남자가 뒤에서 하는 뒷담화까지 고스란히 듣게 되었다.

이후는 듣지 않아도 알 만했다.

억지로 다이어트를 하려 했고 그에 대한 부작용으로 거식증에 걸려 현재까지 온 것이다.

“몸을 정상으로 만드는 게 쉽지 않겠군요. 전 정신 건강 의학에 대해 아는 게 없습니다.”

“그건 민 원장에게 내가 부탁하겠네. 자넨 그저 정신과 치료를 할 수 있는 정도로만 만들어주게.”

“최선을 다하겠습니다. 한데 문제는 제가 이 일에만 매달리지 못한다는 겁니다. 그래서 병원에 입원을 시켰으면 합니다.”

“…민 원장에게 병원에 입원하지 못하는 이유를 듣지 못했나?”

“제대로 듣지 못했지만 짐작은 합니다. 하지만 지금 상태론 절대 자해는 하지 못합니다.”

“지금 하고 있는 일을 다 그만두고 치료만 해준다면 평생 놀고 써도 다 쓰지 못할 만큼 줄 수 있네.”

“…귀가 솔깃해지는 제안이네요.”

솔직히 짧은 순간 ‘평생 놀고 써도 다 쓰지 못할 만큼’이 얼마일까라는 생각과 기다리고 있는 환자들이 머릿속에서 서로 싸우고 있었다.

싸움의 승자는…….

“하지만 진짜 돈 때문이 아닙니다. 지금 하고 있는 일들도 제가 꼭 필요로 하는 일들이라 그렇습니다.”

옳은 대답을 했는데 왜 속이 쓰릴까.

“어쩔 수 없지. 그럼… 입원은 언제 시키면 되겠나?”

“당장하시죠. 제가 원장님께 구급차 보내달라고 하겠습니다.”

"…그렇게 하게."

그는 더 이상 말하지 않고 차를 마셨다.

문득 치료만 잘되면 아까 말한 것만큼 주면 안 될까요, 라고 묻고 싶은 걸 겨우 참았다.

참을 수 없게 술을 권할 때 마실 것을.

*　　　*　　　*

"저 왔어요."

가게로 들어가자 세 사람은 따뜻한 수제비를 먹고 있었다. 가장 먼저 이진철이 반겼다.

"여어~ 사장 양반, 수금하러 왔나? 금방 먹고 챙겨줄 테니 잠깐만 있으라고."

"네네~ 근데 하룻밤 여기서 잤다고 날 손님 취급하진 말아줄래요?"

고연아에게 밤새 기운을 불어넣느라 집에 올 수가 없어서 이진철에게 하룻밤만 자달라고 부탁했다.

요 며칠 집 주위에 서성이는 이가 있다는 한미령의 말에 혹시나 싶어서였다.

"요즘 하는 거 보면 손님이나 다름없지."

"말싸움하기도 귀찮네요. 인정. 제 잘못이에요. 이제 됐어요?"

"재미없긴. 밥은 먹었냐?"

"…제가 먹을 거 있어요?"

수제비 냄새가 코를 자극했다.

"당연히 있지. 네가 올지 안 올지, 먹고 올지 안 먹고 올지 알 순 없지만 항상 넉넉하게 준비하거든. 안 그래요, 혜경 씨?"

"호호! 내가 떠줄게. 앉아."

"고마워요, 누나."

"천만에. 근데 어제 재미있는 손님이 왔어. 들어오더니 다짜고짜 전립선마사지는 안 하느냐고 묻더라."

전립선마사지는 꽤 민감한 곳을 손으로 꼼꼼히 문질러야 해서 하지 않고 있었다.

"그래서 안 한다고 했더니 자신의 전립선이 위험한 상태라고 꼭 해달라는 거야. 웬 진상인가 싶어 쫓아내려는데 진철 오빠가 마사지를 마치고 나오다 그 모습을 본 거야. 그리고 오빠가 자신이 아주 잘한다고 해주겠다고 말했거든. 호호호호! 그때 그 사람 표정을 봤어야 하는데."

"하하하! 화들짝 놀라 도망가는 꼴이라니."

세 사람은 일을 하는 시간이 길어질수록 진상 처리를 잘하고 있었다.

재미있자고 한 얘기도 즐거웠고, 수제비도 맛있었다. 아니 그보다 북적이는 분위기 때문에 더 맛있게 느껴진 건지도.

저녁 근무를 시작하기 15분 전쯤 두삼은 병원을 다니면서 생각했던 바를 꺼냈다.

"세 사람한테 말할 게 있어요."

"무슨 얘기를 하려고 무게를 잡고 그래?"

"별건 아니고… 이제 세 분 중 한 명이 가게를 운영해 보는 게 어떨까 해서요. 부담스럽다면 세 사람이 공동 운영해도 괜찮고요."

갑작스러운 말이었을까, 세 사람은 서로의 얼굴을 보며 대답을 못 했다. 그러다 대표로 이진철이 말했다.

"가게를 우리에게 넘기겠다고?"

"뭐, 그렇죠."

"음, 많이 바쁜가 보구나. 근데 그냥 네가 사장으로 남으면 되지 않나?"

"함께하는 거라면 모를까 세 사람을 직원으로 쓰며 돈을 벌고 싶지 않아요. 병원에서 받는 것만으로도 충분하고요."

"…가게는 얼마쯤에 넘길 생각인데?"

"얼마나 대단한 가게라고 넘기긴 뭘 넘겨요. 그냥 월세는 40 정도에, 인테리어 비용 감가상각 생각해서 30 정도 주고 쓰세요."

현재 각종 세금과 공과금을 제외하고 세 사람에게 월급을 주고 나면 400만 원 정도가 남았는데 두삼 자신이 밤마다 와서 일한 돈을 제외하면 250 정도다.

만일 세 사람이 운영하면 각각 60만 원씩 더 가져가게 되는 셈이다.

"그건 거의 공짜로 주겠다는 소리잖아?"

"월세 받는 것으로 만족하겠다는 소리죠. 사실 혼자 하는 가게였다면 벌써 문 닫았을 거예요."

"조건은 좋은데… 우리가 너무 미안한데."

"맞아. 그냥 사장으로 돈 관리만 해."

"그래요, 오빠. 그냥 그렇게 해요. 오빠 없다고 해도 일 열심히 할게요."

신혜경도, 한미령도 한마디씩 했다.

“사람들이 이렇게 욕심이 없어서야. 날 생각해 주는 건 고마운데 마음을 바꿀 생각은 없어요. 법적인 문제는 제가 깔끔하게 처리할 테니까 세 사람이 공동으로 맡는 걸로 해요. 날짜는 오늘부터.”

어차피 길게 얘기해 봐야 나서는 사람이 없을 것 같았다. 그래서 아예 못 박았다.

“자식이… 정 그럼 월세 50에 인테리어 비용 50 줄게. 백은 줘야지 덜 미안할 것 같다. 이것도 안 받겠다면 안 해! 그렇지, 애들아?”

“150정도는 줘야 하지 않을까?”

“그보단…….”

쯧! 이러다 계속 올라갈 것 같다.

“합해서 백! 나중에 장사 안 된다고 깎아달라고 해도 절대 안 깎아줄 테니 그리 아세요. 아무튼 얘기 끝났으니 이제 올라가서 좀 씻을게요. 어제부터 씻지 못했더니 찝찝하네요.”

자리에서 일어나 2층으로 올라갔다.

애정을 쏟았던 가게를 넘기는 것 같아 약간 서운함도 있었지만 마음에 드는 사람들에게 넘기고 일을 다이어트했다는 것에 대한 시원함이 더 컸다.

26. 오지랖

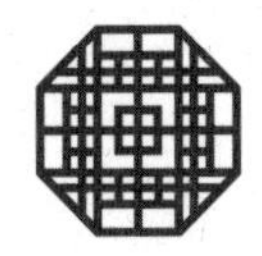

영업을 한 지 한 달이 지나자 한방의학센터도 서서히 자리를 잡아갔다. 또한 센터장인 고웅섭 역시 자신의 위치에 대해 서서히 인지하고 있었다.

"김 과장의 말은 뭔지 알겠어요. 하지만 일단 들어오는 선생님들과 함께 일을 해본 후에 인력을 더 늘려달라고 해야 하지 않을까요?"

"센터장님, 수련의들도 없는데……."

"수련의 문제는 원장님과 얘기 중에 있습니다. 그리고 사실 가장 급한 곳은 안마과에요."

고웅섭은 더 듣기 싫다는 듯 말을 돌려 버렸다.

회의 때마다 순환내과 과장은 인력이 부족하다고 말하는데 매일같이 센터의 매출액을 확인할 수 있는 센터장이 보기엔 그 정도는 아니었다.

물론 센터장의 직권으로 그러라고 말할 수도 있었다. 하지만 고분고분하지 않고 사사건건 각을 세우는 그를 위해 자신의 권한을 쓰고 싶지 않았다.

서서히 자리를 잡아간다는 건 서서히 센터 내에 라인이 생기고 있다는 얘기이기도 했다.

현재 센터 내에는 세 개의 라인이 존재했다.

센터장을 중심으로 하는 라인, 내과 과장들로 이루어진 라인, 그리고 아직 어느 곳에도 붙지 않은 이들.

센터장 라인은 유하고 잘하는 사람보다 못하는 이를 잘 다독이는 고웅섭답게 실적이 부족한 과들 위주로 이루어져 있었다.

그럼에도 불구하고 센터장 라인이 힘을 얻을 수 있는 이유는 안마과 때문이었다.

상관은 센터장뿐이라고 생각하는 이방익은 자연스럽게 센터장 라인이 되었고, 현재 이방익이 있는 안마과가 단연 실적 면에선 탑이었다.

다른 부족한 과의 실적을 덮을 만큼.

"음, 괜찮습니다. 지독하게 뺀질거리던 녀석이 오전에도 틈틈이 시간을 낼 수 있게 됐거든요."

마사지 숍을 넘긴 두삼은 오전에 있던 뇌전증 연구소 일을 퇴근 이후로 넘겨 버렸다.

"한두삼 선생이 그동안 많이 뺀질거렸나 보군요?"

"제가 방금 한 선생이라고 말을 했습니까?"

"안마과에 이 과장이랑 한 선생밖에 없지 않나요?"

"아! 그렇군요. 방금 제가 욕했다는 건 비밀입니다."

"허허! 전문의 눈치를 보는 과장이라 볼 만하군요. 괜찮다니 다음 건으로 넘어가죠."

고웅섭은 태블릿의 다음 페이지를 보며 말을 이었다.

"다음 건은 오늘부터 출근을 하게 되는 전문의들에 대한 얘기예요. 먼저 자리를 잡은 우리가 그들을 따뜻하게 맞이해서 파이팅하자 이겁니다. 그리고 이제 인원이 생겼으니 당직에 대해 얘기해 보죠."

회의는 1시간 가까이 지속됐다.

*　　　*　　　*

한강대학병원 VIP병실.

두삼은 물보다 조금 더 진한 죽 그릇을 들고 고연아 옆에 앉아 주사기로 그녀에게 먹이고 있었다.

"먹고 싶지 않다는 거 알아요. 한데 어쩌겠어요. 영양제를 몸이 거부하거든요. 음식도 몸이 거부한다고요? 걱정 말아요. 그래서 몸을 마취시켜 뒀으니까. 자! 천천히 넣을게요."

두삼은 주사기를 눌러 묽은 죽을 입에 넣어주었다.

힘없는 눈빛으로 자신을 바라보고 있는 고연아를 보고 있자니 민망함에 다시 입을 열었다.

"씹고 삼킬 힘이 아직 없다고요? 걱정 말아요. 내가 있잖아요."

두삼은 조심스럽게 그녀의 목에 손을 대 목이 열리게 만늘었다.

그러자 입안에 있던 음식이 식도를 타고 위로 내려갔다.

"맛없죠? 하지만 조금만 참아요. 그럼 맛난 죽을 먹을 수 있을 거예요. 보기엔 묽은 죽이지만 이 안에 하루 권장량이라 할 수 있는 영양이 모두 포함되어 있어요. 이거 어젯밤부터 달인 한약으로 끓인 거예요."

까아아아암박!

아주 천천히 눈을 깜박이는 눈. 두삼은 그 깜박거림을 자의로 해석해서 대답했다.

"누가 끓였냐고요? 당연히 저죠. 연아 씨가 여기 있는 걸 아는 사람은 원장님이랑 저랑, 연아 씨 집안사람들밖에 없어요. 간호사들도 여긴 출입 금지예요. 그러니 부끄러워할 필요 없어요. 자! 좀 더 먹어볼까요?"

두삼은 계속해서 쓸데없는 소리를 하며 죽을 다 먹였다.

"잘했어요. 응? 주사기로 먹이는 게 마음에 안 든다고요? 걱정 마요. 항문외과에서 가져오긴 했지만 사용하기 전에 뜯은 거니까요."

"……."

"하하! …농담이에요. 지금처럼 잘 먹으면 며칠 후에는 숟가락으로 먹여야 할 만큼 죽이 진해질 거예요. 아! 제가 숟가락질을 잘 못해요. 그러니 연아 씨가 더 적극적으로 받아먹어야 할 거예요. 아님 옆으로 흘릴걸요. 그럼 흉하잖아요."

조금 전에 한 말 때문인지 아님 흉하다는 말에 반응하는 건지 그녀의 눈빛이 살짝 흔들렸다.

"흉하지 않을 거라고요? 글쎄요. 두고 보죠. 재미없는 애기 듣느라 피곤하죠? 이제 그만…….”

자라고 말하려는데 노크 소리와 함께 문이 열리며 처음 보지만 낯익은 아주머니가 들어왔다.

“아! 연아 씨 어머님! 안녕하세요, 담당의인…….”

막 인사를 하려는데 덥석 안기는 고연아의 어머니.

아주머니가 안기는 건 별로 달갑지 않네요.

“…보호자분, 따님은 저기 있습니다만.”

“고마워요, 선생님.”

“흠! 말씀만으로 충분한데…….”

“우리 애를 살려주셔서 감사해요. 정말… 뭐라고 감사를 해야 할지……. 흑!”

흐느껴 우는 모습에 밀어내려고 들었던 손으로 등을 토닥여 줘야 했다.

“최선을 다하겠습니다. 아직은 낙관할 상황이 아니니 감사는 나중에 하시고 일단 따님과 인사를 하시죠.”

“…내 정신 좀 봐. 훌쩍! 조금 이따가 얘기해요. 연아야, 엄마야. 알아보겠니?”

까아아아암박!

“그래, 내 새끼! 엄마를 닮아 마음이 이렇게 약해서야. 엄마, 아빠를 봐서라도 마음 단단히 먹으려무나.”

빈부에 상관없이 자식에 대한 사랑은 별 차이가 없는 모양이다.

10분쯤 지켜보고 있다가 나섰다.

“이제 자야 할 시간입니다. 연아 씨, 엄마 만나서 기쁘죠? 그러니 푹 쉬고 얼른 나아요."

그녀의 백회혈 부근을 살살 어루만지자 그녀는 스르륵 눈을 감았다.

"다른 사람이 머리 만지는 걸 싫어하던 앤데… 사람을 잘 다루시네요."

"잠이 잘 오게 하는 치료 행위입니다."

혹 오해를 할까 정확하게 말했다.

"그런가요? 나도 최근엔 잘 못 자는데 부탁드려야겠네요."

"…어머닌 울화증 때문에 간의 생리 기능에 장애가 와서 그러신 겁니다."

절대 하기 싫어서 하는 말은 아니었다.

"전에 있던 병원에서는 심리적인 요인이라고 하던데 한의사라 울화병으로 진단을 하네요?"

"양의학과 한의학의 차이랄까요. 따님 때문에 생긴 증상이라 따님이 나아야 낫겠지만 그대로 두면 위험하니 꼭 치료를 받으세요."

"안 그래도 그러기 위해서 여기로 왔어요. 딸애와 같이 있기 위해서긴 하지만요."

"네?"

"이곳에 입원하기로 했다고요."

"아, 그러시군요."

"근데 선생님, 연아가 건강해질 수 있을까요?"

"회장님께 말씀드렸지만 심리적인 분야는 저의 전문 분야가 아니라서 거식증이 완전히 나을 수 있을지는 장담을 못 드리겠네요. 다만 체력을 회복시키는 건 현재로썬 굉장히 긍정적입니다."

"선생님이 연아를 대하는 모습을 보니 잘될 것 같아요. 잘 부탁드려요."

"최선을 다하겠습니다."

누구한테 고개를 숙인 적이 있을까 싶은 이가 정중하게 고개를 숙이는 모습을 본 후 VIP실에서 내려왔다.

로비를 가로질러 한방센터 쪽으로 가려는데 안마 팀의 이준호가 로비 가운데에서 어찌할 바를 몰라 두리번거리고 있었다.

얼른 다가가 물었다.

"준호 씨, 여기서 뭐 해요?"

"아! 한 선생님. 택시 기사분이 잘못 내려주셔서 헤매고 있었습니다."

"통근 버스는 어쩌고요?"

"어제 일이 있어서 버스를 탈 수 없었어요. 아무튼 선생님을 여기서 만나다니 제가 운이 좋았네요. 하하!"

교육받을 때 실력 때문에 의기소침해 있던 그도 점점 경험이 쌓이면서 제법 밝아졌다.

약간 앞쪽에 서서 그와 보조를 맞춰 한방센터로 향했다.

"선생님껜 항상 감사해요."

"뭐가요?"

"알게 모르게 저에게 신경 많이 써주셨다는 거요."

"모르게 한 것도 알아차렸어요? 다음부터 그냥 알게 해야겠네요."

가게를 넘기고 나니 왠지 모르게 여유가 생겼다. 그래서인지 농담도 술술 나왔다.

"하하! 그러셔도… 어!"

"이크! 조심!"

시력이 있을 때의 습관이었을까, 그는 고개를 들어 웃느라 에스컬레이터를 보지 못했다.

두삼은 계속 그를 신경 쓰고 있었기에 얼른 그를 붙잡았다.

그를 잡고 넘어지지 않게 힘을 주는 순간이었다.

계속 돌고 있는 있던 기운 중 일부가 그의 몸에 스며들었고 그대로 그의 눈 쪽으로 향했다.

그리고 복잡한 눈의 세계가 보였다. 하지만 얼마 지나지 않아 빠져나와야 했다.

"가, 감사합니다."

"…아뇨. 에스컬레이터가 있다는 걸 알려줬어야 했는데 미안해요."

"아니에요. 점자 블록이 있어 에스컬레이터가 있다는 걸 알았는데 주의를 하지 못한 제 탓이죠."

에스컬레이터에서 내려 복도를 지나면 한방의학센터였다. 센터에 들어서자 왠지 잔뜩 들뜬 분위기가 느껴졌다.

이준호가 말했다.

"오늘 따라 왠지 많이 수선스러운 것 같아요."

"그러게요. 새로운 식구들이 와서겠죠?"

"아! 오늘 새로운 선생님들 오는 날이죠. 그래서 복도에 이렇게 사람이 많았구나."

새로운 식구라고 하지만 다 면접 때 본 얼굴들이었다. 자연 복도를 지나다 보니 인사를 하는 이들이 엄청 많았다.

"안녕하세요, 면접관님."

"네. 안녕하세요. 합격 축하해요."

"면접관님도 여기서 일하세요?"

"안마과입니다."

"안녕하세요. 엄청 무섭게 느껴졌는데 여기서 뵙게 되니 왠지… 하하! 아무것도 아닙니다."

"친구 같다는 거죠. 친하게 지내요."

막 병원에 온 이들이라 무척 들떠 있었다.

"휴우~ 한 선생님 인기 좋으시네요. 이제부턴 저 혼자 가도 됩니다. 감사합니다."

"별말씀을. 참! 근데 나중에……."

시간되면 한번 제대로 진맥을 해보고 싶다고 말하려는 찰나, 의사 가운을 입은 류현수와 이은수가 다가와 인사했다.

"형! 우리 어때요?"

류현수는 목에 걸린 명찰을 강조하며 물었다. 잘난 척하고 싶다는데 그 정도 호응은 해줘야 도리였다.

"전문의 류현수 선생님, 전문의 이은수 선생님. 첫 출근 축하합니다."

"한두삼 선생님, 축하 인사가 너무 무성의한 거 아닙니까? 4년간의 고생이 담긴 건데요."

"음, 그럼 4년간의 고생을 씻을 만큼 술을 사주면서 축하를 한다면 만족하겠어?"

"이은수 선생님은 술보다 맛있는 거 먹는 걸 좋아하는데요."
"아주 괜찮은 고기 집을 아는데 만족할 수 있을까 모르겠네."
"돼지고기는……."
"오냐, 소고기!"
"기꺼이 감사 인사를 받죠. 하하하!"
"은수도?"
"예, 선배."
"오케이! 후배님들, 더 축하해 주며 놀아주고 싶지만 그건 저녁으로 미루자. 이제 온 신입들과 달리 난 할 일이 있거든."
"헉! 방금 엄청 재수 없었던 거 알아요? 마치 제가 싫어하는 누구처럼 말이죠."
"저기 네가 싫어하는 누구 온다. 6시 30분. 혹시 과 회식 있으면 미리 메시지 보내. 간다."
얼른 노형진을 보고 신경과에 가서 뇌전증 환자들을 치료해야 했다.
입원실로 올라갔다.
"안녕하세요, 노형진 씨."
"…네, 선생님."
그는 맥 빠진 사람처럼 대답했다.
당연했다. 맥 대신 살이 15㎏ 이상 빠졌으니까. 현재 굉장히 허전할 것이다.
그 허전함을 채울 수 있는 건 운동뿐이다. 그의 내부를 살피며 물었다.
"병실에만 있기 너무 갑갑했죠?"

"…네. 하루 종일 멍하니 TV만 보는 것도 못 할 짓이네요. 전엔 손에 음식이라도 있었는데."

"아직도 뭔가 먹고 싶어요?"

"…아뇨. 하루 종일 배가 부른 상탠데요."

거짓말이다. 아마 병원식이라 입맛이 없다고 생각하고 있을 것이다.

밖에 나가서 자극적인 음식을 먹으면 다시 식욕이 들 거라고 생각하고 있는지도… 아니, 그럴 것이 분명했다.

"좋아요. 우리 이렇게 해요. 오늘 오전 마사지를 받고 나면 퇴원을 시켜줄게요. 앞으론 정해준 시간에 오기만 하면 돼요."

"…진짜요?"

"거짓말할 이유가 없죠. 그리고 오늘 밖에 나가서 먹고 싶은 거 마음대로 먹어요."

"하지만……."

그는 카메라를 흘낏 보며 말했다.

"괜찮아요. 담당의가 허락하는 거예요. 촬영 팀은 그저 당신을 찍기만 할 거예요. 그렇죠?"

촬영 팀이 고개를 끄덕이는 것을 확인한 그는 자신의 생각을 꺼냈다.

"마구 먹고 다시 살이 찌면 어떻게 합니까?"

"그땐 다음 단계로 넘어갈 거예요."

"…또 다른 단계가 있어요?"

"물론이죠. 전 형진 씨의 살을 빼기 위해 많은 단계를 준비하고 있어요. 그러니 마음껏 먹어요. 단!"

'단!'이라는 말을 하며 잠깐 말을 끊고 주위를 환기시킨 후 말했다.

"먹어보고 그때도 현재의 허전함을 채울 수 없다면 운동을 시작합시다."

"…솔직히 아직까지 걸으면 무릎이 아픕니다."

"땅에서 걸으면 그렇죠. 이건 퇴원 선물."

플라스틱 카드 한 장을 건넸다.

"핏 피트니스 센터?"

"병원에서 10분쯤 떨어진 곳에 위치한 곳인데 헬스, 요가, 복싱, 크로스 핏 등 다할 수 있죠. 물론 수영장도 있고요. 일단은 수영장에서 걷는 연습부터 하세요. 아침에 와서 마사지를 받고 수영장에 가서 걷기 운동을 한 후 다시 오후에 와서 마사지를 받는 걸로 스케줄을 짭시다."

"…알겠습니다, 선생님."

"좋아요. 그럼 마사지 후 퇴원하세요. 내일부터 진료는 오전 마사지를 받을 때 같이하기로 하죠. 아! 연락이 왔네요. 그럼 전 이만."

병실을 나오는데 진동으로 해둔 스마트폰이 울렸다.

[수술실로 오게.]

두삼은 서둘러 본관을 향해 뛰었다.

*　　　*　　　*

한강대학병원의 하루 평균 수술 건수는 120여 건이다. 12시간 근무를 한다고 봤을 때 시간당 10건이 이루어지고 있는 것이다.

그러니 두삼이 수술 중 한두 건에 들어간다고 해서 특별할 것은 없었다.

한데 오늘은 달랐다.

"어서 오게."

급한 수술일 거라 생각해서 달려왔는데 민규식은 의외로 여유로웠다.

"위급한 수술은 아닌 모양입니다?"

"뭐야? 자네 오늘이 무슨 날인지 잊고 있었나?"

"오늘이 무슨… 아!"

무슨 말인가 싶어 날짜를 떠올리던 두삼은 한 달 전부터 계획되어 있던 일이 생각났다.

"하아~ 요즘 정신이 없어서 까맣게 잊고 있었네요."

"젊은 친구가 벌써부터 그러면 어떻게 하나? 혹시나 싶어 메시지를 보내지 않았으면 어쩔 뻔했나."

"정신없게 만드는 데 한몫하신 분이 그렇게 말씀하시니 조금 서운하네요."

"그저 '죄송합니다' 한마디면 끝날 일을 남 탓으로 돌리다니 자네도 점점 뻔뻔해지는군."

"죄송합니다. …이제 끝입니다."

"허허허! 능글능글해진 아들을 보는 기분이군. 한 말이 있으니 여기까지 하지. 그나저나 준비할 시간을 주지 않아도 되겠나?"

"약속도 잊었는데 준비할 시간까지 바라면 예의가 아니죠. 언제든 가능합니다."

"그럼 잘 부탁하네."

"좋은 기회를 주셔서 감사합니다."

"환자를 위한 일인데 내가 고마워해야지. 그럼 난 잠시 후 다른 교수들과 들어가겠네."

오늘 드디어 침을 통한 마취를 공식적으로 선보이는 날이다.

활성화될 때까진 십 년이 걸릴지, 이십 년이 걸릴지 알 수 없지만 의미 있는 한 걸음을 내딛는 순간이다.

스크럽(Scrub)을 하고 수술실로 들어가자 안면이 있는 간호사가 장갑을 끼워줬다.

"고맙습니다. 안녕하세요, 이 선생님."

먼저 자리를 하고 있는 마취과 이진석에게 인사를 했다. 그와는 이미 몇 차례 같이 마취를 했기에 친했다.

그의 옆에 서자 그가 낮게 중얼거렸다.

"어서 와. 요즘 활약이 대단하다며?"

"활약은요. 그냥 바쁜 것뿐입니다."

"겸손은. 김 선생이 고맙다고 전해주래. 세미나 갔을 때 소아과 일 봐줬다면서?"

"운이 좋았죠."

김진선이 부탁한 일을 하러 소아과에 갔다가 우연찮게 위험한 아기를 봐줬다.

"또 겸손. 겸손이 지나치면 건방져 보여."

"그럼 건방 좀 떨까요?"

"그건 재수 없고."

도대체 어쩌라는 건지.

"환자 들어온다. 사람들 앞이라고 떨지 말고 잘하자."

이진석의 말처럼 환자가 들어왔다. 그리고 같이 들어온 레지던트들이 수술 준비를 마치고 나자 수술의가 들어왔다.

그는 40대 중반의 흉부외과 과장으로 머리숱이 유난히 없었다.

"거기 서 있는 선생이 오늘 마취를 한다고요?"

"네, 선생님."

"이진석 선생이 마취를 할 경우 심장에 무리가 올 것 같다고 해서 어쩔 수 없이 허락했지만 잘못되면 절대 가만히 있지 않을 거요."

침을 통한 마취가 마음에 들지 않는 건지, 아님 환자가 위험할까 봐 걱정돼서 그런 건지, 그것도 아님 얼굴을 꽁꽁 가리고 있어서인지 말투가 꽤나 강압적이었다.

"예, 선생님."

그는 두삼의 짧고 담담한 대답에 마땅치 않다는 표정을 지었지만 참관인들이 들어오자 환자에게로 시선을 돌렸다.

"우리나라에서 손꼽히는 마취의인 이진석 선생이 옆에 있으니 걱정 마세요. 한숨 푹 자고 나면 끝나 있을 겁니다."

"…부, 부탁… 드립니다."

환자가 힘겹게 대답을 하자 수술의는 두삼을 향해 고개를 살짝 까닥였다.

"마취를 시작하겠습니다."

두삼은 옆에 놓인 침통에서 침을 들어 뒷목과 어깨 바로 밑쪽에 침을 꽂았다.

전신마취 침법은 수술하는 자세에 따라 시침이 불가능할 경우를 대비해 두 가지로 준비했다.

"다 됐습니다. 확인해 보시죠."

"…벌써?"

"양의학의 마취와 비슷합니다. 숙련되기가 힘들지 일단 숙련이 되면 정확한 위치에 꽂으면 순식간이죠."

흉부외과 과장은 몇 번 테스트를 한 후에 물었다.

"수술 도중 풀릴 가능성은?"

"침을 뽑지 않는 한 문제없습니다."

"…좋아. 그럼 시작하지."

수술이 시작됐다. 조금만 떨어져도 수술하는 장면을 볼 수 없었기에 환자의 상태를 알리는 기계를 가끔 쳐다보는 것 말곤 할 일이 없었다.

자연 주변에서 참관하는 이들의 대화 소리가 들렸다.

"원장님 말씀을 의심한 건 아니지만 실제로 보게 되니 신기하군요."

"저도 몇 번째 보는 거지만 여전히 신기합니다."

"한데 꼭 필요한지는 모르겠습니다. 오늘 환자처럼 마취가 되지 않는 경우도 드물지 않습니까? 게다가 환자가 깨어 있는 것도 마음에 걸리고요."

"필요함이야 완성되고 나면 만들어지지 않겠습니까. 최근 성형외과에서 전신마취로 인한 사건 사고들도 많잖습니까. 또한 검사가 어려운 환자들이나 아이들에게도 효과적일 테고요."

"그럴 수도 있겠군요."

두 사람의 대화가 현재 한의학의 마취에 대한 위치를 말해주는 듯했다. 있으면 좋고 없어도 그만이랄까.

하지만 그렇다고 기분이 나쁘거나 하진 않았다.

나중엔 어떨지 모르지만 현재로써는 마취 방법을 만들어 알려주는 것만으로도 충분하다는 게 두삼의 생각이었다.

발전은 자신을 매장시키는 데 한몫했던 잘난 협회에서 알아서 할 터였다.

과다 출혈로 인한 혈압 하락이 있었지만 오늘은 마취만 하고 가만히 있었다.

다른 한의사가 할 수 없는 일을 하는 건 오늘 취지와는 맞지 않았다.

"수술 완료. 봉합은 자네가 하게."

봉합을 퍼스트에게 맡긴 과장은 두삼을 보며 물었다.

"마취는 언제까지 놔둬도 되는 거요?"

"24시간은 넘지 않는 게 좋습니다. 마취를 풀 땐 그냥 침을 뽑으면 되고요."

"그럼 오늘 이대로 두는 게 낫겠군. …수고했어요."

수술이 무사히 끝나자 마음이 풀렸을까 그는 수고했다는 말을 남기고 수술실을 나갔다. 그리고 잠시 후 봉합을 마친 환자까지 나가고 나자 참관인들이 다가왔다.

그중 부원장이 물었다.

"부분 마취도 가능하다고 들었는데 전신마취처럼 간단한가?"

"전신마취보다 더 적은 수의 침을 사용합니다. 사지 중 하나씩도 가능하고 상반신, 하반신 마비 역시 가능합니다."

"침에 대해 잘 알지 못하지만 분명 신경을 자극해서 마취를 시키는 걸 텐데 위험성은 없습니까?"

다른 사람이 물었다.

"너무 긴 장침을 사용하거나 엉뚱한 곳을 찌를 경우 문제가 생길 수 있습니다."

"마비가 되거나 죽을 수도 있다는 말인가요?"

"긴 장침이 내부의 장기를 찌르면 죽겠지만 현재 사용한 침을 이용한다면 그런 일은 없을 겁니다. 다만 일시적인 마비 현상은 일어날 수 있습니다."

"일시적이라면 감각신경이나 운동신경이 되돌아온다는 건가요?"

"그렇습니다. 신경을 직접 찌르는 것이 아니라 혈 자리를 이용해 그 밑에 있는 신경을 누르는 방식인 거죠. 침을 빼고 손가락으로 혈을 자극하면 되돌아옵니다."

"경우와 사람에 따라선 돌아오지 않을 가능성도 배제할 수 없겠군요."

진땀이 날 정도로 집요했다. 그러나 어떤 의료 행위이던 최악의 상황을 상정해야 하는 게 당연했다.

"신경이 끊어진다면 그럴 수 있겠죠. 그에 철저한 교육이 선행되어야겠죠."

"혹 수술 도중 환자가 발작을 일으켜 침이 빠진다면 어찌 되나?"

질문은 계속됐고 그에 대한 답을 성심껏 했다. 한데 거의 끝날 때쯤 엉뚱한 질문이 나왔다.

"자네가 마스크맨인가?"

슈퍼맨도, 배트맨도, 스파이더맨도 아닌 마스크맨. 짜증 난다.

흘깃 민규식을 보며 눈빛으로 도움을 청했다.

"허허! 이 친구가 병원 일을 도운 건 사실이지만 마스크맨이란 이상한 별명이 붙을 정돈가. 자자! 그 얘긴 내가 식사 시간에 따로 해줄 테니 이만 끝내세."

원장 말을 무시할 수 없었는지 참관인들은 더 이상 묻지 않고 일제히 나갔다.

"고생했네. 오늘과 같은 일을 한두 번 더 해야 할 수도 있을 거야."

"해야 한다면 해야죠. 다음엔 잊지 않겠습니다."

"허허! 그래야지. 오늘은 관람한 사람들과 해야 해서 점심은 다음에 하세."

"챙겨야 할 사람이 있어 점심은 한동안 못 먹습니다."

"아! 연아 양을 깜빡했군. 참! 오전에 원 여사님을 봤나?"

"연아 씨 어머니 말씀입니까?"

"그래. 입원했는데 자네에게 치료를 받고 싶어 하더군. 그러니 올라간 김에 잠깐 봐주게."

"울화증인데 굳이 제가 볼 필요가 있을까요?"

"그렇게 생각하면 아무나 붙여도 되겠지. 하지만 딸을 치료하는 자네와 얘기하고 싶어서 온 것 같은데 다른 사람을 붙여도 될까?"

"…이제 얘기 상대도 해야 합니까?"

"상담도 치료네. 게다가 상담 치료비는 비싸다네."

"…이제 프로이드의 심리학도 봐야겠군요."

"읽어 보게. 재미있을 걸세. 허허!"

민규식과 헤어진 후 VIP실로 올라갔다.

*　　　*　　　*

"깨어 있었네요? 이제 슬슬 체력이 회복되고 있나 보네요."

고연아는 밥을 들고 들어오는 두삼을 보며 인상을 찌푸리려 했다.

하지만 마음과 달리 눈만 살짝 작아질 뿐이다.

한데 그걸 기가 막히게 알아채곤 엉뚱한 말을 했다.

"내가 오길 기다렸던 거예요? 중간에 오고 싶었는데 많이 바빴어요."

'아니거든! 너 따위가 바쁘든 말든 무슨 상관이야! 그리고 누가 널 오길 기다렸다는 거야? 옆에 앉지 말고 꺼져!'

소리를 쳐보지만 목소리가 나오질 않았다.

그녀 자신의 생각과 달리 두삼은 거리낌 없이 그녀의 옆에 앉아 목을 받혔다.

"저녁은 조금 진하게 해서 가지고 왔어요."

'내가 어린애야? 저리 꺼져!'

"정신이 없어서 쫄은 거 아니냐고요? 아니거든요. 이 죽으로 말하자면……."

'알아! 아니까 설명하지 마! 얼마나 대단한 죽이라고 올 때마다 설명하는 거야!'

이번에 하는 말은 들렸을까 두삼은 말을 멈추고 물끄러미 고연아를 쳐다봤다.

'…뭐! 뭐!'

빤히 쳐다보니 왠지 움츠러드는 기분이었다. 그래서 시선을 피했다.

한데 두삼이 피식 하고 웃으며 말을 이었다.

"그래요. 얼른 맛나게 점심 먹죠. 저도 배고프네요. 자, 아~ 해요."

'…주, 주사기 치워! 내가 애완동물이야? 숟가락으로 먹여주든지!'

이를 악물려고 해보지만 온몸에 힘이 하나도 들어가지 않았다.

"주사기가 싫으면 얼른 먹고 나아요."

장난스럽게 말을 하다가도 문득문득 진지하게 말할 땐 자신의 생각을 읽고 있는 건 아닌지 의심이 됐다.

특히 음식을 먹인 후 귀와 턱에 손을 댈 때면 따뜻함이 전해져 기분이 좋았다.

'내, 내가 무슨 생각을… 얼굴도 못생긴…….'

절대 못생긴 얼굴은 아니었다. 선이 굵어서 남자답고 피부는 웬만한 여자보다 좋았다.

'얼굴만 잘나면 뭐 해! 남자는 뭐니 뭐니 해도 마음씨가 우선…….'

살짝 미소 지은 표정으로 밥을 먹이는 모습을 보면 절대 악인은 아니었다.

게다가 말하는 것을 보면 자신을 살린 사람 아닌가.

흠을 잡으려고 하나하나 찾아보지만 단점이 거의 없었다.

'다, 단점이 왜 없어! 수다스럽잖아. 남자가 무슨 말을 이렇게 많이 하는 거야. 봐봐! 또 말하려고 하잖아.'

"남자가 바람피우는 걸 본 후 살을 빼다가 거식증에 걸렸다면서요?"

'…이, 이 나쁜 새끼야! 그 얘기는 왜 꺼내! 좋게 봐주려고 해도 그럴 수가 없는 놈이구나!'

"완전히 이해한다면 거짓이겠지만 그 마음 조금은 이해해요."

'이해? 웃기지 마! 너 같은 게 뭘 이해해! 사랑한다고 생각하던 이에게 더럽다고, 구토가 쏠리는 걸 참으며 만난다는 얘기를 들은 적 있어? 그러니 이해하는 척 하지 마! 정말 구역질 나!'

지금 이 순간만큼은 정말 말을 하고 싶었다. 아니, 지금 못 하더라도 꼭 기운을 차려서 면상에다 침을 뱉으며 말해주리라고 다짐했다.

그녀의 마음을 아는지 모르는지 두삼은 말을 이었다.

"연아 씨는 거식증이지만 난 폭식증에 걸렸었어요. 닥치는 대로 먹었어요. 구토를 하고 또 먹었죠. 길진 않았지만 그땐 그래야만 살 수 있을 것 같았어요."

얘기는 길었다.

왜 폭식증에 걸렸는지를 차근차근 듣다 보니 좀 전에 욕하던 마음이 옅어졌다.

목숨이 위험한 사람을 살리고자 노력한 것뿐인데 세상은 의료사고로 몰아 의사 면허를 뺏으려 하고, 아버지는 사고를 치고, 애인은 이별을 통보하고, 그녀가 생각하기에도 인생 참 고달팠겠다 싶다.

'…불쌍하긴! 이렇게 누워 있는 내가 더 불쌍해.'

고연아는 방금 가졌던 마음을 애써 부정했다.

"그때의 일 때문에 얼마 전까지만 해도 비루하게 살았죠. 하지만 돌아가신 할아버지 덕분에 행운을 얻게 되었어요. 그래서 지금은 다행히 행복해졌답니다. 자! 다 먹었네요. 재미없는 얘기 듣느라 지루했죠?"

'…응, 지루했어. 알면 하지 마.'

"사실 힘내라고 한 말인데, 말주변이 없어서 자랑하는 것처럼 들렸을 수도 있겠네요."

'응, 자랑하는 것처럼 들렸어.'

"자! 다 먹었네요. 내일은 인터넷을 뒤져서라도 재미있는 얘기를 해줄게요."

연신 투덜거리다가 막상 두삼이 떠날 때가 되었다니 약간 서운한 마음이 드는 건 왜 일까?

그의 손이 머리로 올라오는 게 느껴졌다.

'자고 싶지 않은데…….'

좀 더 눈을 뜨고 있고 싶었다. 그러나 그의 손에서 느껴지는 따뜻한 기운은 너무나 포근해서 도저히 버틸 수가 없었다.

눈을 감고 자려 할 때였다. 그의 목소리가 은은하게 들려왔다.

"연아 씨에게 저의 치료가 작은 행운이 되었으면 해요. 잘 자요."

'…….'

뭐라 대답하기 전에 고연아는 잠에 빠져들었다.

* * *

외과에서 시작된 의료 분야가 점차 신경외과, 흉부외과, 일반외과, 정형외과, 마취과, 대장항문외과, 혈관외과 등으로 분리되고 세분화된 것은 어쩌면 당연했다.

기기의 발전 등으로 인해 더 세밀하게 신체 내부를 관찰할 수 있게 된다는 건 분야 하나하나마다 연구해야 할 영역이 그만큼 늘어난다는 말이다.

그럼 세분화된 분야를 완벽하게 터득하고 있는 사람이 있을까?

장담컨대 그렇다고 말할 수 있는 의사는 아무도 없을 것이다.

"눈이라……."

눈과 관련된 책을 읽던 두삼은 창밖으로 시선을 돌렸다.

공교롭게 함박눈이 펑펑 내리고 있다.

"사무실에 창문도 있고 좋네."

공동희를 보며 말했다.

"그렇다고 계속 놀러올 생각은 마라."

"빡빡하긴. 눈 올 때랑 비 올 때랑 날씨 좋을 때랑 흐릴 때 올 생각이었는데."

"…커피 마셨으면 가지?"

"점심시간 끝나려면 아직 15분 남았거든."

"내 점심시간은 이미 끝났거든! 그건 그렇고 이제 안과에 관심이 있는 거야?"

"그건 아니고 그저 눈에 대해 알고 싶어서… 아니다. 말해줄 테니까 여기 앉아봐."

의자를 가리키며 말했다.

"이비인후과에 가봐야 하는 거 아냐? 내 점심시간은 끝났다고."

"치사하게 굴지 마, 친구. 점심시간이 30분 더 늘기를 원하는 게 아니라면 내 문제에 대해 함께 생각해 주는 게 좋을 거야."

"…후우~ 뭔데?"

공동희는 두삼의 고집을 꺾지 못하고 의자에 앉았다.

왜 편안한 자신의 등받이 의자를 놔두고 불편한 의자에 앉아야 하는지는 생각하지 않기로 했다.

한데 두삼은 입을 열기에 앞서 자리에서 일어나 그의 뒤로 갔다. 그리고 어깨를 주무르며 입을 열었다.

"안마사 중에 시력을 점점 잃고 있는 이가 있어."

"끄응~ 이준호 씨?"

"단번에 맞히면 애써 숨기려 했던 난 뭐가 되냐?"

"모르는 게 더 이상하지 않아? 사람들이 다가가면 옆으로 피하는 모습을 보고 이상하다고 생각하는 사람이 없었을까? 후천적 시각 장애자라는 거 다 알아."

"그런가. 아무튼 이준호 씨의 눈을 우연찮게 보게 됐는데 뭐 때문에 시력 저하가 일어나는지 알게 됐어."

"근데?"

"말을 해줘야 할 것 같은데 솔직히 치료를 할 수 있을지 없을지 의문이야."

"한의학적인 관점에서만 보이는 문제라는 거네?"

"그렇지. 아니었으면 안과에서 이미 고쳤겠지."

"근데 그게 왜 문제야? 말해줘 버려."

"치료할 확신이 없는데? 이제 자신이 시각장애인이 된다는 걸 인정한 사람에게 괜한 희망을 줬다가 실패하면? 혼란스럽게 만드는 거잖아."

"치료가 되면 좋겠지만 안 된다고 해서 그가 잃을 게 있나? 그의 미래는 시각장애인이야. 이미 정해진 미래라고. 근데 실패할 확률이 99퍼센트라고 해도 어쩌면 일반인처럼 다시 돌아갈 수도 있는 기회가 있단 건데. 그걸 과연 싫어할까?"

"음… 그런가? 너라면 어쩌겠어?"

"나라면 1퍼센트든 그보다 더 적은 확률이든 무조건 시도할 거야. 지금 밖에서 내리고 있는 저 눈을 눈으로 볼 수 있는 기회라고."

두삼은 눈 내리는 광경을 보며 중얼거렸다.

"그래… 해볼 만한 가치가 있는 광경이네. 고마워."

"고마우면 그만 가지?"

"네가 10분쯤 일하지 않아도 병원은 잘 돌아가거든? 한 가지만 더 말하고 갈게."

"또 뭔데?"

"네 다리. 더 이상 내버려 두면 많이 나빠질 거야. 오늘부터 5시 10분에 내 진료실로 와. 삐뚤어진 뼈만 제대로 교정해도 눈 쌓인 거리를 걸을 때 훨씬 편할걸."

"……."

"안 오면 내가 여기로 올 거야. 이만 간다. 커피 잘 마셨다."

공동희는 두삼이 미적거리다가 이준호의 일을 꺼낸 건 핑계에 불과하다고 확신했다.

공동희의 사무실에서 나온 두삼은 곧장 진료실로 갔다. 그리고 천 간호사에게 부탁해 이준호를 불러오게 했다.

"한가해진 지 얼마나 됐다고 이게 무슨 오지랖인지… 바쁘게 살 팔자인가 보다."

투덜거렸지만 그렇다고 아는 사람이 빤히 아픈 걸 알면서 내버려 두는 건 못 할 짓이었다.

"일단은 시도는 해봐야겠지."

자세히 살펴봐야겠지만 이준호의 증상은 눈 주위의 혈과 맥이 딱딱하게 막히는 것에서 비롯됐다. 이유는 모른다. 이제 살펴볼 생각이다.

똑똑!

노크와 함께 천 간호사가 문을 열었고 이준호와 함께 들어왔다.

"안녕하세요, 선생님. 무슨 일이 있나요? 혹시……?"

그는 혹시 잘리는 건 아닌가 싶어 걱정스러운 표정으로 물었다.

"무슨 상상을 하는지 짐작은 가는데 절대 아니니까 걱정 말아요. 일단 앉아요, 준호 씨."

"휴우~ 다행이네요. 솔직히 여길 그만두면 갈 곳이 없거든요. 혼자 안마소를 열 능력도 없고요."

"준호 씨는 병원 소속이라 제가 멋대로 자를 수 없답니다. 설령 권한이 있다고 해도 자를 생각이 없고요."

"그리 말씀해 주시니 감사하네요. 그럼 무슨 일로?"

"준호 씨 눈을 좀 봤으면 해서요."

"…제 눈이요?"

"네. 사실 그제 준호 씨를 부축해 줬을 때 저도 모르게 진맥을 했는데, 너무 짧아서 제대로 보지 못했거든요. 그래서 다시 한번 자세히 볼까 해서요."

"…선생님, 감사합니다만 병원에선 알 수 없는 이유로 시신경이 눌려서 시력이 나빠지는 희귀병이라고 했습니다."

"그건 양의학적 견해고요."

"…한의학적으로는 다른가요?"

"한의학적으로는 혈과 맥이 어떤 이유에 의해 막히고 있습니다. 그로 인해 시신경이 압박을 받고 있는 거고요. 가령 막힌 혈과 맥을 뚫는다면……."

"…다, 다시 볼 수 있겠군요?"

이준호는 놀람과 기쁨이 섞인 목소리로 물었다.

"쉬운 일은 아니에요. 게다가 원인을 찾지 못하면 똑같은 일이 반복적으로 일어날 테고요."

"상관없어요! 다시 볼 수만 있다면, 다시 시력을 찾을 수 있다면 뭐든지 할 겁니다!"

"너무 앞서 나가진 말자고요. 일단 진맥 좀 할 수 있을까요?"

"예! 선생님."

환자의 기대감은 의사에겐 부담감으로 다가온다. 특히 원인도 알아보기 전에 잔뜩 기대하는 표정을 짓고 있다면 더욱더.

그의 눈썹 끝에 엄지손가락을 대고 기운을 넣었다.

눈 주위를 제외하고 뇌까지 뻗어 나가는 기운.

'해골의 눈을 보는 기분이군.'

머릿속에 그려지는 이준호의 머리는 해골처럼 두 눈이 깜깜하게 보일 정도였다. 겨우 십여 가닥의 세맥만이 남아서 있는 형상.

현재 남아 있는 세맥마저 막히면 그는 완전히 빛을 잃게 될 것이다.

'두드려 볼까?'

기운을 뾰족하게 만들어 막혀 있는 맥을 두드렸다.

"악! …아, 아파요, 선생님."

"…어느 정도로요?"

미안하긴 했지만 그보다는 정확히 아픈 정도를 아는 게 더 중요했다.

"아이스크림 백 개를 한꺼번에 먹은 것 같아요."

"많이 아프겠네요. 더 이상 건드리지 않을 테니까 조금만 참아요."

뚫는 건 미루고 원인을 찾아보려고 주변에 이상이 있는지를 살폈다.

'일단 뇌 쪽으로는 이상이 없는 거 같은데.'

세밀하게 살피면 족히 한 달은 넘게 걸릴 일이었다. 그래서 일단은 훑듯이 살피고 있었다.

"응? 역류성 식도염이 꽤 심하네요?"

"네. 중학교 때 밥을 빨리 먹는 습관 때문에 생겨서 지금까지 낫질 않네요."

"음, 밥을 빨리 먹는 습관 때문만은 아닌 것 같은데요. 일단 이게 급한 게 아니니 넘어가죠."

역류성 식도염도 만성질환으로 발전할 가능성이 높았기에 치료를 해야 했다. 하지만 지금은 그보단 시력을 악화시키는 원인을 찾는 게 우선이었다.

발끝까지 기운을 보내 훑어봤지만 원인이라고 할 만한 부분은 찾을 수가 없었다. 물론 단숨에 찾을 거라곤 생각하지 않았다.

그러나 기대마저 없었던 건 아니다.

'없네. 시간을 두고 지켜봐야겠어. 고쳐야 할 사람들이 차곡차곡 쌓여가는구나.'

자진해서 만든 일인데 투덜거리는 것도 우습다.

"오늘은 여기까지 하죠."

"…어떨 것 같습니까, 선생님?"

"상태가 많이 안 좋아요. 원인도 찾지 못했고요. 일단 생각 좀 해볼게요. 그리고 결정 나면 그때부터 본격적으로 시작해 보죠."

"…알겠습니다."

무겁게 몸을 일으킨 그는 지팡이에 의존해 문으로 향했다. 그러다 갑자기 돌아서며 고개를 숙였다.

"…잘 부탁드리겠습니다."

가슴이 왜 이렇게 짠한 건지. 그러나 할 수 있는 말은 '최선을 다할게요'가 끝이었다.

*　　　*　　　*

일이 쌓여 있다는 생각은 일의 능률을 올리기보단 어깨를 짓누르는 힘이 있나 보다.

이효원, 노형진, 고연아, 공동희, 이준호. 거기에 뇌전증 연구까지. 케이스마다 다르니 생각의 범위도 넓을 수밖에 없었다.

"쌓이는 건 역시 좋지 않아."

뇌전증 연구소에서 뇌전증 약을 먹은 환자들을 살펴본 후 퇴근을 위해 밖으로 나오니 온 세상이 하얗다.

경비원들이 연신 눈을 치웠지만 치우는 속도보다 쌓이는 속도가 더 빨랐다.

"오늘은 전철을 타야겠네."

큰 도로야 차가 뿜어내는 열기에 눈이 녹는다 하지만 골목은 분명 빙판길일 것이다. 이럴 땐 그냥 차를 두고 가는 게 나았다.

우우웅~ 우우웅~

파카에 달린 모자를 쓰고 병원을 벗어나려 할 때였다. 전화가 울렸다.

'이 자식은 꼭 전화질이구만.'

류현수였다.

—형, 어디세요?

"이제 퇴근한다."

—퇴근이 늦는다더니 진짜였네요?

이틀 전 고기를 사주면서 퇴근 시간을 말해줬는데 그에 맞춰서 전화를 한 모양이다.

—병원 일은 형 혼자 하는 줄 알겠어요.

"시끄럽고 용건 없으면 끊어라."

—당연히 용건이 있어서 연락했죠. 동기들이랑 병원 맞은편에 있는 한강감자탕에서 한잔하고 있는데 몸 좀 녹이고 가세요.

"…넌 어째 만날 술인 것 같다? 근데 동기 누구?"

—그제 출근한 사람들이죠. 어서 와요.

"내가 거길 왜……."

말이 끝나기도 전에 전화를 끊어버렸다.

"싸가지 없는……."

듣기 전에는 몰랐는데 막상 감자탕이란 말을 듣고 나니 뜨끈한 감자탕 국물이 당겼다.

때마침 건너편으로 건널 수 있는 신호등도 보행자 신호로 바뀌었다.

어차피 저녁을 먹어야 했기에 건널목을 건넜다.

"형~ 여기요!"

감자탕 집에 들어가자 류현수가 손을 흔들었다. 면접을 봤던 이들이라 다 안면이 있었는데 다가가자 자리에서 일어나려 했다.

"다들 일어나지 마세요. 여러분들과 마찬가지로 일반 한의사에 불과합니다. 그리고 올해 서른넷이니 말씀 편하게 하세요."

사실 그들 중 3분의 2는 두삼보다 나이가 많았다.

모인 이들 중 나이가 가장 많은 우종혁이 말했다.

"에이~ 면접관님한테 어떻게 말을 놔요?"

"말이 면접관이지 아르바이트한 건데요."

"그래… 요?"

"네, 그러니 편하게 말 놓으세요. 우종혁 선생님이 놔야 다른 선생님들도 놓죠."

"그래요, 그럼. 근데 이름이 뭐… 야?"

"한두삼입니다."

"반가워, 한 선생. 한 잔 받아."

먼저 그들과 편해지려 하자 자연스럽게 술자리에 어울리게 됐다.

여기저기서 따라주는 술을 먹고 나서야 류현수 옆에 자리를 잡고 앉을 수 있었다.

"형, 나도 말 놓을까요?"

"이틀 전에 먹은 거 토하면 해도 좋습니다, 류 선생님. 밥값이 100만 원 가까이 나왔죠?"

"…헤헤! 당연 농담이죠."

"근데 어째 뼈다귀가 하나도 안 보인다?"

"벌써 시켜뒀죠. 저기 나오네요."

때마침 감자탕이랑 공깃밥이 나왔다.

밥을 먹는 동안에는 술 마시는 걸 멈추지 않았다. 들어온 지 얼마 되지 않은 것 같은데 벌써 3병쯤 마신 것 같다.

외과 의사들과 달리 환자의 죽음을 자주 집하는 것도 아니고 업무 강도도 강하지 않은데 주량만큼은 그들과 견주어도 손색이 없다.

'보약들을 많이 먹어서 그런가.'

한의사들이 술이 센 이유는 남은 한약을 먹기 때문이라는 우스갯소리가 있다. 한약을 달인 후 팩에 넣어 포장을 하고 나면 어정쩡하게 남는 경우가 있는데 그건 한의사의 몫이었다.

별 쓸데없는 상상을 하게 된다. 식사를 마치고 적당히 어울리던 두삼은 일어났다.

"전 먼저 일어나겠습니다. 내일 아침부터 할 일이 많아서요."

"시원한 맥주 한잔하고 끝낼 생각인데 그때까지 같이 있다가 가요, 형."

"그래. 노래방에 가서 노래도 하고."

류현수와 오종혁이 잡았다.

"다음에 밤새도록 마셔요. 술 냄새 풍기기엔 환자가 꽤 무섭거든요. 일어나지 마세요."

거짓말이다. 이젠 한시도 쉬지 않고 빙글빙글 돌고 있는 기운 때문에 웬만큼 들이키지 않고는 취하지도 않았다.

그저 심적으로 여유가 없었다.

"저쪽 테이블 계산이요."

한 달에 불과하지만 병원 생활을 먼저 한 선배로서 술값을 계산하고 나왔다.

눈은 멈췄다. 그러나 추위와 언 바닥은 여전했기에 택시보단 지하철을 타고 집으로 향했다.

중간에 류현수에게 연락이 와서 술값을 계산하고 가면 어떻게 하느냐는 소릴 들었다.

마치 술값 때문에 자신을 부른 모양새라고 투덜댔다.

그가 그런 의도로 부른 것이 아니란 걸 이미 알았기에 조심히 들어가라는 말을 하곤 끊었다.

"역시 골목은 전혀 치워지질 않았네."

큰길에선 문제가 되지 않았는데 골목길로 접어들자 빙판처럼 변해 버린 바닥이 반겨준다.

"그래도 높은 오르막이 없는 게 어디야."

물론 작은 것에 감사할 줄 안다.

몇 번 미끄러지긴 했지만 스케이트를 타면서 생겨난 뛰어난 반사 신경으로 한 번도 넘어지지 않고 집에 도착했다.

불 꺼진 가게. 옥상에서 한미령이 반겨줬다.

"오빠, 어서 와요. 눈이 많이 와 손님이 없어서 조금 전에 그냥 끝냈어요."

"응, 잘했네. 춥다. 들어가서 쉬어라."

"…네, 오빠."

2층으로 올라가 옷을 벗으려던 두삼은 문득 뭔가를 떠올리곤 발코니로 나갔다.

그리고 처마 밑에 달린 CCTV를 보고 물었다.

"루시, 하란이 왔어?"

―아뇨. 아직 사무실에 있어요. 말을 전할까요?

대표직이 공석이 되며 하란은 다시 회사 일을 하고 있었다.

"아니, 그냥 궁금해서 물은 거야."

―이해가 되지 않네요. 궁금하면 직접 물어야 하지 않나요?

하란 님도 두삼 님이 도착했는지를…….

"…뭔 말을 하다가 말아?"

—하란 님이 쓸데없는 소리하지 말라네요. 도대체 쓸데없다는 기준이 뭔지 전 모르……

또 잔소리를 들었는지 말을 하다가 만다.

피식 웃어주곤 밖으로 나왔다. 그리고 각삽과 제설용 삽을 들고 대문을 나섰다.

사람과 차에 의해 바닥에 붙은 눈을 각삽으로 떼어내고 제설용 삽으로 양옆으로 밀었다.

원래는 하란의 집 앞과 가게 앞만 치울 생각이었는데 하다 보니 사고가 난 삼거리까지 치웠다.

"후… 개운해. 정작 운동이 필요한 사람은 노형진이 아니라 나였네."

생각해 보니 아침마다 이효원과 스케이트를 타는 게 운동의 전부였다. 스케이트가 운동이 안 된다는 건 아니지만 아무래도 조금 더 신경을 써야 할 것 같다.

"왼쪽? 오른쪽? 오른쪽!"

삼거리에서 오른쪽을 선택해 다시 눈 깨기와 치우기를 반복했다.

빵빵!

오른쪽 길 역시 절반쯤 치웠을 때 검은색 큰 SUV가 경적을 울렸다.

차창이 열리고 하란이 모습을 드러냈다.

"여기서 뭐 해?"

"보시다시피. 술을 마셔서 깰 겸해서."

"법적으로 집 앞의 눈만 치우면 되는 거 아닌가?"

"매일 다니는 길이잖아. 어차피 내일 아침에도 나가야 하는데 빙판길이 되어 있으면 곤란하잖아."

"오호~ 모범 시민이네. 근데 계속할 거야?"

"글쎄, 이제 술도 깨고 힘도 조금 드는 게 그만할까 싶네."

"차가 미끄럽지 않게 눈을 치워준 모범 시민에게 따뜻한 차나 대접할까 하는데, 정종이 나으려나?"

"따뜻한 정종이 더 낫겠다."

"그럼 타."

"아냐. 삽이 있으니 걸어 올라갈게."

"먼저 가서 데워둘게. 얼른 와."

자신이 치워둔 길을 따라 올라가는 하란의 차를 보며 두삼은 삽을 챙겨 서둘러 따라갔다.

27. 배우는 게 남는 거다.

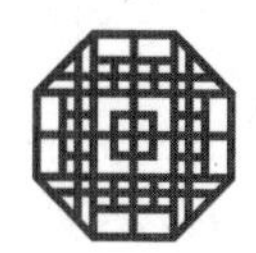

침구과 장인규의 진료실은 항상 쑥 타는 냄새로 가득하다.

큰 창문이 있는 방에 수시로 환기를 하고 별도의 공기청정기를 두 대나 더 갖다 뒀지만 하루 종일 뜸을 시술하니 소용이 없었다.

연세 많은 환자의 손 위에 밥알 크기의 뜸을 놓고 지켜보던 장인규는 뜸이 피부를 태우기 전에 핀셋을 이용해 재빨리 제거했다.

"다 됐습니다. 요즘은 좀 어떠세요?"

"한결 편해져서 요즘은 잠도 잘 잔다오."

"지난번에 지어드린 약 꼬박꼬박 복용하는 거 잊지 마시고 나흘 뒤에 다시 뵐게요."

"수고했어요, 의사 양반."

"네. 근데 빨래나 무거운 건 남편분께 부탁하세요. 차가운 물에 설거지하지 말고요. 그럼 더 빨리 좋아질 겁니다."

"그게 어디 내 맘대로 되나? 의사 양반이 얼른 낫게 해주는 게 빠르지."

자신의 말을 무시하고 나가는 환자를 보며 장인규는 고개를 절레절레 저었다.

"다음 환자 들어오라고 해."

"예약 손님인데 안 오셨습니다, 선생님."

"후우~ 다들 낫겠다는 건지 말겠다는 건지."

괜찮아졌다 싶으면 오질 않는다. 그러다 다시 악화되면 찾아온다. 그러다 완전히 망가지면 그땐 방법이 없다는 걸 모르는 건가.

경고를 해봤지만 소용없다.

"그만큼 삶이 바빠서인지 아님 어리석은 건지 어쩔 수 없지. 뜸은 얼마나 있지?"

"지난번 만들어놓으신 것의 3분의 1쯤이요."

"할 일 없는데 뜸이나 만들어둬야겠네."

그가 쓰는 쑥은 유명한 약재상에게 물건을 받아 직접 만든 것이다.

"연락해서 가져오라고 할까요?"

"아니. 류 선생은 뭘 하나?"

"오전에 진료했던 환자들 진료 기록 살피고 있어요. 불러올까요?"

새로 들어온 의사들의 경우 한 달 동안은 오전 진료만 허락된 상태다.

그만큼 손님이 없어서이기도 했지만 과장과 다른 의사들을 돕게 하기 위함이었다.

"그래. 김 간호사는 잠깐 쉬고."

잠시 후, 노크 소리와 함께 류현수가 들어왔다.

"부르셨습니까, 장 선생님."

"그래요. 약재실에 가서 여기 적힌 약재들 가져와요."

"…예, 알겠습니다. 근데 선생님, 약재 옆에 적힌 음양(陰陽)은 뭡니까?"

"이봐요, 류 선생."

"예, 선생님."

"아직까지 본인이 학생이라고 생각하고 있는 건 아니겠죠? 전문의 자격증이 있는 걸로 아는데 아닙니까?"

"…죄송합니다, 선생님. 얼른 가지고 오겠습니다."

후다닥 나가는 류현수를 보고 장인규는 피식 웃었다.

"퇴근 전까지 가져오면 인정하지."

모든 분야가 그렇겠지만 약재의 세계는 끝이 없다.

환자의 상태, 체질, 사용량, 약재가 자란 환경 등등. 약재에 대해 많은 것을 알게 되면 보약 한 첩이 그저 한 달간 꾸준히 먹어 몸을 좀 더 보(補)한다는 의미를 뛰어넘을 수 있게 된다.

장인규 자신이 그 세계의 끝을 봤다는 건 결코 아니었다. 극히 일부, 약재에 대한 지식이 뜸에 투영됐고 그래서 뜸에 대해선 다른 누구보다 한 발자국 먼저 앞서 나가고 있다고 확신했다.

그리고 그 한 발자국이 얼마나 대단한지는 그 스스로 증명하고 있었다.

“침구과라고 침과 뜸만 잘하면 된다는 생각을 버려. 자신의 한의학적 실력을 가장 잘 보여줄 수 있는 분야가 침구과일 뿐이라네.”

그동안 조금이라도 더 앞서가기 위해 아등바등 공부를 했던 그였다.

하지만 쉰이 넘어가자 이젠 자신이 아는 바를 누군가에게 가르쳐 주고 싶었다.

죽고 나면 사장될 게 빤한데 아까웠다.

한강대학병원에 들어온 것도 그 때문이었다.

한데 교육을 시작할 때까지 아직 1년이 넘게 남았는데 그동안 심심했다.

그래서 류현수를 찍은 것이다.

“한 놈은 배울 자세가 되어 있지 않으니…….”

임동환을 가르칠까 해서 몇 가지를 시켜봤지만 시키는 일만 하는 척할 뿐 배우고자 하는 열의가 없었다.

그래서 포기했다.

똑똑! 노크 소리와 함께 류현수가 상자를 들고 왔다.

“선생님, 가져왔습니다.”

임동환보다 빨리 왔다. 그 말인즉, 약간의 고민도 없이 약재를 담아왔다는 말밖에 되지 않았다.

‘그놈보다 더 구제불능인 놈은 없을 거라고 생각했는데 내 착각이었군.’

한마디 해주고 싶은 마음을 억누르며 물었다.

"…벌써요?"

"약재실에 있는 직원에게 쪽지를 주니 알아서 챙겨주던데요."

"응? 약재실 직원이? 줘볼래요?"

그는 상자를 받아 일일이 확인했다.

장인규는 약재를 구분할 때 색깔, 촉감, 냄새로 구분했다. 특히 손끝에서 느껴지는 촉감은 약재가 양의 성질을 가졌는지 음의 성질을 가졌는지 정확히 알려줬다.

'질은 나쁘지 않은 정도지만 내가 원하는 재료야!'

음양이 완벽했다.

"…이걸 약재실 직원이 줬다고요?"

"예, 선생님. 제가 약재실은 처음이라 직원에게 물어보니 직접 골라가든지 챙겨준다고 하더군요. 그래서 챙겨달라고 했습니다."

"직원은요?"

"네?"

"직원은 약재실에 있냐고 묻는 겁니다."

"직원이니까 당연히……."

장인규는 대답이 끝나기도 전에 문을 나섰다. 김 간호사에게 잠깐 자리를 비운다고 말한 후 바로 약재실로 향했다.

"어서 오세요, 선생님. 무엇을 도와 드릴까요?"

약재실의 직원은 컴퓨터를 보고 있다가 말했다.

"조금 전, 침구과의 약재를 챙겨준 사람이 당신이요?"

"침구과라면… 아, 네."

"혹시 한의사요?"

"아뇨. 한의사라면 여기에서 일하고 있진 않겠죠. 한방센터 행정지원실 직원입니다. 근데 무슨 일 때문에 그러시는 건지?"

"다름이 아니라 어떻게 내가 원하는 대로 약재를 골라줄 수 있었죠?"

"…쪽지에 적힌 대로 약재실에서 그대로 가져다 드린 건데요. 혹시… 문제가 있습니까?"

"그 얘기가 아니라 양의 성질을 가진 약재와 음의 성질을 가진 약재를 어떻게 그렇게 구분을 지을 수 있었냐는 겁니다."

"적혀 있었습니다."

"…네?"

"약재실에 들어가 보시면 알겠지만 정확하게 구분이 되어 있다고요."

"…확인해 봐도 될까요?"

"물론입니다. 혹시 약초를 가지고 나오시면 정확한 양을 측정하고 기록해야 하니 보여주셔야 합니다."

"구경만 할 생각이오."

그는 직원이 올려주는 입구로 들어가 약재실로 들어섰다.

약간 서늘하고 습기가 전혀 없는 것이 약재를 보관하기에 적절했다.

"허~ 정말이었군."

일반 한의원에 있는 약재 보관함을 몇 배는 키워둔 듯한 약재 보관함 위에 약재명과 함께 음양으로 나누어져 있었다.

음기, 혹은 양기만 가진 약초들의 경우 기운이 포함된 정도로 두 분류로 나뉘어 있었다.

장인규는 보관함을 열고 약재를 만져보며 색깔과 냄새를 맡았다.

"역시 제대로야!"

스무 개 넘게 살펴봤지만 모든 약재가 제대로 분류되어 있었다.

더 이상 확인하는 건 시간 낭비였다. 그대로 밖으로 나가 직원에게 물었다.

"여기 약재실의 약은 누가 분류한 겁니까? 처음엔 이러지 않았던 것 같은데……."

"보름 전쯤 약재 분류가 세분화됐습니다. 부족한 것이 있으면 행정지원실에서 보내오는데 그럼 제가 정리해서 넣어둡니다."

"행정지원실에서 나누어서 들어온다는 거군요?"

"그렇습니다."

"행정지원실로 가봐야겠군요. 고맙소."

그는 약재실에서 나와 곧바로 행정지원실로 갔다.

"어? 장인규 선생님, 안녕하세요. 지원실엔 웬일이세요? 뭐 시키실 일 있으세요?"

안면이 있는 직원이 그를 알아보고 인사했다.

"전 대리라고 했나?"

"하하… 육성열 대리입니다."

"아! 육 대리, 미안하네. 약재실에 약재 구매를 담당하는 이가 누군지 아나?"

"약재 구매라라면… 잠시만이요, 선생님. 하 주임, 약재 구매가 자네 담당 아니었나?"

육싱열은 안경을 쓴 남자를 향해 물었다.

"아! 그거 현재 공 팀장님이 하고 계세요."
"공 팀장님이?"
"예. 직접 하시겠다고 해서 넘겼습니다."
두 사람의 얘기 속 공 팀장이라면 장인규 역시 알고 있었다. 행정지원실의 실질적인 장으로 여러 차례 만나고 술자리도 함께 한 적이 있었다.
'그 친구, 한의학에 대해서는 전혀 모르던 눈치였는데 약재상 중 약재에 대해 잘 아는 이가 있는 건가?'
약재를 분류한 이가 분명 한의사일 거라 생각했는데 아닐 가능성이 높아졌다.
'한의사라면 내 기술을 가르쳐 볼 생각이었는데.'
약재상에게 한의학 기술을 가르치느니 어설픈 한의사에게 약재 구분법을 가르치는 게 훨씬 나았다.
갑자기 힘이 쭉 빠지는 기분이었다.
약재를 구분하는 능력이면 자신의 뜸 기술 역시 빠르게 가르칠 수 있었는데 아까웠다.
"공동희 팀장님이 담당한답니다. 조금 전에 나갔는데 전화해 볼까요?"
"…아니네. 내가 나중에 물어보지."
힘없이 돌아서려 할 때였다. 직원 중 한 명이 말했다.
"공 팀장님 제가 좀 전에 봤는데 지하 3층 화물용 엘리베이터 앞에서 약재 받으려고 기다리고 있었습니다. 안마과 선생님이랑 같이 있던데요."
안마과 선생과 함께 있다는 소리에 다시 기운을 차린 장인규가 물었다.

“…안마과라면 이방익 선생?”

“아뇨. 엄청 동안인 젊은 분 있으시잖아요.”

“한두삼 선생?”

“아! 네. 한 선생님요.”

“고맙네.”

그는 서둘러 지원실을 나왔다. 한데 화물용 엘리베이터가 어디에 있는지 기억이 나지 않아 일반 엘리베이터를 타고 내려갔다.

‘저기 있군.’

넓은 지하 주차장이지만 살펴볼 곳은 한정되어 있었다. 트럭이 서 있는 곳만 확인하면 됐다.

가까이 다가가자 약재상과 얘기하는 두삼의 목소리가 들렸다.

그는 한쪽에 서서 그들의 말을 엿들었다.

“사장님, 이 감초는 못 써요. 농약이 너무 많아요.”

“…한 선생, 이거 농약 없다고 해서 가져온 거야. 중국산이라고 다 농약을 쓰는 건 아니라고.”

“제가 이 감초를 푹 달여 드릴 테니까 한 달간 꾸준히 드셔보실래요? 장담컨대 사장님 우리 병원에 입원하셔야 할 거예요.”

“…그 정도라고?”

“네. 완전 최악이에요. 사장님, 저희가 약초를 받을 때 가격을 후려치는 것도 아니고, 중국산이라고 안 받는 것도 아니잖아요. 그저 약재로 쓸 수 있는 수준으로 가져다 달라는 것도 힘드세요?”

"그게 아니라… 나도 미치겠다고. 한약 상가 인간들이 도대체 말을 들어 처먹어야지. 이것도 잔류 농약 검사 결과지까지 확인하고 가져온 거야. 나도 약재를 제법 보는데 농약 유무까지 알아맞히는 건 힘들다고."

"알았으니까 저기 안쪽에 넣어둔 감초 좀 꺼내주세요."

"…그건 품질이 나쁘다고 해서 다른 한방병원에서 싫다고 한 건데?"

"약재는 모양이 중요한 게 아니잖아요. …오케이! 이걸로 할게요. 그리고 그 농약 감초 준 업체 전화번호 알려주세요."

"뭐 하려고?"

"당연히 식약처에 연락을 해야죠. 그 감초 사장님이 반품하면 그들이 그냥 버릴까요?"

"아니, 팔겠지."

"그럼 어떻게 해야 할까요? 누군가가 농약 덩어리를 푹 고아서 먹게 내버려 둘까요?"

"한 선생 꽤 무섭구나. 그럼 이틀 후에 연락해. 내가 관여됐다는 건 알려지긴 싫거든."

"아니죠. 지금 바로 연락해야죠. 그래야 사장님이 의심을 안 받죠."

"반품은?"

"어차피 돈은 나중에 주는 거 아니에요? 식약처 사람들이 왔을 때 들고 들어가면 끝날 것 같은데."

"듣고 보니 그게 더 깔끔하겠네. 더 필요한 건?"

"다 된 것 같네요. 다음에 오실 땐……."

"알았어! 농약 없는 약재, 괜찮은 약재로 갖다줄게."

트럭이 떠나자 두삼과 공동희는 박스들을 지하 창고로 옮겼다.

장인규는 조금 더 지켜보자는 창고 쪽으로 몰래 다가갔다. 그리고 반쯤 열어둔 창고에서 두 사람이 하는 얘기를 들었다.

먼저 입을 연 건 공동희였다.

"바쁘다면서?"

"바빠도 해야 할 건 해야지."

"약재가 네 담당도 아니잖아."

"약간의 시간을 투자해서 안전한 약재를 쓰게 되면 결국 우리 병원과 환자에게 좋잖아."

"오호~ 그런 대단한 생각이었어?"

"하하! 그건 아니고. 솔직히 내가 제일 많이 쓰고 있잖아. 모르면 모를까 빤히 눈에 보이는데 나쁜 약재를 쓸 수는 없잖아."

"그렇긴 하지. 근데 언제까지 네가 할 수는 없잖아. 직원에게 고르는 방법을 가르쳐 주는 건 어때?"

"그러고 싶은데 쉬운 일이 아냐."

"쉬워 보이는데?"

두삼은 박스에 담긴 약재를 분류된 작은 상자에 마구잡이처럼 던지고 있었다.

"보기엔 그렇지. 하지만 수련의까지 10년을 공부해도 쉽지 않은 일이야."

"…자랑처럼 들린다."

"자랑이야. 자! 이거 씹어라."

"…뭔데?"

"그냥 먹어. 좋은 거야."

"아무리 약재를 담당한다고 해도 함부로 먹으면 안 돼. 이건 병원의 재산이야."

"남자한테 무지 좋은 거야. 특히 네 체질엔. 오늘 밤 잠을 못 잘지도 몰라."

"…가끔 예외는 있는 법이지. 그냥 씹어 먹으면 돼?"

재미있게(?) 노는 두 사람의 대화를 듣던 장인규는 더 이상 참지 못하고 가볍게 헛기침을 하며 들어갔다.

"크흠! 실례하네."

갑자기 뒤에서 들리는 소리에 깜짝 놀라 돌아봤다. 침구과의 장인규였다.

"장 선생님, 여긴 어쩐 일로……?"

"약재에 대해 좀 알아보다가 여기까지 왔네. 약재를 음양에 따라 분류한 것이 자네였군."

그는 잘 이해가 되지 않는 말을 하며 분류를 위해 놓아둔 상자의 약재들을 살폈다.

"저 친구가 약재 분류를 도와달라고 해서요."

공동희가 '내가 언제? 니가 스스로 한 거잖아?'라는 표정을 지었지만 무시했다.

"약재를 구분하는 법은 누구한테 배웠나?"

"제가 시골 출신이거든요. 그리고 할아버지께서 한의원을 하셨고요."

"그럼 뜸에 대해서 잘 아나?"

"학교에서 배운 것보단 조금 더 아는 정도입니다. 물론 큰 차이가 있는 건 아니고요."

배영옥을 치료할 때 뜸을 사용했지만 그 방법은 특별한 건 아니었다.

"뜸에 대해선 어떻게 생각하나?"

도대체 장인규가 왜 여기에 왔고, 뜬금없이 뜸에 대해 묻는 이유를 모르겠다.

그래도 과장이 묻는 질문에 답을 해야겠지?

"…장담컨대 없어선 안 될 분야죠."

"어정쩡하다는 말이군."

"쿨럭! 그런 말이 아닙니다. 그저… 배움이 부족했죠. 장 선생님이 교수님이었다면 분명 뜸에 대해 달리 생각을 했을 겁니다."

무슨 말을 하고 있는 건지 모르겠다. 아무튼 뜸이 다른 분야에 대해 부족하지 않음을 설명해야 했다.

"조금 위로가 되는군. 근데 내가 교수라면 뜸에 대해 좀 더 깊게 배웠을 거라는 말 진짠가?"

"아, 네. 물론이죠. 그랬다면 안마과가 아니라 뜸과에 있었을지도 모르죠."

"훗! 아부에 능하군."

"아부라니요. 진심입니다."

아부 맞다. 하지만 같은 의학센터 과장의 기분을 맞춰주는 건 자그마한 예의였다.

한데 그 자그마한 예의가 엉뚱한 결과로 돌아왔다.

"진심이라니 그렇게 하도록 하지."

"네? 무슨 말씀인지……?"

"한 선생에게 기꺼이 뜸에 대해 가르쳐 주겠다고. 언제가 좋겠나? 난 아침이든 저녁이든 상관없는데."

"……."

"일단은 하루 한 시간씩만 하지."

한 시간이라는 소리에 정신이 돌아왔다.

"선생님, …죄송하지만 저 정말 시간이 없습니다. 아침에 눈 뜨면서부터 밤까지 일만 하는걸요."

"뭔가를 주장하려면 정확하게 말해야 하지 않겠나?"

"그러니까……."

비밀로 해야 하는 것들뿐이다.

"…토요일 날, 점심 먹고는 시간이 남겠네요. 그때 4시간쯤 하시죠."

"그것도 나쁘지 않겠군. 좋아. 그럼 이번 주 토요일부터 보기로 하지."

"…제가 준비할 것은 없습니까?"

"뜸을 만들어보게."

"어떤 환자를 기준으로 할까요?"

"허~ 정말 마음에 드는군. 지금까진 뜸을 만들라고 하면 그냥 아무 기준 없이 만들어 오는 이들밖에 없었는데. 저기 자네 친구는 힘이 세지는 걸 좋아하는 것 같으니 그걸 기준으로 하지."

공동희는 눈치가 빨랐다. 자신이 토요일 날 실험체가 될 것이라는 사실을 바로 깨달았다.

"선생님, 전 토요일 날 선약이 있습니다만……."
"조금 전에 산삼 먹은 건 비밀로 해주겠네."
"……!"
공동희가 '방금 먹은 게 산삼이었어?'라고 눈빛으로 물었고 두삼은 그의 시선을 피했다.
눈빛 따위를 읽는 능력은 없었다.

*　　　*　　　*

"수영복의 유행이 얼른 바뀌었으면 좋겠네요."
통유리 너머의 수영장을 보고 두삼이 중얼거렸다. 그러자 옆에 있던 박기영이 말했다.
"나도 처음엔 그렇게 생각했다. 하지만 시선을 조금만 돌리면 고마워할걸."
그가 가리키는 방향을 보자 래시가드를 입고 수영을 하고 있는 남자들이 보였다. 하지만 어느 부분에서 고마워해야 할지 의문이다.
"…고마워할 정도는 아닌데요?"
"저기 있는 이들이 내 손바닥만 한 삼각팬티를 입고 있다고 상상해 봐."
그는 오동통하지만 작은 손을 들며 말했다.
젠장! 상상해 버렸다.
"…고맙네요. 남녀 수영복 유행이 다른 방향으로 진행되는 걸 바라야겠네요."

"나도 그 생각 중이야. 그나저나 참 열심히 하지?"

수영장에 온 지 10분이 넘어서야 수영장을 열심히 걷고 있는 노형진에게 집중할 수 있었다.

"그러게요."

"요즘 살 빼는 기쁨을 안 것 같아. 하루가 다르게 살이 빠지는 게 눈에 보여. 엄 PD는 꽤나 극적인 장면이 연출될 것 같다고 좋아하고 있어. 지금 속도라면 1회 방송에 나갈 수도 있을 거야."

"놉! 그건 안 돼요."

"왜?"

"속도가 너무 빨라요. 지금 속도라면 치즈가 녹은 것처럼 축 늘어진 뱃살을, 아님 아랫배에 길게 찢어진 수술 자국을 시청자에게 보여주게 될 거예요. 그리고 장담컨대 시청률이 떨어질 거고요. 누가 그런 걸 보고 싶겠어요."

"그럼 어쩌려고?"

"빠지는 속도를 줄이고 빠진 지방에 근육을 채워 넣어야죠."

"다시 살을 찌우겠다고?"

"찌진 않을 거예요. 물론 약간 찐다 해도 어쩔 수 없고요. 아무튼 오늘은 운동 그만하자고 하고 밥이나 먹으러 가죠."

"에휴~ 난 모르겠다. 의사가 알아서 하겠지."

수영장에서 나와 노형진을 데리고 간 곳은 고기 무한 리필 가게였다. 노형진은 의아해하며 말했다.

"선생님, 저 요즘 거의 안 먹습니다."

"알아요. 몸무게가 149킬로까지 빠진 것만 봐도 그동안 얼마나 열심히 했는지 알죠."

"근데 여긴 왜?"

"살을 빼려면 먹지 않는 게 중요하죠. 하지만 너무 급속도로 빠지면 피부가 늘어지는 걸 막을 수가 없어요. 그래서 이제부터 먹어야 해요."

"…먹고 싶지 않아요."

"과연 그럴까요?"

"방송을 위해 무슨 장난을 치는 건지 모르지만 전 절대 먹지 않을 겁니다."

살이 빠지면서 자존감이 조금 올라간 모양이다. 그는 자신의 의견을 정확하게 피력했다.

보기 좋았다. 하지만 할 일은 해야 했다.

"방송 때문이 아니에요. 그리고 과연 이렇게 해도 먹지 않을까요? 실례할게요."

두삼의 손을 뻗어 그의 코를 세우듯이 꾹꾹 눌렀다. 그리고 그의 후각을 원래대로 되돌려 놨다.

"…고기 냄새가……!"

눈이 두 배나 커졌고 연신 코를 벌름거렸다.

"좋죠? 거기에 이것까지 하면."

그의 등으로 가서 등을 정성스럽게 안마했다. 카메라가 없었다면 대충했겠지만 극적 효과를 위해 일부러 천천히 위에 걸린 전기적 신호를 줄였다.

"가, 갑자기 배가 고파졌어요!"

"예전의 3분의 1쯤은 먹어야 배가 부르다는 생각을 하게 될 거예요."

괜한 짓을 하는 건 아닐까 싶을 정도로 그의 반응은 격렬했다. 하지만 그것도 잠시, 그는 입술을 잘근잘근 씹으면서 말했다.

"…많이 먹지 않을 겁니다. 전 살을 뺄 거예요."

"긍정적이네요. 하지만 굶으면서 빼는 건 제 치료와는 맞지 않아요. 먹어요. 다만 국물과 탄수화물, 과중한 양념은 안 됩니다. 고기와 약간의 소금, 혹은 쌈장."

두삼은 자리에서 일어나 고기를 잔뜩 가져와 불판에 올렸다.

"…진짜 절 시험하려고 하는 게 아닙니까?"

"방송이 아닌 개인적인 시험이긴 합니다. 다만 시험 결과를 매일 마사지를 하며 확인하게 될 테니 너무 걱정 말고 먹어요. 잘못된다 싶으면 즉시 방향을 바꿀 생각이니까요. 이래도 안 먹겠다면 어쩔 수 없죠. 늘어진 살은 수술로 처리할 수밖에요."

농담이 아니라는 걸 알았는지 그는 천천히 고기 한 점을 들어 입에 넣었다. 그리고 눈을 감고 씹으며 고기 맛을 음미했다.

그는 보는 것만으로 식욕이 생길 만큼 맛있게 먹었다.

"어때요?"

"…덜 익었네요."

"그럴 거라 생각했어요. 빨간 부분이 있었거든요. 근데 왜 뱉지 않죠?"

"많이 먹지 못하는 만큼 입에 들어가는 걸 소중히 여기려고요."

"좋은 생각이긴 한데 앞으론 그러지 말아요. 배 아프면 오히려 손해랍니다. 참! 앞으론 수영은 적당히 하고 헬스를 하세요. 근육을 키워야 해요."

"알겠습니다, 선생님."

"자! 이제 익었네요. 얼른 먹죠."

촬영 팀과 함께 점심을 맛있게 먹고 먼저 일어났다.

노형진이 예전에 먹던 양의 3분의 1은 일반인에 불과한 두삼의 두세 배는 족히 됐는데 한 점, 한 점 소중히 먹고 있어서 마냥 기다릴 수 없었다.

*　　　*　　　*

"어? 딸기가 나왔네. 아주머니, 딸기 하나 주세요."

병원으로 돌아가는 길에 고연아에게 주기 위해 청과물 가게에서 딸기를 한 팩 샀다.

환자에게 이렇게 친절한 의사가 또 있을까.

자화자찬을 하며 병실에 들어서자마자 냉정한 목소리가 들려왔다.

"…꺼져!"

친절함에 대해 뭔가 대가를 바라는 건 아니지만 이런 취급을 받는 걸 원한 것도 아니다.

'역시 말을 못 하게 해뒀어야 했나?'

몸이 약해졌다는 핑계로 입과 몸을 움직이지 못하게 해뒀다. 그러다 입을 열어줬는데 나오는 말이 참 공격적이다.

"우리 연아 씨가 오늘은 뭣 때문에 기분이 안 좋은 걸까요? 딸기까지 사왔는데."

"…귀가 막혔어? 꺼지라는 말 안 들려? 그리고 우리라는 말 쓰지 마! 왜 내가 너의 우리야."

"너무 그러지 말아요. 안 그래도 연아 씨 밥 먹이고 수업 들으러 가야 해요."

"…그게 나랑 무슨 상관인데."

그냥 할 일을 하고 얼른 가봐야겠다.

식사를 들고 그녀에게 다가가며 말했다.

"침구과 선생님이 뜬금없이 찾아와 뜸을 배우라는 거예요. 내가 시간이 없는 건 연아 씨도 잘 알잖아요? 근데 그렇게 얘기했더니 스케줄이 어떻게 되느냐고 묻더군요. 입 살짝 벌려요. 아님 옆으로 흘러 되게 추해요."

"……."

추하게 보이는 건 싫은 건지, 아님 살고 싶은 건지 밥을 먹일 땐 그나마 조용하다.

아이들이 잘 때 가장 예뻐 보인다는 말이 이해가 된다.

"하지만 말을 할 수가 있어야죠. 사실 내가 하는 일은 비밀스러운 게 많거든요."

"안 궁금……."

"꼭꼭 씹어서 드세요. 아직까지 위와 장이 제 역할을 하지 못하고 있거든요."

못된 말을 하려는 입에 다시 죽을 넣었다.

죽을 다 먹고 딸기를 으깨 먹이려 할 때였다. 웬일로 그녀가 먼저 입을 열었다.

"…몸은 언제 풀어줄 거야?"

"무슨 말인지 모르겠네요."

"모른 척하지 마! 엄마한테 다 들었어. 침으로 사람 몸을 마비시키는 능력을 가지고 있다지?"

"음! 사모님은 오늘부로 퇴원을 시켜야겠네요."

"그건 알아서 해. 그래서 언제 풀어줄 건데?"

"손윗사람에게 높임말을 써야 하는 것도 아직 배우지 못한 사람이 높임말을 배웠을 때?"

"…농담 아냐."

"지금은 풀어줄 수가 없어요. 풀어주는 즉시 다시 토하게 될 테니까요."

"해보지도 않은 걸 어떻게 알아?"

"몸을 마비시키는 능력뿐만 아니라 연아 씨의 머릿속에서 몸으로 계속 '토해!'라는 신호를 보내고 있다는 걸 알 수 있는 능력도 있거든요."

"…잊었어, 아니, 잊으려고 노력하고 있어."

"얼마 지나지 않아 정신건강의학에서 유명한 의사 선생님이 도와주러 오겠지만 제 개인적인 의견을 말해도 될까요?"

"…그래."

"잊으려고 하지 마요."

"……"

"잊으려고 노력하면 그 기억을 다시 머릿속에서 한 번 되뇌는 것밖에 되지 않아요. 그냥 받아들여요. 그런 남자가 있었다, 정도로요. 그다음 당신의 인생을 살아요. 그러다 보면 당신을 정말 좋아해 주는 남자가 있을지도 모르죠."

"…없으면?"

"장담컨대 있을 거예요. 내가 당신을 예전보다 더 멋지게 만들어줄 거거든요."

무사히 딸기까지 먹인 후 2층에 위치한 휴게실로 향했다. 안에 들어서자마자 두 사람이 동시에 말했다.

"내가 왜 주말에 여기 있어야 하는 거야?"

"저 은수랑 영화 보러 가기로 했단 말이에요, 형!"

"산삼 먹었으니 책임을 져야지. 그리고 넌 만날 붙어 있으면서 무슨 데이트. 정 하고 싶으면 술을 줄이고 그 시간에 데이트해."

"그 산삼 네가 준 거잖아!"

"어? 형, 서운하게 산삼을 공 팀장님께만 준 거예요? 서운하네요."

"난 더덕인 줄 알았어."

더덕 말린 것에 섞여 들어온 산삼이었다. 그래서 준 건데 장인규는 그것이 산삼임을 알아차린 것이다.

구차하게 변명할 생각은 없었다. 또한 시간이 없다뿐이지 뜸의 대가가 뜸에 대해 가르쳐 주겠다는데 마다할 이유가 없다.

"근데 그거 진짜 산삼 맞아? 산삼을 먹으면 막 힘이 솟아야 하는 거 아냐?"

"저도 좀 줘요. 저 좋다고 달라는 게 아니에요. 형의 사랑스러운 후배인 은수를 위해서라도."

한 놈은 진짜 산삼이 맞느냐고 묻고 다른 한 놈은 여자 친구를 위해 자신도 먹어야 한다고 징징대고… 교육이 쉽지 않을 것 같다.

다행히 그들의 징징거림이 한계에 도착할 때쯤 장인규가 들어왔다.

*　　　*　　　*

동의보감이라는 드라마를 본 사람이라면 허준이 뜸을 이용해 반위(암)를 낫게 하는 장면을 흥미진진하게 봤을 것이다.

하지만 뜸을 배우는 학생들은 현대 의학에선 그것이 얼마나 무의미한 짓인지를 잘 안다.

요즘은 배를 열고 암을 들어내면 된다.

또한 자칫 잘못하면 피부가 손상되고 그로 인한 환자의 불만과 소송으로 이어질 수도 있었다.

그래서 뜸과 피부 사이에 소금 따위나, 혹은 별도의 안전 기구를 놓고 뜸을 뜨는 경우가 있는데 이런 경우엔 뜸의 열이 제대로 전달되지 않아 잘 치료가 되지 않는다는 단점이 있다.

이러저러한 이유로 반드시 뜸을 사용해야 하는 경우가 아니라면 침으로 대체하는 것이 한의사 입장에서도 여러모로 편했다.

"류 선생은 아직 퇴근 안 했어요?"

안으로 들어온 장인규는 류현수를 보며 물었다. 그래서 얼른 두삼이 나섰다.

"이왕 선생님의 교육을 받는데 혼자보단 둘이 낫지 않습니까. 게다가 류현수 선생이 대학 때 뜸으로 칭찬을 많이 받았습니다."

"그래? 교육할 땐 반말로 할 걸세."

"…네? 네네."

황급히 대답한 류현수는 두삼을 돌아보며 '언제 그런 일이 있었냐?'고 눈빛으로 물었다.

누차 말하지만 두삼은 눈빛을 읽는 재주가 없었기에 무시했다.

"뜸은 만들어왔나?"

"네, 선생님."

"보여주게."

두삼은 틈틈이 만들어둔 뜸을 꺼냈다.

뜸은 긴 원뿔 형태로 볼펜의 앞부분 정도의 크기였다. 양의 기운을 듬뿍 머금은 쑥으로 만든 것이었다.

"이렇게 만든 이유가 있나?"

"열을 제대로 전달하기 위해 직접구(뜸이 피부에 닿도록 하는 시술)로 시술하기 위해섭니다."

"얼마나 태울 생각인가?"

"5분의 3을 태운 후 떼어낼 생각입니다."

"류 선생 생각은 어때?"

"제가 보기엔 5분의 3을 태우면 피부에 문제가 생길 것 같은데요. 절반만 태우는 게 나을 것 같습니다."

류현수는 막상 교육으로 들어가자 진지하게 답했다.

"만져보게. 부셔봐도 좋아."

장인규는 대답 대신 뜸 중 하나를 건넸고 류현수는 이리저리 만져봤다.

"뭐랄까, 상당히 무른 편이네요. 잘 부서지고요."

"대답은 그게 단가?"

"…죄송합니다. 의미를 잘 모르겠습니다."

"한 선생이 설명해 주게."

나중에 발을 빼기 쉬우라고 류현수를 데리고 왔는데 왠지 짐이 될 것 같았다.

"일반 뜸과 달리 공기를 더 많이 넣어서 반죽했어. 즉, 타는 속도가 빠르고 열전달도 그만큼 좋아."

"아! 피부가 손상되기 전에 빠르게 열만 전달하게 만들었다는 건가요?"

"맞아. 장 선생님께선 공동희의 양기를 북돋기에 좋은 뜸을 만들라고 하셨어. 뜸을 놔야 하는 혈의 위치의 피부가 연해서 은은하게 계속 자극하기보단 짧게 자극하는 편이 좋다고 생각해서 이렇게 만든 거야."

"무슨 말인 줄 알겠어요. 근데 그냥 시중에서 파는 뜸으로는 안 되는 거예요?"

교육할 땐 반말로 한다고 해서 호통 치는 캐릭터인 줄 알았는데 의외로 조곤조곤한 목소리로 장인규가 나섰다.

"뜸을 열로만 병을 치료하는 방법이라고 생각하기 때문에 그런 생각을 하는 거야. 그렇다면 굳이 뜸을 쓸 이유가 어디 있나? 열기구를 사서 그냥 따뜻하게 만들면 되는 거 아닌가. 침으로 혈을 자극하는 것과 뜸으로 혈을 자극하는 것의 차이점은 뭔가?"

"구병(舊病)엔 뜸이다, 라는 말처럼 만성적인 질환과 통증에 효과가 좋다고 배웠습니다."

"학생의 대답이군. 그게 끝인가?"

"아, 아닙니다. 기운이 너무 세약하여 침을 사용하지 못하는 경우 뜸을 사용합니다."

"이유는?"

"침의 경우 내부의 잠재된 기를 촉발시켜서 치료를 하는데 촉발시킬 기운마저 없는 환자에겐 오히려 독이 됩니다."

류현수는 과거 뜸에 대해 배웠던 바를 열심히 떠올리며 대답했다.

"그에 반해 뜸의 경우는 침에 비해 환자의 기운을 사용하지 않는데 뜸이 가진 기운이… 아!"

"이제 기억나는가? 달달 외워서 전문의 자격을 따면 뭐 하나? 정작 의미는 제대로 보지 못하는데."

"…죄송합니다."

"나한테 죄송할 것 없어. 자네에게 진료 받는 환자들에게 미안해해야지."

"……."

"대량생산된 뜸이 꼭 나쁘다고 할 수는 없어. 하지만 그 뜸이 가진 기운은 정확히 알고 써야지. 난 대량 생산된 뜸이 어떤 기운을 품고 있는지 모르겠더군. 자네는 아나?"

"…모릅니다."

"그럼 직접 만들어야겠지? 물론 그전에 뜸에 쓰이는 약재가 어떤 기운을 품고 있는지부터 배워야 할 테고."

그는 배워야 한다면서 흘낏 자신을 본다. 그래서 얼른 말했다.

"선생님, 전 타고난 재주로 약초를 구분하는 거지. 특별한 구별법이 있는 건 아닙니다."

"…그런가? 나와 다른 방법이 있다면 나도 배울까 했는데 말이야. 안타깝군. 그럼 구별법은 다음 주에 수업하기로 하지."

"저도요?"

"타고난 능력이 사라질 때를 대비해야지. 그게 아니더라도 배워놓으면 좋다네."

능력이 사라진다는 말에 뜨끔하다.

장갑을 통해서 갑자기 얻게 된 능력. 갑자기 사라진다고 해서 이상할 것 없었다.

'그래 자만하지 말자. 그리고 장갑이 사라질 때를 대비해 실력을 키우자!'

느슨했던 마음을 조였다. 뜸의 대가가 자신의 지식을 나눠주겠다는 기회가 또 있을까.

"가르쳐 주신다면 기꺼이 배우겠습니다."

"그럼, 뜸을 뜨는 것을 볼까. 공 팀장, 웃통 벗고 침대에 눕게."

"…오늘만입니다."

공동희가 '오늘만'이라는 의견을 피력하고 옷을 벗고 누웠다. 그러자 세 한의사는 그의 혈을 짚어가며 뜸을 놓을 곳에 대해 대화를 나눴다.

"류 선생은 남자의 정력을 북돋기 위해 어디에다가 뜸을 놓을 건가?"

"기력이라면 큰 뜸을 단전에 놓거나 족삼리(足三理)에 놓는 게 좋다고 배웠습니다."

족삼리는 무릎 외측을 손가락으로 누르면 움푹 들어가 있는 자리에 위치해 있는데 '족삼리에 쑥뜸을 하지 않는 자와는 먼 길을 같이 가지 말라'는 옛말이 있을 만큼 하체의 튼튼함과 관련이 있다.

"혹시 자신에게 해봤나?"

"…네."

"좋아지든가?"

"글쎄요, 평소와 조금 다른 것 같기도……."

"자신이 없군. 그곳에 뜸을 놔봐야 기운을 조금 북돋는 거지 정력이 강해지는 건 아냐. 그럼 침이라면 어디를 놓을 건가?"

"침으로라면 발바닥에 있는 용천, 뜸을 뜨는 자리에 있는 관원, 족삼리, 귀와 팔의 하체와 생식기 반사구에 놓을 겁니다."

"잘 아는군. 그럼 뜸은 왜 단전이나 족삼리에만 올려두나?"

"뜸의 상식이……."

"쯧! 한의사가 상식 얘기를 하다니. 한 선생은 만든 뜸을 어디에 놓을 건가."

"저라면 여기 관원, 기해, 그리고 다리와 이어지는 비관과 족삼리로 이어지는 혈을 자극할 겁니다."

"용천혈은?"

"뜸 대신 침을 놓을 생각이고요."

"침구를 동시에 쓰는 건 좋은 생각이네. 대부분의 한의원에서 그렇게 사용하지. 근데 정력을 북돋는 혈자리치곤 처음 보는군?"

"한의사였던 할아버지의 진료 기록에서 본 겁니다."

"오호! 결과를 보고 싶군."

"시작하기에 앞서 선생님은 어떤 혈 자리를 쓰시는지 궁금합니다."

"내 경우는 수양명대장경을 주로 자극하네. 그리고 그와 만나는 임맥과 반사구에 뜸을 놓지."

두삼은 그가 찍는 위치를 천천히 살폈다. 그리고 공동희의 몸에 손을 살짝 올려 기를 이용해 그의 시술의 타당성을 검토해 봤다.

'할아버지의 시술과 비슷한 장기들을 자극해. 역시 세상은 넓다더니…….'

스스로 뜸의 시술 자리를 만들어낸 장인규를 다시 보게 됐다.

"왜 이 혈에 뜸을 놓으신 겁니까?"

두삼은 그의 지식을 최대한 얻어내기 위해 지금까지 수동적인 행동에서 탈피해 이것저것 묻기 시작했다.

세 사람의 대화가 길어지면 질수록 괴로운 사람은 있었다.

"에취! …뭘 하든 빨리 좀 해주시겠어요?"

공동희는 윗옷을 벗은 채 한참 동안 침대에 누워 있어야 했다.

*　　　*　　　*

"한 선생, 점심시간에 뭐 하나?"

다음 환자를 기다리고 있는데 이방익이 고개를 내밀며 물었다.

"아시잖아요? 일단 애기 밥 먹이고 난 후에 남들보다 늦은 점심을 먹게 되겠죠."

"…모르는데? 나 모르는 사이에 결혼해서 애 낳았어? 아님 애완동물?"

고연아에 대해 이방익은 아직 모르고 있음을 잠깐 망각했다.

"…후자요."

"그럼 먹이 주고 일식집으로 와. 원장님이랑 점심 같이 먹기로 했어."

"무슨 일인데요?"

"우리 과에 좋은 소식."

"…알겠습니다."

과에 좋은 거지 자신에겐 별로 좋을 것 같지 않았다. 그러나 병원 소속인 이상 거부할 수 없었다.

말 안 듣는 애완동물(?)에게 밥을 먹이고 일식집으로 향했다.

"어서 오게, 한 선생. 오늘 좋은 참치가 들어왔다고 해서 그걸로 주문해 놨네."

"네, 원장님. 맛있겠네요. 근데 이 선생님 말론 좋은 소식이 있다는데요?"

"성격 참 급하군. 큼! …내 탓이기도 하니 넘어가지. 음식이 금방 들어올 테니 먹으면서 얘기해."

그의 말처럼 맛있게 보이는 참치 회와 스시는 금방 나왔다. 그리고 보이는 만큼 맛있었다.

"맛이 어떤가?"

"훌륭합니다. 이 맛있는 걸 놔두고 거식증이라니, 지금 느끼는 바를 그대로 전해주고 싶네요."

"먹으면서도 환자 생각인가?"

"아! 보모 같은 소릴 했네요. 화제를 바꾸죠."

"허허! 내가 바꿔주지. 현재 안마과가 많이 바쁘다는 얘길 들었네."

"제가 이방익 선생님만큼 환자를 소화하지 못해서 그런 거죠."

"자네 바쁜 거야. 이 선생님도 알지 않나? 그래서 안마과에 새로운 한의사를 구할 생각이네."

"오! 정말 좋은 소식이네요. 근데 안마과에 들어올 사람이 있습니까?"

이방익을 보며 물었다.

"있어. 내 조카. 원래 그 녀석에게 병원을 맡길 생각이었는데……."

"뭔가 사고를 친 뉘앙스데 착각인가요?"

"사고 쳤어. 환자에게 집적댔지."

"아… 그럼 위험한 거잖습니까?"

이성의 맨살을 꽤 아슬아슬한 부분까지 주무르고 만져야 하는 직업인데 사고를 쳤다니 솔직히 마음에 들지 않았다.

그러나 이방익을 믿기에 강력히 반대하진 않았다.

"그 때문에 2년쯤 쉬게 했더니 두 번 다시 그러지 않겠대. 그리고 여자들만 맡기면 돼."

"네? 여의사가 환자에게 집적대다니… 대범하다고 해야 할지, 깬 여성이라고 해야 할지 모르겠네요."

"누가 여자야?"

"…에? 방금 여자만 맡긴다고 하시지 않았습니까?"

"염색체상으로 보자면 남자야. 다만 호르몬이 문제인 거지."

"……!"

이해했다. 쉽게 말해서 이방익의 조카는 성 소수자라는 얘기였다.

"왜? 내 조카가 게이라서 같이 일하기 싫은 건가?"

"전혀요. 성적 취향에 대한 편견 따윈 없어요."

"이해해 줘서 고마워."

"식구가 느는 건데 좋아해야죠. 조카분이 합류하면 여유가 생기지 않겠습니까?"

단순히 생각했는데 의사가 한 명 느는 게 끝이 아닌 모양이다. 민규식이 말했다.

"새로운 의사가 합류한다고 해서 여유로울지는 모르겠네. 한 가지 더 있거든요."

그는 대뱃살을 입에 넣고 오물거리며 말을 이었다.

"자네 KM엔터테인먼트 알지?"

"거길 모르는 사람이 어디 있겠습니까. 가수, 배우에 이어 요즘 유명한 개그맨들도 싹쓸이해 가는 엔터테인먼트계의 공룡이잖습니까. 게다가 한방센터에 입원했었던 윤혜원 씨도 거기 소속이고요."

경제에 대해선 잘 몰라도 연예계에 대해선 조금 아는 편이다.

"그렇지. KM에서 소속 연예인들을 우리 병원에 보내고 싶다고 전해왔네. 비만, 체형 관리, 건강을 전적으로 맡기겠다는군."

"왠지 우리 과의 일처럼 들리는군요?"

"대부분은 안마과에서 책임져야겠지. 다만 한방센터든, 외과센터든, 모든 과의 협조를 받을 수 있도록 조치를 취할 생각이네."

"윤혜원 씨가 어지간히 얘기했나 보군요."

윤혜원도 KM소속이었다.

"친한 가수들에게 자네 얘기를 한 모양이야. 그들이 다시 말을 옮겼고. 결국 연예인들이 회사를 움직인 거지. 표정이 마음에 들지 않은 것 같군. 왜 힘드나?"

"힘들진 않습니다. 다만 굳이 KM 연예인들 케어까지 할 필요가 있나 싶습니다."

찾아오는 손님이 없다면 모를까 예약 스케줄을 짜기도 힘든 상황이다. 게다가 노형진의 다이어트가 TV에 방영되면 어떻게 될까.

'으~ 그 전에 몇 가지는 끝나야 할 텐데.'

상상만으로 힘이 쭉 빠진다.

"허어~ 자네 남자 맞나?"

"…갑자기 무슨 말입니까?"

"KM의 최고의 걸 그룹 걸크러시를 안마할 수 있는 기회야. 얼마나 많은 사람들이 그녀들의 손이라도 잡으려고 노력하는지 아나? 나라면 한 치의 망설임도 없이 좋아했을 걸세."

민규식의 머릿속은 여전히 피 끓는 청춘인가 보다.

"걸크러시가 최고라는 말은 옛말이죠. 이제 걸그룹이 아닌 미세스그룹이라고 해도 과언이 아니거든요. 그리고 만지면 부러질 것 같은 다리는 개인적으로 별로인지라……."

청춘이 한 명 더 있었다.

"부러질 것 같은 다리가 아니라 잘빠진 거야. 그리고 걸크러시만 있나 블랙스완도 있잖아. 연습생들도 엄청 많고."

"…알아들었으니까 그만들 하세요. 대신 저한테 사인 받아달라는 말은 하지 마세요."

"안 해. 이미 받았거든. 허허허!"

"나도. 각 멤버들과 사진도 찍었어."

저렇게 좋을까. 치료비는 제대로 받고 하는 건지.

하긴 자신도 남을 흉볼 처지도 아니다.

'그나저나 요즘은 딱히 관심이 없구나.'

바빠도 챙겨보던 직캠을 안 본 지도 꽤 됐고, 직캠을 찍으러 가고 싶다는 생각도 들지 않았다.

"아! 음식 솜씨 좋은 요리사 한 분 구해주세요. 한두 명이라면 모를까 더 이상은 힘듭니다."

"그러지."

"근데 언제부터입니까?"

"뭐가?"

"새 직원이 오는 것과 KM의 연예인들이 병원에 들이닥치는 게요."

"다음 주. 차례차례 소속 연예인들 건강 체크에 들어갈 걸세."

"빠르군요."

"그쪽에서 급한 모양이야."

"저에 대해 너무 잘 아시네요. 점심 잘 먹었습니다. 먼저 일어나겠습니까."

"차는 안 마시고 가나?"

"1시 10분에 예약 환자가 있어서요."

오후 일과의 시작은 병원까지 뛰는 걸로 시작됐다.

28. 별도 병이 든다.

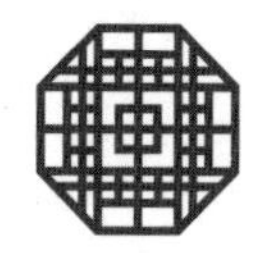

나연섭이 그랬듯이 신체는 일정 단계를 넘어가면 자가 치유가 되고, 나이가 젊고 노력할수록 치유 능력은 극대화되는 게 틀림없었다.

이효원의 세맥들이 어느 순간 효율이 좋아지더니 단 며칠 만에 망가졌던 경락과 경혈이 만들어지고 세맥까지 만들어졌다.

왼쪽과 완벽하게 똑같다고 할 순 없었다. 왼쪽이 4차선 도로라면 오른쪽은 3차선 도로였다.

하지만 연습을 하면 자연스레 넓혀질 것이 분명했기에 더 이상 자신이 손을 댈 이유가 없었다.

"…어때요?"

이미 스스로 느끼고 있는 건지 상태를 묻는 이효원의 표정은 기대감이 가득했다.

두삼은 그녀의 손을 놓고 방긋 웃으며 말했다.
"축하해! 다 나았……."
덥석!
"꺄악! 오빠! 고마워요!"
축하해라는 말 다음에 무슨 말을 할지 알았는지 말이 끝나기도 전에 덥석 안겨왔다.
"…어어~ 너, 넘어져."
현재 하란의 집 스케이트장이었다.
물론 이제 실력이 좋아져서 넘어지지 않았다.
"넘어지면 어때요. 정말 고마워요! 쪽! 쪽!"
"…그, 그만해라."
매달려서 볼에 마구 뽀뽀를 하는데 하란이 보고 있어 조금 민망했다. 한데 멈추라니까 입에 '쪽!' 하는 소리가 나도록 뽀뽀를 하고 나서야 내려왔다.
"……!"
놀라서 눈을 크게 뜨고 보자 이효원은 장난기 가득한 얼굴로 말했다.
"아쉬워요? 진한 키스로 해줘요?"
"…미, 미쳤냐?"
"피이~ 그냥 감사의 인사거든요. 감사가 부족하면 말해요."
한참 부족해! 라고 말하면 그 순간 하란의 스케이트 칼날이 이마에 박히겠지.
"…충분해."
"아님 언니한테 부탁할까요?"

"…그, 그렇다면… 쿨럭! 허, 헛소리 말고. 앞으론 사나흘에 한 번 편한 시간에 들러."

"더 할 게 있어요?"

"별거 아냐. 네 몸 상태를 확인하려는 거야. 이방익 선생님도 이제 안 계시잖아."

무리가 가는 다리에 기운을 불어넣을 거라는 말은 하지 않았다. 괜히 안심하다가 더 다칠 가능성도 배제할 수 없다.

"안 그래도 부탁드릴 생각이었는데. 감사해요, 오빠."

"무리하지 마. 그리고 조금이라도 이상이 있는 것 같으면 집이든 병원이든 찾아오고."

"그럴게요. 그러고 보니 이제 언니 집에 더 머물 수도 없겠네요?"

"머물고 싶은 만큼 있어도 돼."

하란이 말했다.

"언니 사생활도 있는데 그럴 수야 없죠. 정말 고마워요, 언니."

이효원은 하란에게 조르르 가서 안겼다.

"내가 한 게 뭐가 있다고."

"오빠 소개시켜 주고 찾아준 것도 언니잖아요. 그리고 수영장을 이렇게 만든 것만 봐도 언니가 날 위해 얼마나 신경 썼는지 잘 알아요."

"널 광고 모델로 쓸 수 있었잖아. 아무튼 생각보다 빨리 나아서 다행이야."

스케이트장에서 나와 거실로 자리를 옮겨서도 고맙다는 인사가 이효원의 입에서 떨어질 줄 몰랐다.

"코치님 도착했나 봐요. 오늘은 링크장이 예약되어 있어서 내일 두 분한테 맛있는 거 살게요. 시간 꼭 비워두세요. 그리고 오빠 치료비는 언니에게 맡겨뒀으니 받으세요. 정말 고마워요."

그녀는 하란과 두삼을 다시 한번 꼭 안아주곤 갔다.

"또 한 명이 떠나니 시원섭섭하네."

"뽀뽀해 줄 사람이 없어져서 서운한 건 아니고?"

"아, 아니거든!"

"말을 더듬는 것이 더 수상해? 하긴 국민 여동생 이효원의 입술 뽀뽀를 누가 싫어할까."

"…싫지는 않지만 원하지도 않거든. 내가 원하는 건……."

"원하는 건?"

그렇게 빤히 보지 마! 입술만 보이잖아!

"아냐. 근데 치료비를 맡겨놨다는 건 뭔 소리야?"

"우리 회사에서 받기로 되어 있던 광고비를 오빠한테 주기로 했어. 그게 계약 조건이었어."

"광고비를 통째로 다 준다고? 그렇게 많이 받을 생각은 없었는데."

"오빠가 효원이에게 해준 것에 비하면 많다고 할 수 없지. 그러니 그냥 받아."

솔직히 여기저기서 많이 받다 보니 이젠 담담하다.

부자들이 통장에 얼마 들었는지 모르는 정도만큼은 아니지만, 그만큼 돈에 대한 감각이 둔해졌달까.

"통장에 넣어줄까?"

"아니. 너희 회사 이제 개인 투자도 받는다면서? 거기에 투자해 주면 안 돼?"

"가능해. 다만 액수가 커져서 세금이 장난 아니게 많아질 거야."

"버는 만큼 내야지. 참! 수수료도 떼."

"그럼 수익률이 예전처럼 되진 않을 거야."

"상관없어. 이제 부족함 없이 버는데 너한테 언제까지 신세를 질 순 없잖아."

"뭐야? 그동안 신세진다고 생각한 거야?"

"그건 아니고. 음… 뭐랄까?"

두삼은 검지로 볼을 긁으며 하란이 기분 나빠하질 않을 적당한 대답을 찾으려고 했다. 한데 마땅한 말이 떠오르지 않았다.

다행히 그녀는 피식 웃으며 말했다.

"훗! 알았어요, 고객님. 회사에 도움을 준다는데 거절할 이유가 없지. 그나저나 이제 아침마다 얼굴도 못 보겠네?"

시원섭섭했던 이유를 알 수 있었다.

"…그러게. 근데 스케이트장은 이제 수영장으로 바꿀 거야?"

"원래 수영장이었으니 그래야지. 오빠가 스케이트 탄다면 그대로 놔두고."

"요즘 운동이 부족해서 수영이나 할까 했거든. 근데 근처에 수영장이 없잖아. 물론 조금 가면 있겠지만 시간이 많은 것도 아니고……."

"굳이 멀리 다닐 이유가 없지. 수영장 사용해도 돼."

"공짜로 해달라는 거 아냐. 아침은 내가 해줄 수 있어. 아! 아주머니가 계시는구나."

"…효원이도 없고, 요즘 회사 다니느라 저녁까지 먹고 와서 아주머니에겐 청소만 부탁하려고."

어째 얘기가 너무 잘 풀리니 분위기가 살짝 어색해졌다.

"그럼 그렇게 하기로 하자. 오늘은 이만 가볼게."

"얼음 녹이고 물을 바꾸려면 한 이틀쯤 걸릴 테니까 월요일부터 오면 돼."

"그래. 참! 아침은 주로 뭘 먹어?"

"간단한 거. 난 아무거나 상관없으니까 오빠가 먹고 싶은 걸로 해."

"알았어. 내일 보자."

후다닥 하란의 주차장으로 갔다.

뜬금없이 남의 집 수영장을 쓴다는 말을 하다니, 얼굴이 화끈거렸다.

하지만 부끄러움은 잠시, 곧 어떤 수영복을 사고 아침 식단은 어떤 게 좋을지 고민했다.

* * *

위가 비었을 때도, 찼을 때도, 물이나 침을 삼켰을 때도 위는 부지런히 뇌와 전기적인 신호를 주고받는다.

심장이 단 한순간도 멈추지 않고 뛰듯이 위 역시 한순간도 쉬지 않는다.

뇌로 향하는 수많은 신호 중 약에 포함된 물질이 스며들며 발하는 신호를 찾는 건 모래사장에서 바늘 찾는 정도는 아니지만 힘들었다.

한데 행운은 한꺼번에 오는 건지 이효원의 완치 판정을 내린 날 밤에 드디어 원하는 신호를 찾았다.

발견한 건 우연이었다.

매일 두세 시간씩 내부의 전기적 신호를 보는 건 꽤 지루하고 반복적인 일이었다. 그래서 솔직히 가끔 안이하다 싶을 만큼 형식적으로 볼 때가 있었다.

오늘도 마찬가지였다.

특히 잠깐 짬을 내서 산 래시가드 수영복보다 반바지형 짧은 수영복이 더 낫지 않았을까, 라는 생각을 하고 있었다.

물론 정신의 3분의 1은 자신의 몸속의 임독양맥으로 기운을 돌리고 있었고, 3분의 1은 환자의 내부를 살피고 있었다.

좋게 말하자면 어느 것 하나 소홀히 하지 않고 있다는 것이고 나쁘게 말하면 멍한 상태였다.

한데 그 멍한 상태가 기적을 만들어냈다.

'뇌전증 약이 어디에 효과를 보이느냐!'고 묻는 자신의 신호를 환자의 뇌가 알아들은 것처럼 몇 개의 신호를 보여줬다.

위를 자극해 약효를 스며들게 하는 신호, 뇌의 한 부분을 자극해 호르몬들이 분비되게 하는 신호 등.

그리고 분비된 호르몬들로 인해 소화액이 분비되고, 또 다른 뇌의 한 부분을 자극하고, 그에 새로운 호르몬이 생성되고.

마치 도미노처럼 투입된 약으로 인해 벌어지는 일들이 머릿속에 그려졌다.

'만일 지금처럼 알아봤으면 몇 년이 지나도 못 알아차렸을지

도 모르겠군.'

약효가 직접 뇌의 이상 신경세포를 자극해서 뇌전증을 줄여주는 게 아니라 호르몬이 분비되고 그 호르몬으로 인해 뇌가 자극되어 신경세포를 안정화시키는 일을 했다.

서둘러 약을 복용한 지 7시간째인 환자에게 갔다. 그리고 위에서 직접 살피기보단 조금 전처럼 환자의 뇌를 향해 보여달라고 염원했다.

"어라? 안 되네."

"뭐가 안 된다는 말씀이세요, 한 선생님?"

뇌전증 연구실 소속 담당 간호사가 물었다.

"…아니에요. 혼잣말입니다."

대답을 한 후 몇 번 더 시도를 해봤지만 조금 전처럼 잘되지 않았다.

'딴 생각을 해야 하는 건가?'

일부러 딴 생각을 해보고 멍한 척을 해봐도 마찬가지였다. 결국 타인의 뇌에 신호를 보내는 건 천천히 생각해 보기로 했다.

과정을 알게 되니 전기적 신호를 찾는 건 어렵지 않았다. 7시간이 지난 환자의 경우 약효가 거의 작용하지 않고 있었다.

몇 명을 더 살펴본 후 김영태 교수에게 갔다. 그는 잔뜩 쌓인 서류를 보고 있었는데 두삼이 다가가자 고개를 들며 말했다.

"오늘은 조금 일찍 끝냈군. 퇴근하게."

"퇴근 때문에 온 게 아닙니다."

"그럼? 아! 드디어 찾은 건가?"

그는 놀랐는지 자리에서 벌떡 일어나며 물었다.

"네. 현재 환자들이 복용하는 뇌전증 약이 어떤 식으로 작용하는지 알게 됐습니다."

"설명해 주게."

두삼은 자신이 보았던 것을 설명해 주었다.

"어떤 호르몬인지 아나?"

"아뇨. 호르몬을 구분하진 못합니다. 다만 어느 지점을 자극해야 호르몬이 나오는지는 알고 있습니다."

"음, 일단 그 호르몬이 정답이라고 할 순 없지만 다른 치료제도 같은 호르몬을 분비시키는지 알아봐야겠군."

"그렇죠."

어떻게 움직이는지 알아냈다지만 갈 길은 멀었다.

다른 치료제가 다른 호르몬을 분비시킬 수도 있었고, 오늘 발견한 호르몬이 뇌전증을 완전히 치료하는 치료제라고 할 수도 없었다.

만일 그랬다면 뇌전증은 이미 정복되었을 테니 말이다.

그래도 한 단계를 넘겼다는 생각 때문인지 기분 좋게 퇴근을 준비했다.

옷을 갈아입고 지하 주차장으로 내려가 차가 주차된 곳으로 가려할 때였다.

"오빠, 이제 퇴근해요?"

"어! 청하 씨! 여행에서 돌아온 거예요?"

"벌써 다녀왔죠. 일주일 전쯤에 와서 그동안 못 만나던 고등학교 친구들이랑 대학 친구들 만났어요."

"재미있었어요?"

"호호! 덕분에요. 참! 선물은 내일 출근해서 드릴게요. 오늘 만날 거라곤 생각도 못 했네요."

"저한테까지 선물을… 고마워요. 근데 내일 토요일인데 출근이에요?"

"정식 출근은 3월인데 과장님이 당장 출근하래요. 하여간 노는 꼴을 못 본다니까요."

"고생하시겠네요."

"레지던트일 때보단 낫겠죠. 근데 겨울이라 오토바이 지하에 대놓은 거예요?"

"아뇨. 일이 있어서 요즘은 차 타고 다녀요."

"그래요? 그럼 저 좀 태워주시면 안 돼요? 태워주기로 한 친구가 잡혔는지 도통 내려오질 않네요."

"어디 가는데요?"

"강남역이요. 불금이잖아요. 2호선 탈 수 있는 곳까지만 태워줘도 괜찮고요."

"멀지 않으니 데려다줄게요."

"오옷! 최고! 근데 오빠, 언제까지 말 높일 거예요? 이제 말 놔요."

"말해주길 기다리고 있었지. 하하! 갈까?"

막 차가 있는 곳으로 옮기려는데 엘리베이터가 열리며 아는 얼굴이 보였다.

"선배, 이제 퇴근해요?"

"…응. 근데 누구? 애인?"

탐탁지 않은 얼굴로 대답하는 그는 민청하를 보곤 살짝 놀란 표정을 지었다.

두삼은 두 사람을 번갈아 보며 소개했다.

"아뇨. 우리 병원 흉부외과 전문의인 민청하 선생님. 여긴 학교 선배이자 침구과 전문의인 임동환 선생님."

"처음 봬요."

"네, 처음 뵙겠습니다. 근데 혹시… 민 원장님의 영애 아닙니까?"

"원장님이 아버지인 건 맞지만 영애라는 말은 가당치 않아요. 근데 어떻게 아셨어요?"

"태양한방병원 원장인 제 아버지께 들었습니다."

"아! 태양병원 임 원장님! 몇 번 뵈었는데 그때 말한 아드님이 임 선생님이셨군요. 잘생겼다고 하셨는데 정말 그러시네요."

"별말씀을요. 그런데 어디 가시는 길이세요?"

"강남역에 갈 일이 있는데 두삼 오빠가 데려다준다고 해서요. 만나서 반가워요. 두삼 오빠, 가요."

민청하가 재촉을 했기에 임동환에게 살짝 인사를 한 후 돌아섰다. 한데 임동환이 무슨 생각을 한 건지 다급하게 말했다.

"저도 강남역에 가는데……."

뭐지? 자기가 데려다주겠다는 말인가?

그의 행동이 조금 이상했다. 그러나 민청하가 그러겠다고 하면 반대할 이유는 없었다. 그래서 민청하를 바라봤는데 그녀는 이미 돌아서서 말을 하고 있었다.

"거기서 만나게 되면 인사해요. 그럼!"

그 말을 끝으로 민청하는 두삼의 팔까지 당기며 걸음을 재촉

했다.

승리자가 된 것 같은 느낌에 우쭐하면서도 왠지 모를 찝찝함이 남았다.

*　　　*　　　*

마사지 숍의 세 사람에게까지 저녁을 사고 싶었던 이효원은 출장 요리사를 불러 2층에서 잔치를 벌였다.

저녁은 자연스럽게 술자리로 이어졌고 결국 새벽까지 이어졌다.

달가닥! 달가닥!

"…으~ 크흠! …뭐 하냐?"

달가닥거리는 소리에 이진철이 깼다.

"깼어요? 나가기 전에 해장국 끓이느라고요."

"해장국이야 우리가 끓여도 되는데… 근데 일요일인데도 나가냐?"

"제가 안 가면 밥을 안 먹는 환자 때문에요."

"그래서 설날 때도 못 내려간 거냐?"

"그렇죠. 반찬은 냉장고에 있으니 꺼내 먹고 국만 데우면 될 거예요. 저 가요."

"…고생해라. 근데 그 냄비는 뭐냐?"

"옆집에 갖다줄 거요."

"정성이다. 누가 널 데리고 갈지 모르겠지만 그 여자는 땡잡은 거다. 내가 여자였다면……."

"형이 여자였다면 절대 끓여주는 일 없었을 거예요. 쉬다가 가요."

그를 내버려 두고 하란의 집으로 갔다.

하란은 거실에서 요가를 하고 있었다. 잠시 넋을 놓고 구경하다가 정신을 차리고 인사했다.

"잘 잤어?"

"술을 많이 마셔서인지 상쾌하진 않네. 오빠는?"

"난 괜찮아. 이거 데워서 효원이랑 먹어. 속은 확실하게 풀릴 거야."

"해장국까지 끓인 거야? 몇 시간 자지도 못했겠네?"

"그냥 눈이 떠지더라고. 하란아, 네 차 좀 빌려도 될까? 나갈 일 있으면 내 차 타고."

"열쇠 거실 앞에 있어. 근데 왜?"

"부모님이 해외여행 가셨는데 오늘 도착하거든. 그래서 공항에 갔다가 집까지 모셔다 드리려고."

고연아 때문에 설날 때 내려가지 못했다. 그래서 해외여행을 보내 드렸다.

"운전 조심해."

"고마워."

냄비를 부엌에 갖다놓고 차 키를 가지고 주차장으로 향했다.

처음 운전하는 차라 약간 어색했지만 병원에 도착할 쯤엔 운전석이 높아서인지 더 편해졌다.

병원으로 들어간 두삼은 곧장 병실로 가지 않고 식당으로 갔다.

일요일이라고 환자들이 굶는 건 아니다 보니 조리실은 바쁘게 돌아가고 있었다.

두삼은 조리실 구석으로 갔다. 그제 고용된 조리사가 감자를 썰고 있었다.

“안녕하세요, 조리사님.”

“어서 오세요, 선생님.”

“다 됐나요?”

“네. 여기 있어요.”

“수고하셨어요. 점심은 다른 분이 내려올 거예요.”

“맛은 안 보세요? 선생님이 주신 식단대로 제대로 됐는지 모르겠어요.”

“색깔과 냄새만으로 잘됐다는 걸 알겠네요.”

조리 실력이야 당연히 조리사가 더 뛰어났다. 두삼은 그저 약효가 제대로 스며들었는지 확인하면 됐다.

음식을 들고 VIP실로 올라갔다.

“…늦었네요?”

고연아의 목소리는 여전히 퉁명스러웠지만 높임말을 하며 조금 부드러워졌다.

“완치된 환자가 저녁을 샀는데 분위기에 휩쓸려 새벽까지 술을 먹어 조금 늦었어요.”

“…내가 클레임 걸면 어쩌려고 술 먹고 늦었다는 얘길 그렇게 자연스럽게 하는 거예요?”

“혼만 잠깐 나고 말걸요. 연아 씨 치료할 사람이 나밖에 없거든요.”

"잘난 척!"

"하하! 밥 먹어요."

"…언제까지 먹여줄 거예요?"

"왜? 혼자 먹어보고 싶어요? 음, 어차피 이제 몸의 근육을 키워야 해서 움직이는 게 좋긴 한데… 한번 해볼까요?"

현재 씹고 삼키는 것까진 그녀가 하고 있었기에 이쯤 해서 다음 단계로 넘어가도 괜찮지 않을까 싶었다.

다만 먹을 때 머리에선 열심히 신호를 보내고 있었다.

"……."

"싫으면 안 해도 돼요."

"…해볼래요."

"그래요. 일단 잠깐 확인하고 풀어줄게요."

내부를 살피니 오전에 물을 마신 것 빼곤 없었다. 두삼은 그녀의 목 부근을 가볍게 주물러 마취시켜 둔 것을 풀었다.

"오랜만에 움직이는 거라 쉽지 않을 거예요. 천천히 오른팔부터 움직여 볼까요?"

살살 그녀의 오른팔을 주무르며 움직이는 걸 도와줬다. 부들부들 떨리는 손이 아주 천천히 움직였다.

아이가 몸을 뒤집기 위해 바동거리는 모습 같았다. 팔, 상체, 다리까지 움직이는 데 땀이 흠뻑 났다.

먹을 자세를 잡는 데 15분이 넘게 걸렸다.

두삼은 수건으로 그녀의 땀을 닦아준 후 음식을 종지에 담아 가져왔다.

"잘했어요. 음식도 딱 먹기 좋게 식었네요. 떠먹는 건 천천히 하기로 해요. 오늘은 제가 줄게요."

목이 많이 마를 것 같아 죽에 물을 살짝 타서 좀 더 묽게 만들어 입에 넣어줬다.

죽을 잠깐 씹던 그녀가 조심스럽게 음식을 삼켰다.

꿀꺽!

"우웩! 웩! 켁켁! 우웩!"

예상을 하고 있었기에 얼른 수건을 그녀의 입 앞에 댔다. 그리고 토한 입까지 싹 닦아준 후 그녀의 중추신경 중 운동신경은 내버려 두고 감각신경을 마비시켰다. 하지만 소용없었다. 그녀의 몸 전체가 음식을 거부하며 위액까지 토해내게 만들었다.

결국 운동신경까지 완전히 마비를 시킨 후에야 토하는 걸 멈췄다.

"…허억! 헉!"

가쁜 숨을 쉬는 그녀의 몸을 주물렀다. 토하면서 약해진 몸에 잔뜩 힘을 주는 바람에 온몸이 긴장되어 풀어줘야 했다.

"…미, 미안해요."

"괜찮아요. 연아 씨 잘못이 아니에요. 의지완 상관없이 습관처럼 되어버린 머리와 몸이 거부하는 거예요. 근육운동은 물리치료사를 고용해서……."

"…다른 사람은 싫어요."

아참! 자신의 몰골을 다른 사람들에게 보여주기 싫다고 자살한 경험까지 있는 그녀였다.

'하아~ 하나가 끝나고 나니 또 하나가 시간을 잡아먹는구나.'

적어도 하루 세 시간은 해야 한다. 밥 먹을 때마다 1시간씩

한다고 하면 그럭저럭 맞출 수 있을 것 같다.

"휴우~ 어쩔 수 없죠. 참고로 나 물리치료사 면허도 있어요."

"…또, 잘난 척."

"이럴 때 아님 언제 해요. 참! 오늘 점심은 어머니랑 먹어요."

진정이 된 걸 확인하곤 밥을 먹이며 말했다.

"…술 먹으러 가요?"

"낮술은 안 좋아해요. 부모님을 설날 때 뵙지 못해서 여행 보내 드렸는데 오늘 들어오세요. 그래서 최소한 공항에 마중 갔다가 집에 모셔다 드리려고요. 저녁엔 올 거예요."

"…나 때문인가요?"

"다른 일도 많았어요."

"부모님께선 뭐 하시는데요?"

"시골에서 복분자 농사지어요."

"농장?"

"농장이 아니라 사기당하고 받은 땅으로 당신들 드실 정도만 농사를 짓는 거예요. 조금 갖다줄까요?"

"…마음대로 해요."

그녀가 마음대로 하라는 건 '원한다'는 뜻이었다.

"저녁에 봐요. 힘들었을 텐데 푹 자고요."

고연아를 재운 후 그녀의 어머니가 입원해 있는 옆 병실로 갔다.

"어서 와요, 한 선생. 일요일인데 고생하네요. 연아는 잠들었나요?"

"네. 오늘 점심은 사모님께 부탁을 드려야겠습니다."

"어디 가나요?"

또다시 공항에 가야 한다는 얘기를 해야 했다.

"이런! 그러고 보니 명절 내내 연아를 돌봐줬는데 생각도 못 하고 있었네요. 김 비서, 한 선생과 부모님께 작은 선물이라도 해요."

"아니, 괜찮습니다! 꼭 연아 씨 때문이 아니라……."

"무슨 말인지 알아요. 그저 작은 성의니 부담 갖지 말아주세요."

"…아, 네. 잠깐 맥 좀 짚겠습니다."

원 여사의 병은 고연아 때문에 생긴 울화증이다. 자연 고연아가 좋아지는 만큼 호전되고 있었다.

긍정적인 생각을 하고 식사를 잘하라는 말로 진료를 마친 후 주차장으로 향하는데 김 비서가 급하게 따라 내려와 두툼한 봉투를 내밀었다.

"현재 가지고 있는 게 이것뿐이네요. 이건 부모님 드리고 선생님 건 저녁에 드릴게요."

"고맙습니다."

예의상 사양하는 것도 우스웠기에 그냥 받았다. 상품권이었는데 부모님이 좋아하실 것 같았다.

"음, 11시 도착이신데 이러다 늦겠어."

조금 늦었다. 한데 혼잣말에 갑자기 루시의 목소리가 들렸다.

—내비게이션이 알려주는 방향으로 가면 늦진 않을 거예요.

"헉! 깜짝이야! 루시, 네가 여기 왜 있어?"

—접속 가능한 곳엔 어디든 있을 수 있습니다만.

하란의 집에 있는 것이 당연하다고 생각했는데 생각해 보니 그녀(?)는 컴퓨터였다.

"차에서도 가능할 거라곤 생각 못 한 거야. 근데 앞으론 제발 인기척 좀… 있다는 걸 알려줘. 심장이 떨어지겠어."

—원하신다면 그러죠. 근데 놀란다고 심장이 떨어지지는 않는 걸로 알고 있는데요.

"…표현이야. 혹시 음악을 틀어줄 수 있어?"

더 수다를 떨었다간 스트레스가 쌓일 것 같아서 조용하게 만들 방법을 생각해 내곤 말했다.

—간단하죠. 장르는 어떤 걸 원하시죠?

"…하란이가 자주 듣는 음악."

두둥~

엄청 좋은 스피커를 사용하는지 전주가 나오는데 몸 전체가 울리는 것 같다.

하란은 댄스음악보단 감성적인 발라드를 좋아하는지 차분히 듣기 좋은 음악들만 나왔다.

음악을 듣는 사이 차는 빠르게 달려 공항에 늦지 않게 도착했다.

"어머니! 아버지!"

출구로 나오시는 두 분을 향해 손을 흔들었다.

한데 여행을 다녀온 것치곤 어머니의 표정이 좋지 않았다. 이유는 가방을 받을 때 알 수 있었다.

"으~ 지긋지긋한 술. 네 아버지랑 두 번 다시 여행을 같이 가면 내가 사람이 아니다."

"왜요? 많이 드셨어요?"

"많이? 말도 마라. 아주 하루 종일 술을 입에서 뗀 적이 없었다. 으휴~ 남세스러워서."

"많이 먹긴 뭐가 많이 먹어. 가는 곳마다 맛있다는 술이 있어서 맛만 본 거지. 술을 먹었다고 내가 아침에 늦은 적이 있어? 구경 가서 낙오한 적이 있어?"

"흥! 술 냄새를 풀풀 풍기는 것 자체가 민폐거든요."

두 분이 하는 양을 보니 앞으론 따로 보내 드려야 할 모양이다.

"그만 싸우시고 가시죠. 집까지 모셔다 드릴게요."

"바쁠 텐데 뭣 하러. 그냥 버스 타고 가면 된다."

"오늘은 일요일이라 조금 한가해요."

가방을 들고 주차장으로 이동하자 따라오셨다.

"…지난번 차와 다르네? 내가 실례했다고 새로 산 거냐? 험! 지난번 차도 좋던데. 혹시 안 쓸 거면 내가 쓸 수 있는데."

"…빌린 거예요."

"…그러냐?"

실망하는 아버지께 어머니가 한 말씀하셨다.

"그 차가 당신한테 어울린다고 생각해요? 당신은 달구지나 끄는 게 딱이에요."

"허어~ 내가 한때 몰았던 차가 얼마짜린 줄 알고 하는 말이야. 내가 차를 끌고 가면 아가씨들이… 큼! 아무튼 중후한 멋이 있어서 끌기 충분해."

"다 늙은 양반이 중후는… 흰소리 말고 차나 타요."

어머니는 같이 앉기도 싫다는 듯 보조석에 앉았다.

다행히 두 분은 차에 올라서는 싸우지 않았다. 물론 차에 오르자마자 아버지가 잠든 덕분이기도 했다.

"다음엔 친구 분들이랑 다녀오세요."

"됐다. 네 아빠 술 마신 거 빼곤 다 즐거웠어."

티격태격해도 따로 가고 싶진 않으신 모양이다.

어머닌 가방을 뒤적이다가 작은 선물을 꺼내 주셨다.

"스페인에서 작은 거 하나 샀어. 우리 아들 여행 보내줘서 고마워."

뭔지는 모르지만 아까 받은 상품권보다 가격은 덜할 것이 분명했다. 한데 심장을 콱 막히게 하는 힘이 있는 선물과 말이었다.

"…고마워요, 엄마. 다음부턴 가급적 시간 비워서 내려갈게요."

"바쁜데 무리할 필요 없어. 전에도 말했지만 엄마랑 아빤 네가 다시 행복해졌다는 것만으로 기쁘고 감사한단다."

"이제 제 걱정은 마세요."

"그래. 표정만 봐도 대학 때 네 모습을 보는 거 같구나. 근데 사귀는 여자는 없니? 이제 슬슬 결혼을 생각해야 하지 않겠냐?"

"……."

기승전결혼. 모든 얘기의 끝은 결혼이었다.

"마음에 드는 여자도 없는 거니?"

"그건……."

"응? 있긴 있나 보네? 전에 대학 때 만나던 해인이랑 다시 만나는 것 같진 않고. 누구니?"

기침 한번 한 것뿐인데 어머닌 단번에 알아맞히셨다. 과연 어머니를 속일 수 있을까 싶다.

'루시만 없어도 상관없는데.'

솔직히 어머니보다 루시가 걱정이다.

"병원 아가씨? 전에 말했던 같이 일하는 아가씨?"

"아니에요. 다음에 말씀드릴게요."

"뭐야? 아직 사귀는 건 아니고 속으로만 좋아하고 있는 거니?"

"……."

"쯧쯧! 어째 어렸을 땐 이 여자, 저 여자 집적거려서 부끄럽게 만들더니 막상 결혼할 나이가 되자 부끄러워진 거니?"

"엄마!"

"귀 안 먹었다. 말해보렴. 혹시 약양에서 봤다는 환자의 딸이니?"

전에 내려가서 별소릴 다 했나 보다. 이럴 땐 무시하고 운전에 집중하는 게 최고다.

그러나 그러한 행동이 오히려 어머니에게 확신을 준 모양이다.

"그 아가씬가 보네. 예쁘니?"

"…네."

포기했다. 그저 빠르게 달리고 있으니 루시의 접속이 끊기길 바랐다.

"나이는?"

"두 살 어려요."

"딱이네. 근데 왜 고백을 안 한 거니?"

"그건… 아직 때가 아니라서요."

"네 아빠가 사고만 치지 않았다면……."

"엄마, 지난 일은 이제 잊어요. 혹시 사귀게 되면 제일 먼저 엄마한테 말할게요."

"미안하다. 운전하렴."

하란의 얘기가 끝나게 된 건 다행이지만 언제까지 아버지가 사기당한 얘길 하시려는지.

조용해졌지만 마지막에 퉁명스럽게 한 말이 걸렸다.

"…엄마, 거기 글러브 박스 열어보세요."

"응? 글러브 박스?"

"보관함이요."

"아! 보관함."

"거기에 있는 봉투, 환자 보호자가 설날 때 미안하다며 두 분께 갖다드리랬어요."

"뭐니? …상품권이네? 이게 다 얼마야? 됐다. 너나 써라. 거기서 이거 쓸 데가 없다."

"마트에서도 가능해요."

"이 상품권 쓸 마트는 한참 나가야 해."

"그래요? 그럼 놔두세요. 제가 사서 보내든가, 돈으로 보낼게요."

"그만 보내. 돈 많아지면 네 아빠 또 사업한다고 난리칠 거다. 난 그 꼴 다신 못 본다."

너무 확고하게 말하시니 더 꺼내기가 어려웠다.

"그나저나 배 안 고프니?"

"출출하네요. 다음 휴게실에서 들러 밥 먹고 가요."
차는 빠르게 달려 휴게실로 들어갔다.

*　　　　*　　　　*

[경축! 재난 사건 사고 응급센터 지정 병원으로 선정.]

전에 얼핏 들었던 응급센터 지정이 드디어 된 모양이다. 병원 여기저기에 플래카드가 붙어 있었는데 심지어 한방센터 앞에도 붙어 있었다.
느긋하게 플래카드를 보고 있는데 누가 등을 '퍼억' 쳤다. 약간의 감정이 담겨 있는 손바닥이다.
"늦게 나오는 주제에 너무 여유로운 거 아냐?"
"어! 이 선생님, 아침 일찍 나와서 물리치료까지 하느라 조금 늦었습니다."
VIP실에서 내려오는 길임을 말하기 위해 손가락으로 위를 가리켰다.
"그건 우리 과완 상관없는 지~ 극히 개인적인 일 아닌가?"
어째 말투가.
"…혹시 효원이 나왔다는 소식 들으셨어요?"
"한때 담당 의사였고, 현재의 담당 의사가 바로 옆방에서 같이 일하는 사람인데 나왔다는 소식을 제삼자에게 들었다네."
꽤 서운한 모양이다. 하긴 담당이었는데 어찌 그러지 않을까. 얼른 사과했다.

"금요일 날 완치 판정을 내렸습니다. 그리고 정신이 없다 보니… 죄송합니다. 서운하셨어요?"

"내가 서운하다고 뭐가 달라지겠어? 근데 맛있는 거 먹었다며?"

"네. 유명 요리사가 와서 직접 요리를……."

말을 하다 보니 '어라!' 싶었다. 나았다는 소식보다, 파티를 했다는 거보다, 맛있는 음식을 먹지 못해서 삐진 건가?

'하긴, 이 양반. 점심도 거의 밖에서 먹잖아.'

가능성이 아예 없는 것 같지 않았기에 얼른 말을 바꿨다.

"…해줬습니다. 근데 아무래도 기구가 주방보다 못해서 최고의 맛을 끌어내진 못했다고 하더라고요. 그래서 조만간 다시 방문하기로 했습니다."

"…그 식당 예약이 몇 달은 차 있는데?"

"그렇게 유명한 사람이에요?"

"허어~ 이 친구 이경도 셰프를 몰라? 해외에서 가장 어린 나이에 7성급 호텔 총주방장을 했고, 유명 음식 잡지에서 21세기를 이끌 10대 요리사 중에 한 명으로 꼽혔어. 한동안 TV에도 얼마나 나왔는데."

어쩐지 낯이 조금 익더라니.

"아무튼 그분이 효원이 광팬이더라고요. 제가 발목을 낫게 해줬다니 언제든 오라고 명함도 받았습니다. 말 나온 김에 저랑 같이 가시죠."

"진짜?"

"그럼요. 오늘 연락을 해볼까요? 치료비도 넉넉하게 받았으니 제가 내겠습니다."

"평일은 좋지 않아. 여유롭게 즐기며 술을 마셔야 하니 토요일로 예약해 봐."

"알겠습니다. 한데 자리는 몇 개로 잡을까요? 혹시 애인과 함께하시려면 아예 두 자리로."

"아냐. 좋은 음식은 일단 혼자 먹어봐야 해. 자네랑 나만 가세."

의외로 사람마다 꽂혀서 사는 분야가 있는 모양이다.

"연락드리지 못한 점 다시 사과드립니다."

"괜찮아. 바쁘면 그럴 수 있지. 어서 가지. 오늘 전달할 사항이 많아. 홍홍~"

퉁명스럽던 그가 콧노래까지 흥얼거리며 가는 것이 추측이 맞았나 보다.

'음, 근데 그렇게 맛있었나?'

토요일 저녁 먹을 때를 떠올려 봤다.

재료의 싱싱함은 직접 수산물 시장에 가서 사온 것만큼 좋았다. 소스도 나쁘지 않았고. 한데 딱 그 정도였다.

여자들은 화려한 비주얼에 비명에 가까운 환호성을 질렀지만 두삼에겐 플레이팅은 음식을 먹을 때, 고려 대상이 아니었다.

'다음에 먹어보면 알겠지. 근데 이 선생님 정도면 예약이 몇 달 걸린다 해도 먹었을 것 같은데 왜 그러지 않은 거지?'

의문은 있었지만 전달 사항이 있다니 얼른 따라갔다.

이방익의 진료실엔 새로운 의사가 와 있었다.

그는 머리카락 하나 흐트러짐 없이 깔끔하다는 것 말곤 별다른 점이 없었다.

조카라고 해서 어릴 줄 알았는데 자신의 또래나 그 이상은 되어 보였다.

"인사하지. 이쪽은 내 조카인 이용식 선생, 여긴 우리 과의 에이스 한두삼 선생."

"…3명인데 무슨 에이스씩이나요. 한두삼입니다."

"방가워요~ 삼촌이 말한 이름은 잊으세요. 앨튼 리예용. 삼촌에게 귀가 닳도록 들어서인지 초면인데 구면처럼 느껴지네요."

콧소리가 들어간 여성스러운 말투였다. 일부러 그러는 건지 아닌지는 모르겠지만 그의 특성이라 생각하기로 했다.

"앨튼 리? 언제부터?"

"작년에 개명했어용."

"…지랄을 한다. 차라리 엘튼 존이라고 하지 그랬냐?"

"부모님이 주신 성까지 바꿀 수야 없죠. 그리고 존은 발음이 좆같잖아요."

"앨튼 좆. 나쁘지 않은데, 왜? 그리고 니가 언제부터 누나와 매형을 생각했다고? 사대 독자라는 녀석이 떡하니 커밍아웃했을 때 누나가 어땠을지 생각해 봤냐?"

"족보에서 파였어도 생각은 하거등요."

나이 차이가 많이 나지 않는 삼촌과 조카는 한 치의 양보도 없었다.

그나저나 사대 독자가 커밍아웃을 했을 때 그의 부모의 마음이 어땠을까 싶다. 한데 자신의 마음을 알기라도 한 듯 이용식, 아니, 앨튼 리가 말했다.

"한 선생님, 우리 부모님은 강한 분들이세요. 제가 커밍아웃을 하자 슬퍼하는 대신 둘째를 낳기 위해 최선을 다했고 결국 성공했어용. 지금은 동생을 키우시면서 어느 때보다 행복하게 살고 계세요."

"…아, 네."

본인이 담담하게 말하는데 제3자가 고민하는 것도 우습다.

"에휴~ 너랑 무슨 말을 하냐. 아무튼 환자한테 또 집적대면 이번에 영원히 아웃이니까 알아둬."

"환자가 아님 괜찮은 거예요?"

"당연히 안 돼!"

"아깝네용. 한 선생님 딱 내 스타일인데."

자신을 보며 윙크를 하는 앨튼 리. 하지만 눈빛이 담담한 걸 보니 장난이 분명했다.

"시끄러! 병원 내에서 헛짓하는 거 걸리면 그땐 무조건이야! 인사는 이쯤하고 전달 사항이 있으니 앉아."

자리에 앉자 그는 말을 이었다.

"중요한 건 네 가지야. 하나는 KM엔터테인먼트 연예인들이 오늘부터 오기로 했다는 거야. 이미 와 있으니까 한 선생은 전달 사항 듣는 대로 특실로 올라가 봐."

"벌써요? 예약 손님들은요?"

"한 선생의 시술이 필요한 환자의 경우는 한 선생이 올라갔다 온 후에 맡고 지시만 내릴 이들은 이 선생이 맡을 거야."

"알겠습니다."

"다음은 입원 환자들이 늘어나면서 야간 당직을 서기로 했어. 과장급은 대기조로 운영될 거고 나머지 선생들이 돌아가면서

설 거야. 현재 인원이면 이 주에 한 번쯤 될 거야."

이 주에 한 번이면 준수하다.

"다음은 다음 주부터 수련의들이 들어올 거야. 1년차 인턴 20명에 2년차 5명, 3년차 5명."

수련의가 들어올 줄은 상상도 못 했다.

"예상보다 한방의학센터가 빠르게 자리를 잡으면서 병원 측에서 한의학과가 있는 대학에 공문을 보낸 모양이야. 한강대학에서 의사가 배출되려면 6년이 넘게 남았으니 당연한 조치지."

"잘됐네요. 마지막은요?"

"3월 중순부터 침을 통한 마취법 토론이 있을 거야. 침구과가 주도하는데 특별한 일 없는 사람은 모두 참석해야 해."

그는 말을 하면서 두삼을 흘낏 봤다. 마치 모든 걸 알고 있다는 눈빛이었다.

참석하지 않아도 된다는 소린가. 두삼은 그의 눈빛을 편하게 해석했다.

짧은 회의가 끝나고 특실로 올라갔다. 일반 병실과 다른 점은 별도로 분리되어 있고 비싸다는 점이다.

물론 VIP실에 비할 바는 아니지만.

직원증을 대자 문이 열렸다. 들어가자 입구 옆 소파에 앉아 있던 두 사람이 일어나 다가왔다.

"혹시 한두삼 선생님?"

"그런데요."

"전 KM의 아티스트 팀장 송길동입니다. 여긴 걸크러시의 책임 매니저고요."

"반갑습니다. 하실 말씀이라도 있으신가요?"

"네. 잠깐이면 됩니다. 앉으시죠."

그가 권하는 소파에 앉자 매니저는 어디론가 다녀오더니 음료수 두 개를 가져왔다.

"드십시오. 혹시 계약서는 읽으셨습니까?"

환자에 대해 어떠한 것을 보든 절대 비밀로 한다는 일반적인 계약서였다.

"의사의 환자 비밀 보호 의무에 관해서라면 걱정 마십시오. 전 계속 의사를 할 생각입니다."

"물론 그러시겠죠. 하지만 연예인이다 보니 약점처럼 작용하는 경우가 있어서 자꾸 조심하게 됩니다."

그럴 수 있다고 생각하면서도 유난스럽다는 느낌이 들었다.

"혹시 원하는 게 있으면 말하시죠."

"특별히 원하는 건 없습니다. 그저 한 번 더 강조하고픈 것뿐입니다. 그리고 혹시나 원하는 게 있으면 저에게 연락을 주십시오."

그는 금빛 테두리가 들어간 명함을 내밀었다.

"제가 팀장님께 원하는 게 있을까요?"

"처음 뵙는 분들은 선생님처럼 말씀하십니다. 한데 열에 열은 하시더라고요."

그는 살짝 비틀린 웃음을 지었다. 너도 다르지 않을걸, 이란 의미가 담겨 있었다.

어이가 없었지만 그 역시 경험을 통해 얻게 된 비틀린 웃음일 것이다.

“열에 열이 원하던 게 뭔데요?”

“가끔은 돈이었고, 대부분은 술 먹을 때 대화 상대를 필요로 하더군요.”

노골적으로 나오니 노골적으로 물었다.

“대화만 하는 경우는 아주 드물겠군요?”

“술 마시면… 아시잖습니까?”

띄엄띄엄하는 말인데 다 알아듣겠다. 전에 어떤 인간들을 만났는지 모르지만 부끄러움은 왜 자신의 몫인 건지.

“무슨 말인지 잘 알겠습니다. 연락할 일이 없었으면 좋겠네요.”

“너무 부담 갖지 않으셔도 됩니다. 서로 비밀을 나눠 가지는 것도 저희로서는 좋으니까요.”

더 이상 얘기하고 싶지 않아서 일어났다.

송길동은 자신의 말을 그저 예의상 한 말이라고 생각하는 듯했지만 상관없었다.

그저 이런 세상이라는 게 씁쓸할 뿐이었다.

‘이런 게 연예계의 이면인가?’

두삼도 연예인에 대한 환상이 있다.

걸크러시가 처음 나왔을 때 광팬이라고 할 수는 없지만 TV에 나오는 그들에게 시선을 떼지 못하고 그들의 노래를 흥얼거렸다.

한데 그런 환상에 살짝 금이 가는 기분이다.

기분을 털어내고 매니저가 서 있는 첫 병실로 들어갔다.

제일 먼저 반기는 건 담배 냄새였다.

병실에서 누가 담배를! 하고 말하기엔 VIP실에서 너무 많을 것을 봤다.

환기가 잘되고 공기 정화 시설에 공기청정기까지 있어서 담배 냄새 따위는 순식간에 사라질 것이다.

"어머! 선생님."

그래도 담배를 후다닥 끄는 걸 보니 예의가 없진 않은 모양이다.

"안녕하세요, 보나 씨."

보나는 걸크러시 멤버 중 청순함과 미모를 담당하는 이로, 드라마에도 몇 번 출연해서 성공했을 만큼 인기가 대단했다.

최근 열애설이 터져서 인기가 조금 떨어지긴 했지만 이제 나이가 나이인지라 '그럴 수 있다'는 분위기다.

'바비 인형 같군.'

칭찬과 안타까움이 섞인 표현이다.

예쁘긴 한데 빼빼 말라 제대로 서 있는 게 신기할 정도라는 얘기였다.

"어디 불편한 데 있어요?"

"스케줄과 다이어트 때문인지 기운이 조금 없어요."

평범한 대답. 처음부터 정직하게 대답해 줄 거라고 기대하지 않았다.

물론 자각을 못 하는 걸 수도 있지만 비밀스러운 건 말하지 않았다.

"진맥을 해볼게요."

그녀의 팔을 잡고 기운을 보냈다. 그리고 머리부터 발끝까지 쭉 훑었다.

'이마 필러, 코도 살짝 세웠고, 턱도 살짝 깎았네. 체형이 마른 건 선천적이고.'

성형수술과 다양한 시술을 받았다는 건 과거의 사진과 현재의 사진만 비교해도 쉽게 나온다.

아무리 피부마사지와 카메라 마사지, 온갖 다양한 비수술적인 방법을 받는다고 해도 원판은 변하기 힘들다.

특히 KM엔터테인먼트 연예인들은 조금씩 티 나지 않게 성형하는 걸로 일반인에게도 유명했다.

물론 부작용이 없다면 성형수술을 하는 건 큰 상관이 없었다.

'진짜 문제는 몸이야. 도대체 어떤 인간이 체력 관리를 하는 건지. 윤혜원과 다를 바가 없잖아. 쯧! 게다가 여자로서 중요한 곳도……. 남자 친구가 축구 선수였나?'

연예인들도 엄연히 성인이다. 그러다 보니 자연스럽게 많은 관계를 가지게 된다.

멋진 남자와 예쁜 여자가 넘쳐나는 연예계가 순수할 거라는 생각은 환상이다.

무리한 다이어트와 스케줄은 몸을 쉬 상하게 만든다. 특히 여자들이 몸이 약해질 때 가장 먼저 나타나는 곳이 생식기와 관련된 곳이다.

"어때요?"

"가장 최근 생리한 적이 언제죠?"

최근 여성 환자들을 많이 보다 보니 질문은 담백하기 그지없었다.

"…3개월 전이요."

"양은요? 정확하게."
"사흘간 조금씩밖에."
"성관계는 자주하세요?"
"…서로 바쁘다 보니 가끔이요."
"즐겁지 않고 아프시죠?"
민감한 질문이었을까, 보나는 가볍게 고개를 끄덕이는 걸로 대답을 대신했다.
"충격 좀 받으라고 얘기할게요. 이대로 1년만 더 지내면 갱년기가 올지도 모릅니다. 신체 내부 나이는 40대 중후반이에요."
"……!"
"혹시 윤혜원 씨 얘기 들었어요?"
"…네, 대충이요."
보나는 충격을 받았는지 목소리가 약간 떨렸다.
"윤혜원 씨는 신체의 밸런스가 전부가 낮아진 상태였다면 보나 씨는 여성호르몬이 비정상적으로 낮아요. 최근 피부가 예전만 못할 테고 밤에 잠을 자도 개운한 느낌이 없을 거예요."
두삼의 얘기가 길어질수록 그녀의 표정은 점점 사색이 되어갔다.
"다음 스케줄이 언제죠?"
"이 주일 뒤에 일본으로 가서 한 달쯤 머물러야 해요."
"일단 다른 멤버들도 살펴봐야겠지만 보나 씨는 빠지든, 아님 전부 취소해야 합니다."
"그건……."
"마음대로 안 되시겠죠. 하지만 좀 더 미래를 보셔야 합니다.

호르몬을 원상태로 만드는 데 최소 한 달 봅니다. 일단 담배, 술, 남자는 금지입니다. 조금 뒤에 다시 오죠."

생각을 정리할 시간을 줘야 했다.

다음 멤버의 방으로 갔다. 어쩜 겉만 멀쩡하고 보나랑 판박이다.

보나와 마찬가지로 겁을 잔뜩 준 후 다른 멤버들도 차례차례 봤다.

모두가 보나처럼 나쁜 건 아니었다.

가장 어린 멤버는 평균 수준이었고, 멤버 중 가장 인기는 없지만 댄스를 담당하는 멤버가 꾸준한 운동 덕분인지 가장 건강했다.

"휴우~ 연속으로 보려니 만만치 않네."

아무리 담담하게 말한다고 해도 민감한 얘기를 하다 보니 살짝 피곤하다. 하지만 마지막으로 걸크러시 중 두삼이 가장 좋아했던 멤버를 볼 생각을 하니 피곤함은 금세 설렘으로 바뀐다.

두근거리는 마음을 마지막 멤버의 방에 노크를 하고 들어갔다.

"……."

마지막 멤버, 하라는 침대에 앉아 멍하니 창밖을 보고 있었다.

걸크러시의 이름을 알렸다고 할 정도로 초반에 인기가 좋았던 이였는데 최근 인기에 비해 TV에서 잘 볼 수 없는 멤버였다.

'웃는 모습이 참 예뻤는데 지금은 마치 백치처럼 보이는군.'

방금까지 가지고 있던 설렘이 씁쓸함으로 바뀌는 데는 오래 걸리지 않았다.

별은 병들어 있었다.

"큼!"

인기척을 냈지만 이렇다 할 반응이 없었다.

"하라 씨, 안녕하세요. 담당의인 한두삼입니다. 진맥을 할게요."

"……."

하라는 대답 대신 상의를 들려고 했다. 청진으로 착각을 한 모양이다.

"아, 아뇨. 팔만 주면 됩니다."

그녀는 흘낏 보다가 팔을 내밀었다.

'약이라도 한 거야, 뭐야?'

눈에 초점이 흐릿했다. 이런 경우는 둘 중 하나다. 백치거나 아주 독한 약을 먹었거나.

후자를 의심하며 그녀의 팔목 맥을 잡자 손에서 하얀빛이 나오며 그녀의 몸으로 스며들었다.

'설마 했는데…….'

뇌가 미친 건지 흥분해서 온갖 신호를 내보내고 있었다. 다행인 것은 어떤 약효 때문인지 뇌가 발광을 하는데도 몸은 오히려 숨을 죽이고 있었다.

만약 이 상태에서 몸까지 미쳐 버리면 자신이 뭔 짓을 하는지도 모른 채 죽을 수도 있었다.

'중추신경계를 억제하는 걸 보니 일반 마약은 아닐 테고 프로포폴인가?'

프로포폴은 빨리 회복하고 부작용이 적다.

즉, 여전히 취해 있는 상태를 봤을 때 병원에서 투여했을 가능성이 높았다.

옆에 있는 태블릿을 살펴봤지만 프로포폴을 투여했다는 기록은 없다.

'도대체 누가!'

당장 밖으로 나가서 주사를 놓은 사람을 찾고 싶었지만 꾹 눌러 참았다.

단순히 중독 때문에 투여한 거라면 모르겠지만, 왜 프로포폴을 맞았는지 이유를 찾는 게 먼저였다.

이유는 오래지 않아 찾을 수 있었다.

성형수술 부작용이었다.

특히 턱 부분과 가슴 성형에서 문제가 보였는데 신경이 제멋대로 수술 부위에 엉겨 붙어 있어 고통이 꽤 심했을 터였다.

'재수술도 한 것 같은데 의사가 감당을 할 수 없었던 모양이군.'

얼굴은 어디 한 군데 손을 안 댄 곳이 없었다. 제대로 가라앉지도 않았는데 만졌다간 망가질 수 있으니 아예 손을 대지 않고 있는 것이다.

인조인간이라도 될 생각이었나?

차라리 옛날의 청순했던 얼굴이 더 낫다는 건 알고 있으려나? 물론 그때도 수술을 하고 나왔을 가능성이 높지만 개인적으로는 그때가 나았다.

중독이 됐다면 정신이 병들었다는 것이다. 스스로 깨우치거나 완전히 망가질 때까지 계속될 수밖에 없었다.

'정신과 의사 붙여줄 사람 많네.'

"일단 좀 쉬어요. 깨어나면 그때 얘기해요."

머리에 손을 대고 그녀를 침대에 눕혀줬다.

뇌가 잔뜩 흥분된 상태라 쉽지 않았지만 팔다리를 조금씩 주물러주자 얼마 지나지 않아 잠들었다.

'연예인 생활이 원래 이런 건지, 아님 예뻐지려는 욕심 때문에 이런 건지.'

심하게 코를 골며 잠든 모습에 잠깐 안쓰러웠다. 하지만 그게 끝이었다.

병원에서 제일 덧없는 짓이 아픈 사람 걱정이었다.

밖으로 나가자 팀장과 매니저가 서 있었다.

빤히 바라보자 팀장의 눈이 살짝 흔들린다.

"누굽니까?"

"…네?"

"뭘 묻는 건지 모르는 것 같지 않은데요? 직접 주사한 건 아니시죠?"

"그건 절대 아닙니다! 의사 선생님에게 직접… 물론 누군지는 말씀드릴 수 없습니다."

"의사가 했다니 더 이상 말하지 않겠습니다. 다만 저에게 치료를 받을 동안은 오늘 같은 일은 절대 금합니다. 아시겠습니까?"

"하라가 많이 아파합니다."

"압니다. 얼굴과 가슴 부위겠죠."

"…그걸 어떻게?"

"진맥을 했으니까요. 통증은 제가 컨트롤할 테니 그 걱정은 마세요. 참! 2주 뒤에 일본으로 간다는 얘기를 들었습니다만."

"네. 그래서 그 전에 몸 관리를 위해 입원한 겁니다."

"포기하라고 말씀드리고 싶네요."

"그건 제 마음대로 되는 게 아닙니다. 그리고 이미 계획된 일이라……."

"권유입니다. 선택은 알아서 하세요."

걸크러시 일곱 명 중에 다섯 명의 상태는 강제로라도 잡아야 맞다. 하지만 말한다고 들을 사람들도 아니고 자신의 코가 석자였다.

"식사는 병원 밥이 기본입니다. 반드시 다 먹어야 합니다. 그 외에 먹고 싶은 게 있으면 먹게 하세요. 그럼, 1시 30분쯤 들리죠."

일곱 명이 한꺼번에 늘어나니 할 일이 태산이다.

특실에서 나오자마자 천 간호사에게 전화가 왔다.

—선생님, 예약 환자인 오민희 환자가 기다리고 있어요.

오민희라면 뱃살을 빼기 위해 온 환자로 꼭 자신에게 안마를 받겠다고 고집하는 이였다.

"일단 안마실에 올려 보내서 안마를 받게 하세요. 일 끝내면 제가 가서 처리할게요."

—예, 선생님.

전화를 끊었을 때 약재실 앞이었다. 안으로 들어가자 담당 직원이 인사했다.

"오셨어요, 한 선생님?"

"약 좀 가져가겠습니다."

"그러세요."

약재실과 탕재실을 가장 많이 오가는 이가 두삼이었다. 자연 친해질 수밖에 없었다.

약재 바구니 14개에 손이 가는 대로 약재를 담았다.

"빨리 가야 해서 약재량은 제가 석을게요."

“헉! 오늘은 엄청 많군요. 여기에 적어주세요.”

“맡게 된 환자가 늘어서요.”

직원에게 맡기면 시간이 너무 오래 걸렸다. 평소라면 그냥 하는 양을 지켜보며 숨을 돌렸겠지만 오늘은 숨을 돌릴 틈도 없었다.

빠르게 적어 봉투 하나와 함께 건넸다.

“여기요.”

“응? 이 봉투는 뭡니까?”

“환자 보호자에게 받은 건데 관련 있는 이들에게 조금씩 나눠주고 있어요.”

“헐~ 전 한 일도 없는데요.”

“왜 없었어요. 바쁠 땐 연락만 해도 챙겨줬잖아요.”

“…그게 제 일인데요.”

“저도 제 일하다가 받았으니까요. 갈게요.”

더 길게 얘기해 봐야 서로 민망하니 약재를 들고 바로 옆에 있는 탕재실로 갔다.

탕재실은 수십 대가 넘는 작은 탕재 기기들이 놓여 있는데, 직접 달이거나 직원에게 맡기면 알아서 달여줬다.

처음엔 직접 끓였다. 그러나 담당 직원 아저씨의 솜씨를 보곤 그다음부터 맡겼다.

“안녕하세요, 영호 아저씨.”

“오늘은 왜 안 오나 했네.”

“이거 일곱 개는 1시간만 끓이고 1차로 주시고, 2차로 4시간 끓여주세요. 그리고 이건 내일부터 이틀간 쓸 거니 10시간 이상 푹 끓여주세요.”

"이건 한 끼 먹을 정도로 졸이고, 이건 이틀 치로 만들 정도로 끓이라는 거지? 한 끼 기준은 500ml고."

"하하! 이제 설명이 필요가 없네요."

끓일 때 물이 날아가는 양은 아저씨가 두삼보다 훨씬 더 정확하게 알았다.

"알았어. 만들어둘게."

"이건 선물이에요."

"뭔데?"

약재실에서 했던 말을 그대로 한 후 이번엔 식당으로 향했다.

사실 두삼이 가장 신경 쓰는 부분은 음식이었다. 보약은 말 그대로 '더하는' 것이었다.

"조리사님, 점심때부터 식사 7인분 만드셔야 합니다."

"뭘로 할까요?"

"소고기랑 미나리로 하죠. 버섯류는 같이 먹을 수 있게 해주시고요. 저녁은, 음 오리탕이 좋을 것 같아요. 식단을 최대한 빨리 짜서 내려보낼게요."

"다 있는 재료네요. 몇 시까지 준비하면 되죠?"

"12시요. 조금 늦어도 상관없고요."

"굽기만 할 거니까 맞출 수 있을 거예요."

"그럼 부탁드려요."

식당에서 일단락을 지은 후 쉴 새 없이 오전 진료를 위해 안마실로 뛰었다.

*　　*　　*

"어떠세요?"

상체를 반쯤 걷어 올린 채 거울을 향해 이리저리 쳐다보고 있는 여성을 향해 물었다.

살짝 숨을 들이쉴 때마다 보이는 11자 복근이 마음에 드는지 그녀는 연신 숨을 들이쉬었다.

"마음에 들어요, 선생님! 처진 뱃살이 사라지고 복근이 보이다니."

"만족스럽다니 다행이네요. 꾸준한 운동으로 근육을 좀 더 늘리세요. 그럼 더 진한 복근을 보실 수 있을 겁니다."

"운동을 꾸준히 하면 좋다는 걸 아는데 쉽지 않더라고요. 잠깐 쉬면 오히려 살이 올라요."

당연한 일이다. 아무것도 하지 않으면서 건강하길, 몸매가 좋길 바라면 그건 도둑 심보다.

한 알에 몸에 있는 지방이 쫙 빠지는 기적의 약이 등장하지 않는 이상 몸매를 유지하기 위해선 운동은 필수다.

물론 솔직하게 말해서 기분을 상하게 만들고 싶진 않았다.

"전에 드린 식단과 약간의 스트레칭만 하셔도 처질 만큼 살이 찌는 일은 없을 겁니다."

"근데 선생님, 여기 옆구리 뒤에 있는 살도 빼는 게 좋지 않을까요? 브라를 하고 옷을 입으면 살짝 들어가거든요."

"그 정도의 지방은 있어야 합니다. 그래야 살짝 끌어모을 때 핏이 살거든요."

"그런가요? 음, 그래도 조금 뺐으면 하는데……."

욕심은 끝이 없다더니 뱃살이 해결되니 다른 문제점이 눈에 보이는 모양이다. 한 명의 예약 손님이 떠나게 되었다고 기뻐했던 자신이 어리석었다.

"밖에서 예약 잡고 가세요. 이번엔 등 라인을 예쁘게 만들어 보죠."

"감사합니다!"

손님이 나간 후 천 간호사에게 물었다.

"몇 명이나 더 있죠?"

"두 분이요."

"그럼, 2분만 쉬고 시작하죠."

"예, 선생님. 물 드릴까요?"

"그보단 단 음료수 한 잔 주세요."

점심 먹을 틈도 없었다. 그래서인지 단 게 당겼다.

"선생님, 여기요."

"고마워요. 휴우~ 예약 손님을 줄여볼까 했는데 도통 떠날 생각을 안 하네요."

"그건 소문 때문에 그럴 거예요."

"에? 웬 소문이요?"

또 마스크맨 같은 소문이 난 건가?

"선생님께 진료를 받기 힘들다는 소문이 났거든요."

"그야 제가 다른 일을 하느라 그런 건데……."

"손님들이야 선생님이 바쁜 걸 모르잖아요. 처음에 선생님께 진료를 받은 환자들 중에 몇 분이 다시 선생님께 진료를 받으러 왔는데 못 받았거든요 그래서 그런 소문이 난 것 같아요. 그래서인지 요즘 부쩍 선생님을 지정하는 분들이 많아요. 조금 전 환자분처럼 아예 더 치료받으려는 분들도 계시고요."

"그래요? 이거 바쁜 게 본의 아니게 마케팅이 되어버린 건가?"

제한 시간 마케팅. 손님 수 제한 마케팅처럼 피치 못하게 줄어든 진료 시간 때문에 마치 더 대단한 의사처럼 보인 모양이다.

한데 그건 손님들의 착각이다.

진료를 할 때 이방익이나 엘튼 리보다 더 상세하게 보고 약간 더 잘해줄 수는 있지만 그렇다고 눈에 띄게 다르게 해주는 건 없었다.

즉, 자신이 하는 일은 안마과의 누구라도 할 수 있는 수준의 진료였다. 이는 이방익과 처음부터 약속된 것으로 한 사람이 빠지게 되어도 과 전체가 흔들리지 않게 하기 위함이었다.

피치 못할 경우가 아니라면 새로운 치료 방법을 사용하면 다른 이들과도 함께 공유해야 했다.

"이 선생님도 알고 계십니까?"

"네. 자신도 다 겪은 일이라고 대수롭게 생각하지 않으시던데요."

"그렇다면 다행이네요. 슬슬 진료 시간도 끝나가니 마저 끝낼까요?"

슬슬 공동희와 이준호를 살펴볼 시간이었다.

두 명의 환자를 보고 나자 공동희가 들어왔다.

"어서 와. 누워라."

"…KM엔터테인먼트 연예인들 보기도 바쁠 텐데 나 해줄 시간 있어?"

"만날 미안해할 거리라도 만들어오는 거냐? 미안해하지 말랬지. 넌 병원 직원 복지의 일환으로 정당한 치료를 받고 있는 거라고."

하도 미안해해서 정식으로 보고를 하고 치료를 하는 중이다.

어쩌면 저런 모습 때문에 더 치료를 해주고 싶은 건지도.

"긴장 풀어. 잘못하면 뼈 다쳐."

그의 다리를 천천히 주물러 근육을 이완시켰다. 그다음 종아리를 잡고 살짝 뺐다가 뒤틀었다.

으득!

살짝 휘어 잘못 맞물려 있던 뼈가 제대로 자리를 잡았다.

"윽!"

"엄살은."

"…진짜 아프거든. 근데 아프지 않게 잘 치료한다는 소문은 헛소문이었냐?"

"그 사람들은 너와 달리 의사인 내 말을 잘 듣거든. 긴장 풀고 다니라는 말은 왜 안 듣는 건데?"

"수십 년 버릇이 하루아침에 고쳐지냐?"

"쉽게 안 고쳐지겠지. 그래서 아프게 하는 거야. 그래야 고치지. 긴장 풀고!"

두둑!

이번엔 고관절 뼈가 살짝 빠졌다가 제대로 자리를 잡고 들어갔다.

"이번엔 안 아프지? 말 잘 들으면 이렇게 해줄게."

"…차라리 사육을 해라."

"크크! 이제 척추다."

오랫동안 잘못된 자세를 취함으로써 휘어진 뼈를 바로 만드는 게 쉬울 리 없었다.

짝! 척추와 목뼈까지 만져준 후 등짝을 때리는 것으로 끝났음을 알렸다.

"…다른 환자 끝났을 때도 이렇게 때리냐?"

"내가 무슨 대답을 할 것 같아?"

"…됐다. 안 들어도 알 것 같다. 수고했어."

그는 침대에서 일어나 주섬주섬 옷을 입으려 했다.

"아직 옷 입지 마. 오늘은 착용할 것이 있어."

두삼은 한쪽에 놓아둔 자세 교정용 장비를 꺼내서 건넸다.

"이건 상체에. 이건 무릎과 고관절용. 이건 키 높이 깔창용 실리콘인데 너한테 딱 맞을 거야."

"이걸 다 차고 다니라고?"

"당연히. 설마 장식품으로 쓰라고 줬겠냐? 착용하는 방법 가르쳐 줄 테니까 속옷만 빼고 벗어봐. 보온 메리는 안 벗어도 돼."

딱 맞는 걸 구할 수 없었기에 맞춘 것이다. 다 입혀놓으니 마치 가터벨트를 입은 것 같다.

"큭! 잘 어울리네."

"……."

당장 뜯어버릴 것 같은 표정이었기에 얼른 말을 이었다.

"여름까지 입기 싫으면 지금 잘 입고 다녀. 처음엔 조금 불편하겠지만 자세가 교정이 되고 나면 착용했는지도 모를 거야."

"…싫다면?"

"지금까지 내가 널 위해 얼마나 조심스럽게 마사지를 해줬는지 알게 될걸."

협박이 통했는지 그는 교정용 장비를 입은 채 바지와 윗옷을 입었다. 그러고는 약간 어색한 자세로 진료실을 떠났다.

탁! 타닥! 탁! 타닥!

지팡이를 짚으며 이준호가 들어왔다.

현재 맡고 있는 환자 중 가장 대책이 없는 이였다. 원인은 여전히 몰랐고 마땅한 치료 방법도 찾지 못하고 있었다. 하지만 그제 장인규에게 뜸에 대해 교육을 받으면서 약간의 힌트를 얻었다.

"치료 방향을 정했어요."

"…그렇습니까?"

두삼이 고민하는 날이 길어질수록 점점 희망을 잃어가고 있던 그는 치료 방향을 정했다는 말에 희망이 다시 살아나는지 목소리가 밝아졌다.

"뜸과 마사지를 이용할 생각이에요."

"선생님이 어떤 방법은 쓰시든 상관없습니다."

"뜸을 뜨다 보면 필연적으로 뜸 자국이 얼굴에 나타나게 될 거예요. 그리고 어쩌면 고치지도 못하고 평생 남는 흉터가 남을지도 모릅니다."

"…어차피 제 눈에 보이지 않는 흉터인 걸요. 그리고 만약 제가 그 흉터를 볼 수 있다면 그보다 기쁜 일이 있을까 싶네요."

"무슨 말인지 알겠어요. 그럼 시도해 보죠. 내일부터 병원에서 생활하세요."

"그게 무슨……?"

"출퇴근을 다른 안마사분들과 함께하게 되면 제가 시간을 낼 수가 없습니다. 그러니 한동안은 병원에서 생활하시라는 겁니다. 공식적인 입원이 아니라서 생활이라는 표현을 쓴 겁니다. 물론 병원엔 말해뒀으니 빈 병실을 이용하는 데 문제될 건 없습니다."

한마디로 병원에서 그의 입장을 최대한 봐주겠다는 얘기였다.

"아! 가, 감사합니다."

"감사는 원장님께 하세요. 원장님께서 편의를 봐주신 겁니다."

공동희와 달리 이준호 건은 센터에서 받아들여지지 않았다.

안마사들에게 필요 이상을 해주고 있는데 거기에 개인의 사정까진 봐줄 수 없다는 이유에서였다.

한데 민규식이 그 소식을 어떻게 들었는지 방법을 마련해 준 것이다.

"오늘은 여기까지 하고 내일 밤에 첫 치료를 하는 걸로 하죠. 올라가셔도 돼요."

띠리링! 띠리링!

이준호가 진료실을 나가기도 전에 책상 위 전화기가 울었다.

수화기를 들자마자 다급한 도 간호사의 목소리가 들렸다.

—한 선생님! 특실로 올라가 보셔야 할 것 같아요.

29. 중독

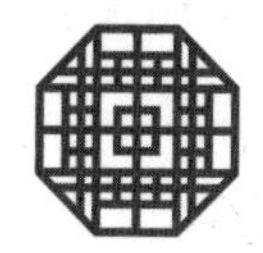

쨍그랑!

"아악! 아파! 아프다고!"

서둘러 올라간 특실. 소란은 하라가 있는 맨 끝 방에서 일어나고 있었다.

"실례하겠습니다!"

걸크러시 멤버들과 특실 간호사가 막고 있는 입구를 비집고 들어가자 내부가 보였다.

먼저 눈에 들어온 건 단연 하라였다.

그녀는 피로 물든 손에 화병 조각을 들고 있었다. 그리고 자해를 했는지 완전히 벗고 있는 상체엔 어설프게 베인 자국들이 여러 개 나 있었다.

"아파! 너무 아프다고! 미쳐 버리겠어! 제발! 이 고통을 없애줘!"

피 묻은 손으로 얼굴을 만졌을까, 그녀는 눈물과 피로 범벅이 된 얼굴로 외쳤다.

두삼은 솔직히 이 상황이 이해가 되지 않았다.

분명 점심시간 이후에 잠깐 들러 그녀의 얼굴과 가슴 신경을 마비시켜 뒀다.

'풀린 건가?'

가능성이 있다. 아직까지 풀린 적이 없다고 해서 풀릴 가능성이 아예 없다고 단정할 순 없다.

'고통을 호소하면 부르라고 했는데……. 일단 진정부터 시켜야겠어.'

우선은 이 상황을 끝내는 게 우선이었다.

"하라야, 진정해. 선생님이 오셔서 아프지 않게 해주실 거야."

송길동 팀장이 언제든 달려갈 자세를 취한 채 진정시키려 했다.

"언제 오는데! 그러지 말고 주사를 놔주든지, 약을 줘. 오빤 몰라. 얼마나 아픈지… 윽! 또, 또 아파! 다, 다 뜯어내 버리고 싶어. 이익!"

하라는 들고 있던 화병 조각으로 다시 가슴 부근을 그으려 했다.

하필이면 몇 번 그었던 곳이라 이번에 잘못 그으면 뼈까지 보일 가능성이 높았다.

"안 돼!"

큰 소리를 외쳐서 시선이 쏠리게 한 후 무작정 달려들었다.

보통 이런 식으로 소리를 지르면 깜짝 놀라 얼어붙거나 무의식중에 다가가는 이를 향해 공격을 해야 정상이다.

두삼 역시 그런 본능을 생각하고 달려들었다.

한데 그녀는 듣지 못했는지 자신의 가슴 밑을 긋는 데 온 신경을 쏟고 있었다.

'젠장!'

양손을 뻗었다.

왼손으론 그녀의 팔을 잡고, 오른손으론 긋고 있는 가슴을 움켜쥐며 엄지로 화병 조각을 말아 쥐었다.

보기에 따라선 여자의 가슴을 움켜쥐는 요상한 자세였지만 그런 것을 신경 쓰기엔 상황이 위험했다.

게다가 손으로 먹고사는 의사라면 절대 해선 안 되는 짓이었다.

그러나 믿는 구석이 있었다.

바로 말도 안 되게 강해진 손아귀 힘.

예상대로였다. 그녀의 손은 더 나아가지 못하고 그대로 멈췄다.

그런데 하라는 자신의 의도대로 되지 않았다는 게 화가 났을까 더욱 힘을 줬다.

'뭐, 뭐야? 뭔 힘이 이렇게 강해?'

건장한 성인 남자의 힘보다 훨씬 강했다. 물론 못 버틸 정도는 아니었다. 다만 이대로 힘 대결을 하게 되면 그녀의 팔이 부러질 가능성도 높았다.

두삼의 손이 하얗게 빛났다. 그리고 스며든 빛이 그녀의 목 쪽으로 가서 전신마취를 시켰다.

툭! 하고 화병 조각을 떨어뜨리며 그녀의 몸이 늘어졌다. 두삼은 예상하고 있었기에 얼른 그녀의 등과 다리를 지탱하곤 안아 들었다.

"현 간호사님, 드레싱 카 부탁드려요."

안면이 있는 VIP실 간호사 중 두 명이 특실을 담당하게 되었다.

하라를 침대에 눕힌 다음 베인 상처들을 소독하고 약을 바른 다음 거즈를 덮었다.

"외과 선생님을 모셔올까요?"

마지막에 난 상처를 보고 현 간호사가 낮은 목소리로 말했다. 봉합이 필요하다고 생각한 모양이다.

"다섯 바늘 정도면 되니 제가 할게요. 대신 혈액검사를 해주시고 상태를 예의 주시 해주세요."

다행히 제때 막아서면서 신경이나 근육이 다치진 않았고, 외과 의사만큼은 아니더라고 봉합은 제법 했다. 다만 상처의 감염은 주의해야 했기에 조치를 취했다.

화병 조각을 쥐고 있느라 다친 손까지 드레싱을 마친 후에야 일어났다.

걱정스러운 눈빛으로 문에서 서성이는 멤버들에게 말했다.

"안정됐으니까 다른 멤버분들은 걱정 말고 식사들 하세요. 천 간호사님은 여기 청소 좀 부탁드릴게요. 혹시 모르니 위험한 것들은 치워주시고요."

"네, 선생님."

"그리고 두 분은 저 좀 보시죠."

두 사람을 비어 있는 병실로 데리고 갔다. 그리고 문까지 꼭 닫은 후에야 입을 열었다.

"하라 씨에게 먹인 거 주세요."

"네? 그게 무슨 말이세요?"

송길동 팀장이 무슨 소리냐고 물었다.

진짜 모르는 건지 모르는 척하는 건지.

"설마 하라 씨가 고통 때문에 자해를 했다고 생각하는 건 아니시겠죠? 횡설수설하는 말, 비정상적인 힘, 깨어나면 자신이 뭘 했는지도 모를 겁니다."

"…설마?"

"네. 환각제를 복용했습니다. 그러니 이제 주시죠."

송길동 팀장은 대답 대신 일그러진 얼굴로 매니저를 돌아봤다.

"너냐?"

"…네? 아, 아닙……."

"이 새끼야! 죽고 싶지 않으면 똑바로 말해! 여기에 있었던 사람이 너랑 나밖에 더 있어?"

팀장도 덩치가 좋았지만 매니저도 덩치가 좋았다. 한데 팀장이 멱살을 잡고 뒤로 밀자 매니저는 맥없이 벽까지 밀렸다.

"티, 팀장님… 저, 저도 모릅니다. 하, 하라가……."

"하라가 직접 먹었다는 헛소리할 생각 마! 걸크러시 내가 키운 애들인데 내가 모를까! 뭘 먹였어? 뭘 먹였냐고, 이 새끼야!"

"그, 그게… 하라가 너무 고통스러워해서 그만……."

매니저는 고개를 숙이며 호주머니에서 작은 상자를 꺼냈다.

두삼은 얼른 상자를 받아 열어보았다.

1~2*ml* 정도의 액체가 들어 있는 앰플이 몇 개 있었다.

"GHB?"

흔히 물뽕, 데이트 강간 약물로 불리는 것으로, 기분이 좋아지고 몸이 처지는 느낌이 드는 환각제였다.

"얼마나 오랫동안 복용한 겁니까?"

"그게……."

"똑바로 말해, 새끼야!"

윽박지르지 말라고 말하려 했지만 그 때문인지 술술 말하니 그냥 내버려 뒀다.

"…한 달 정도 됐습니다. 성형수술 후 몇 달이 지나도 고통이 사라지지 않았어요. 술을 먹지 않으면 잠도 못 들 정도였어요."

"진즉에 보고를 했어야지."

"보고드렸습니다! 한데 성형수술 이후 으레 있는 일이라고 병원에 말해뒀으니 가보라는 말만 하셨잖습니까?"

"……."

"저라고 마음이 편했는지 아십니까? 밤만 되면 하라는 전화해서 제발 잠만 잘 수 있게 해달라고 울고불고 하는데 회사에서는 병원에만 가보라고 하고, 병원에 가면 반짝 괜찮았다가 또 반복되고."

"그 상황을 있는 그대로 말했으면……."

"재수술을 해야 한다는 말이 나올 정도면 팀장님도 짐작하고 계시지 않았습니까! 솔직히 귀찮았던 거 아닙니까? 인기는 점점 떨어지는 데 비해 멤버들에게 들어가는 돈은 많아지니……."

"이 새끼가 진짜!"

송길동 팀장은 주먹을 날리려 했다. 그러나 두삼이 그의 팔을 잡았다.

솔직히 그들이 치고받고 싸우는 것에 대해선 관심이 없었다. 회사 일은 더더욱 알고 싶지 않았다. 소란스러움은 좀 전의 일만으로도 충분했다.

"더 이상 소란스럽게 하면 두 사람뿐만 아니라 걸크러시 멤버 전부를 병원에서 쫓아낼 겁니다."

"……."

덩치가 작은 자신에게 팔을 잡혔는데 꼼짝을 못 하는 것이 자존심 상한 건지, 아님 멤버들을 쫓아낸다는 말이 믿기지 않는 건지 송길동 팀장의 표정엔 불쾌감이 드러났다.

"믿기지 않는 모양인데 제가 고집을 피우면 장담컨대 KM과의 계약은 없었던 일이 될 겁니다. 거짓말인지 아닌지는 실험해 봐도 좋습니다."

"…무슨 말을 하고 싶은 겁니까?"

"난 그저 조용히 환자를 치료하고 싶습니다."

"…알겠습니다. 두 번 다시 이런 일이 없도록 주의를 하죠."

"고맙군요. 그리고 한 가지 더. 두 분은 앞으로 특실 출입 금지입니다."

"이 자식이야 그렇다 쳐도 난 왜……?"

"환각제를 준 매니저도 문제지만 프로포폴을 묵인한 당신도 믿을 수 없습니다. 24시간 붙어 있을 수 없는 상황에서 제가 모르는 의료 행위를 할 수 있는 사람이 옆에 있길 바라지 않습니다."

"하지만……."

"싫으면 떠나시면 됩니다. 오늘 있었던 일은 머릿속에서 깔끔하게 지울 테니 걱정 마시고요."

더 이상 돌발 상황이 일어나지 않길 바랐기에 두삼은 단호했다.

* * *

"바로 달려들어서 막았다고?"

"네, 원장님. 갑자기 다가가 가슴을 움켜쥐기에 뭔가 했는데 엄지로 더 긋지 못하게 막은 거더라고요."

민규식은 현 간호사에게 한방센터 특실에서 있었던 일을 듣고 있었다.

"허어~ 그랬나? 고의로 그런 건 아닌지 모르겠군. 그나저나 다치진 않았나?"

"네. 장갑을 끼워줄 때 확인했는데 괜찮았어요."

"후우! 아무리 한의사라고 해도 손이 얼마나 중요한데. 괜한 욕심에 큰일 날 뻔했네. 앞으로 문제가 생길 일은 맡기지 말아야겠어."

한방의학센터의 이름을 알리기 위해 KM과 계약을 했다. 그리고 실력이 가장 확실한 두삼을 붙인 것이다. 한데 이런 일이 발생할 줄이야.

만약 다치기라도 했다면 낭패도 이런 낭패가 없었을 것이다.

현재 한강대학병원에서 두삼의 가치는 대단했다.

나연섭을 고치면서 나경록에게 장애 아동 의료비 지원 기금으로 1년에 100억씩 10년간 지원을 받을 수 있게 됐다. 거기에 현재 치료 중인 고연아를 고치게 된다면 약속된 금액만 해도 어마어마했다.

자신의 영업력이라고 할 수도 있겠지만 애초에 두삼이 없었다면 불가능한 일이었다.

두삼을 어떻게 써야 가장 좋을 것인지를 생각하던 민규식은 문득 현 간호사가 아직 서 있다는 사실을 깨닫고 말했다.

"더 할 말이 없음 나가보게."

"네, 원장님. 참! 한 선생이 팀장과 매니저를 특실에서 내쫓았어요. 괜찮을까요?"

이유는 짐작됐다.

"나라도 쫓아냈을 거야. 그건 내가 알아서 할 테니 현 간호사는 특실에 신경 써주게."

현 간호사가 나가는 걸 확인한 그는 비서실장을 호출했다.

"부르셨습니까?"

"한방센터 특실에서 누군가가 기록도 없이 프로포폴을 투여한 모양이야. 누가 했는지 알아보게."

비서실장의 답은 즉각적으로 돌아왔다.

"현 간호사를 부르시기에 혹시나 싶어 영상을 확인했습니다. 성형외과의 서문희 선생이 주사했습니다."

"서문희 선생이? 독립할 것 같다는 소문이 돌더니 사실인 모양이군."

"…경고를 해둘까요?"

"아니네. 그동안 우리 병원에서 고생했는데 그 정도의 일로 기분 상하게 하면 안 되지."

프로포폴을 기록도 없이 함부로 사용했다는 건 문제였지만 맞을 만한 사람에게 투여했고 그동안 병원에 기여한 것을 생각하면 괜스레 긁어 부스럼을 만들 이유가 없었다.

"근데 서문희 선생이 KM과 연관이 있는 줄 몰랐군?"

"서문희 선생 동기 중에 한 명이 KM과 전에 협력했넌 병원에서 일하고 있습니다. 아마 그쪽을 통해 알지 않았을까 합니다."

"그럴 수도 있겠군. 인연을 만들고 싶으면 차라리 나에게 말할 것이지."

"떠나는 게 미안해서 그런 것 아닐까요? 원장님께서 그동안 많이 챙겨주시지 않았습니까."

VIP실에서 이루어진 성형수술 중 일부는 서문희가 담당을 했었다.

"챙겨주긴. 실력만큼 받은 거지. 떠나는 사람에게 해줄 것은 없고 인연을 원한다면 인연을 만들어주는 것도 나쁘지 않겠지."

"서 선생을 특실로 보낼 생각이십니까?"

"한 선생 부담도 덜어줄 겸 서 선생 독립 선물 겸 괜찮은 생각 아닌가?"

"한 선생에게 성형에 대해 알 기회를 주시려는 건 아니시고요?"

"자넨 날 너무 과대평가하는군. 아니, 한 선생을 과대평가하는 건가? 허허허! 아무튼 자네 말처럼 한 선생이 뭐라도 배우면 좋겠군. 한데 그게 마음대로 될지 모르겠지만 말일세."

대수롭지 않게 말하는 민규식을 보는 비서실장은 그가 마지막에 언급한 이유 때문에 서문희를 특실로 보내는 것이라고 확신했다.

"아! 근데 한 선생에 대해 지난번에 알아보라고 한 건 어떻게 되어가고 있나?"

"…아직까지 알아보고 있습니다."

"자네가 아직까지 알아보고 있다니 알아내기가 어려운 모양이군?"

비서실장은 웬만한 일은 며칠이 지나기 전에 알아왔고 아무리 어려운 일도 한 달이 걸리지 않았다.

"…죄송합니다. 소문으로만 확 달아올랐다가 사라진 일이라 시작한 이를 찾는 게 쉽지가 않습니다."

"괜찮네. 혹시 한 선생에게 문제가 생길까 알아보라고 한 일일세. 아무것도 찾을 수 없는데 무리해서 조사할 필요는 없네."

"조금 의심스러운 부분은 있습니다. 다만 확실히 해야 할 것 같기에. 조금 더 조사해 보고 아님 손을 떼도록 하겠습니다."

"그렇게 하게. 근데 찾은 게 뭔가?"

"태양한방병원 임 원장이 관여했다는 얘기를 들었습니다."

"임 원장이?"

"예. 당시 한의학협회가 아닌 의사협회 편을 들었다더군요."

"음……."

"당시 생약 개발 문제로 의사협회의 도움이 필요한 때라 알아서 편을 들었다는 얘기가 있긴 합니다."

"그럴 수도 있겠지. 아무튼 그 문제는 자네의 판단에 맡기겠네. 난 한 선생 잠깐 보고 퇴근할 터이니 이만 들어가게."

점심도 못 먹고 일을 하고 있다니 저녁이라도 사줄 생각이었다.

*　　　*　　　*

"천천히 다리를 굽혔다가 펼게요. 배에 힘이 들어가는 걸 느껴 봐요."

두삼은 고연아의 다리를 잡고 물리치료를 하고 있었다. 사실 말이 물리치료지 운동을 시키는 거다.

살이 오르는데 그대로 두면 나중에 다 나아도 움직이기 힘들어지기 때문이다.

"좋아요. 열 번만 더 할게요."

"…보통 한 번만 더 한다고 하지 않아요?"

"연아 씨는 한 번만 해도 되는데 제 이두박근 때문에 열 번을 하는 거예요. 근육 괜찮지 않아요?"

"……."

농담이 아니라 고연아를 운동시키면서 자신도 운동이 되고 있었다. 일거양득이랄까.

"자, 다음은 복근 운동할 거예요. 침대에서 하기 힘드니 내려가죠."

"…복근 운동은 안 하면 안 돼요?"

"인상 쓰지 마요. 말했죠. 연아 씨는 지금 인상을 쓰면 인상 쓰는 근육이, 웃으면 웃는 근육이 발달하는 상황이니까 편안한 표정을 지어요."

"자세가 이상하잖아요!"

"뭐가 이상해요. 내가 연아 씨 다리를 들고 이리저리 움직이는 것도 이상하게 보면 이상해요. 이리 와요."

두삼은 그녀를 뒤에서 끌어안은 자세로 바닥에 깔린 매트에 앉았다. 그리고 같이 윗몸일으키기를 했다.

사실 남들이 보면 민망한 자세가 맞다. 그러나 자신이라고 좋아서 하는 건 아니다.

"후… 이제 슬슬 정신건강의학과 선생님에게 치료를 받아야 할 것 같은데 연아 씨 생각은 어때요?"

"…귀, 귀에 입김 불어넣지 마요!"

"아! 미안해요. 그래서 대답은요?"

"…싫어요."

"왜요?"

"정신과 치료는 수없이 받았어요. 그들이 하는 얘긴 다 똑같아요. 효과도 없었어요."

아직은 시기상조인가 보다. 목소리에서 싫다는 느낌이 너무 강했다. 그래서 일단 물러났다.

"딱 맞는 선생님을 못 만나서일 수도 있어요. 어느 병원에선 못 고쳤는데 다른 곳에 가서 바로 고치는 경우도 있거든요. 아무튼 급한 건 아니니 생각해 봐요."

"…그럴게요."

"끄응! 그럼 열 개만 더 하고 끝내죠."

"……"

물리치료 후 한약을 먹이는 것으로 고연아의 치료를 끝냈다. 그리고 잠을 재우려고 할 때 그녀가 말했다.

"오늘은 자는 대신 창밖을 보고 싶어요."

"…그렇게 해요."

처음 보이는 변화라 잠시 의아했지만 표정이 나쁘지 않았기에 침대를 조절해서 창 쪽으로 옮겨주었다.

"…고마워요."

고맙다는 말까지 하다니? 오늘은 해가 서쪽에서 떴나?

혹시 몰라 원 여사의 방에 들러 주의 깊게 살펴보라고 말한 후에 VIP실에서 내려왔다.

곧장 한방센터 특실로 가야 했지만 두삼은 한방부인과로 향했다.

고연아의 일과 달리 KM엔터테인먼트의 일은 비밀이 아니었다. 그 말인즉, 혼자 아등바등할 이유가 없다는 것이다. 그래서 같이 일할 사람을 구하러 가고 있다.

"고생하십니다."

"어머, 한 선생님이 여긴 웬일이세요?"

처음 보는 접수대의 간호사가 예상외로 반겨줬다.

"제가 혹시 간호사님들께 인기가 좋은가요?"

"호호! 도 간호사님께 말씀 많이 들었어요. 물론 인기도 꽤 있으시고요."

"그런 줄도 모르고. 앞으로 꾸미고 다녀야겠네요."

"호호호! 참 재미있으시네요. 근데 저희 과엔 무슨 일로 오셨어요?"

"성지숙 선생님께 드릴 말씀이 있어서요."

"전해 드릴 테니 잠깐 기다리시겠어요? 지금 환자 보고 계시거든요."

대기석에 앉아 5분쯤 기다렸을까 간호사가 손짓을 했다.

안으로 들어가자 안경을 쓴 성지숙이 웃으며 반겨줬다.

"어서 와, 한 선생."

"안녕하세요, 선생님. 바쁘신데 죄송합니다."

"제일 바쁜 안마과 한 선생이 그런 말을 하면 놀리는 것 같거든. 호호! 농담이야, 앉아."

성지숙의 성격은 웬만한 사람들보다 더 시원시원하고 활달했다. 두삼은 개인적으로 그녀의 성격을 무척 좋아했다.

"안 그래도 안마과에 가서 상의할 일이 있었는데 먼저 와주니 고맙네."

"무슨 일인데요?"

"한 선생 용건부터 먼저 듣고 말할게."

"다른 건 아니고 KM엔터테인먼트 일을 혼자하기에 벅차서 협조 좀 구하려고요."

"센터 차원에서 하는 일이니 당연히 도와야지. 한데 나이 많은 나는 아닐 테고, 이은수 선생?"

성지숙은 단번에 두삼의 의도를 알아챘다.

"네, 선생님. 물론 선생님이 해주신다면 더할 나위 없겠지만……."

"더 얘기하면 진짜 내가 갈 거야."

"……."

얼른 입을 닫았다. 윗사람을 데리고 일하고픈 생각은 없었다.

"훗! 너무 솔직하네. 알았어. 데리고 가. 대신 두 가지 조건이 있어. 하나는 우리 과에도 필요하니까 너무 부려먹지 말라는 거."

"그야 당연하죠. 다른 조건은요?"

"막장 드라마 찍지 마. 그땐 내가 용서 안 한다."

"에? 그게 무슨……?"

"류현수 선생이랑 척질 일 하지 말라는 거야."

"에이~ 선생님도 참! 저 그런 놈 아닙니다."

"알지만 세상사 생각대로 되는 거 아니니 조심해."

경험에서 우러나온 말처럼 들리는 건 착각일까.

분위기를 바꾸기 위해 얼른 화제를 돌렸다.

"근데 저희 과와 상의할 얘기라는 건 무엇인지?"

"사실 우리 과에 오는 중년 환자들 중에서 다이어트에 관심이 많은 이들이 꽤 있어. 특히 안마과에 대한 소문을 들었는지 관심이 많더라고."

"예뻐지고 싶은 건 연령과 상관없으니까요."

"그렇지. 사실 그냥 안마과로 넘겨주면 되는 일인데 문제는 우리 과의 매출도 신경 써야 해서 말이야."

"비만클리닉을 공유하자는 말씀입니까?"

"공유까지는 아니고. 우리 과로 온 환자는 우리가 맡는다는 거지. 다만 안마사들이랑 안마과에서 쓰는 시술은 공유해야겠지."

"그 문제는 이방익 선생님과 얘기해 보셔야 할 것 같은데요."

"이 선생님과는 당연히 얘기할 거야. 그저 한 선생의 의견은 어떤가 싶어서."

"전 상관없습니다."

현재 매출로만 봐도 비만클리닉이 사상체질과로 갈 일은 없었다. 공유하게 되면 안마사를 조금 더 늘려야 하겠지만 어차피 필요하면 뽑아야 했다.

"한 선생은 찬성이라는 거지?"

"예, 선생님."

"알았어. 나머진 이 선생님과 내가 얘기할게. 가봐도 좋아."

인사를 하고 성지숙의 진료실을 나와 이은수의 진료실로 들어갔다. 그리고 설명을 한 후에 데리고 나와 특실로 향했다.

"그러니까 제가 할 일은 식사와 선배… 한 선생님과는 별도로 치료를 하라는 거죠?"

"응. 식단은 짜놨는데 이 선생이 봐서 조정해도 좋아. 이건 식단과 내가 진맥해서 기록해 둔 환자들의 상태."

태블릿을 넘기자 그녀는 천천히 살폈다.

"…두 명을 제외하곤 상태가 꽤 안 좋네요?"

"그러게. 도대체 어떻게 관리를 한 건지. 안마를 통한 치료를 시작해야 하는데 도무지 시간이 안 나서 말이지. 그래서 너한테 부탁하는 거야."

"잘할 수 있을까 모르겠네요."

"네 실력이라면 걱정할 거 없어. 특실에서 있었던 일에 대해선 비밀이야. 특히 현수에겐 절대 말하지 마. 그 자식은 입이 너무 가벼워."

"…아니라고 말을 못 하겠네요. 근데 이 기록, 선생님이 진맥을 통해 알아낸 거예요?"

"왜, 이상한 게 있어?"

"아뇨. 진맥을 통해 이렇게까지 알아낼 수 있나 싶어서요."

같이 일하게 되니 이런 단점이 있을 줄이야. 조심해야겠다.

"…내가 진맥을 조금 잘해."

"이 정도면 잘하는 정도가 아니라……."

"다 왔다. 점심은 지금 준비 중일 테니까 저녁부터는 이 선생이 책임져. 그리고 진맥도 직접 해보고."

"네, 선생님."

특실 문을 열고 안으로 들어가자 팀장과 매니저가 앉아 있던 소파에 두 명의 여자가 앉아 있었다. 그중 세련된 정장 차림의 여성이 일어나 다가왔다.

"안녕하세요, 한두삼 선생님. 송 팀장 대신에 오게 된 강가영 이사예요."

30대 초반? 중반? 젊어 보이는데 이사라니, 실력이 좋거나 KM의 강기철 대표의 친인척인 모양이다.

"반갑습니다. 여긴 오늘부터 특실을 맡게 된 이은수 선생입니다."

"반가워요, 이 선생님. 잠깐 한 선생님과 둘이 얘기하고 싶은데……."

"이 선생, 진료해."

이은수가 진료실로 들어가자 앉아 있던 다른 여자도 같이 들어갔다.

둘만 있게 되자 강가영이 말했다.

"먼저, 송 팀장과 김 매니저 일은 사과드려요."

"아닙니다."

"굳이 핑계를 대자면 워낙 많은 아티스트들을 소수의 인원이 관리를 하다 보니 이런 일이 있었네요."

"이해합니다. 그리고 교체를 해달란 건 걸크러시의 치료에 집중하기 위해 한 일입니다."

"잘하셨어요."

간단히 체면치레 인사가 오가고 강가영은 본론을 꺼냈다.

"걸크러시의 상태에 대해선 보고를 받았어요. 다른 것 때문은 아니고 2주, 아니, 정확하게 10일쯤 남았네요. 그 안에 제대로 컨디션을 회복할지 묻고 싶어요."

"불가능합니다."

"…확고하시네요?"

"그 정도로 상태가 안 좋습니다. 특히 하라 씨의 경우 심각합니다. 퇴원이야 자유지만……."

"선생님이 퇴원이 안 된다고 하면 행사를 취소할 생각이에요. 다만 한 선생님이 같이 움직이는 건 어떤지 묻고 싶네요. 상주 비용은 물론 상응하는 돈을 지불할 생각이에요."

한가하다면 한 번쯤 해보고 싶은 일이다.

"죄송합니다."

"원장님껜 저희가 말씀드릴게요."

"말하는 건 말리지 않겠지만 불가능할 겁니다."

만일 지금 간다고 하면 고연아의 아버지 고정운이 가만히 있을까 싶다.

"더 이상 할 일이 없다면 치료를 해도 될까요?"

"…그러세요. 지켜봐도 되죠?"

"오히려 제가 부탁드리고 싶네요."

안 그래도 현 간호사를 불러서 옆에 있으라고 할 생각이었다.

하라의 병실로 갔다. 그녀는 멤버 혜리와 얘기를 나누고 있었다.

"혜리 씨는 조금 이따가 진료를 받아야 하니 방에 가 계세요. 기분은 어때요, 하라 씨?"

"…안 아프니 살 것 같아요. 다만 감각이 없으니 이상해요."

"정신은요?"

"독한 약을 먹은 것처럼 약간 나른하고 멍해요. 문득문득 우울해지는 것 같고요."

"짧은 기간이지만 두 종류의 약물을 꾸준히 복용했으니 당연히 그럴 거예요."

"…중독인가요?"

"글쎄요. 정신적으로 어떤지 모르지만 육체적으로는 중독 증상이 보이네요."

"어떻게 해야 하죠?"

"오늘은 몸 안에 있는 나쁜 기운을 날려 버릴 거예요. 그다음 컨디션이 어떤지 보기로 하죠. 가슴과 얼굴 통증은 몸이 정상이 되면 치료를 시작하고요. 이제 침대에 편하게 엎드릴래요?"

"혜원 언니가 말한 마사지를 하는 건가요?"

"맞아요. 근데 혜원 씨가 뭐라고 했는데요?"

"정신이 아득해질 만큼 편안하고 좋았대요."

"하하! 그건 다음에 해줄게요. 오늘은 몸이 아주 뜨거워질 거예요. 그 뜨거움을 이용해 나쁜 기운을 날려 버릴 생각이에요."

"찜질방과 비슷한가요?"

"음, 그거랑은 조금 달라요. 다만 참지 않아도 돼요. 특실이라 방음이 엄청 잘되거든요."

설명을 하려니 어정쩡하다.

오늘 마사지는 그녀의 차가운 음의 기운을 촉발시켜 자신의 뜨거운 양의 기운을 만나게 함으로써 기운을 폭발시켜 나쁜 기운을 태워 버리는 방법이다.

직접 경험을 해본 적이 없으니 뭐라고 할 순 없지만 아마 극도의 쾌락을 느끼게 될 것이다.

"……?"

"하하… 그냥 꿈을 꾼다고 생각하세요."

"그럴게요."

하라가 엎드리자 손을 풀던 두삼은 강가영을 흘낏 보곤 다가갔다. 그리고 시술에 대해 설명했다.

"…그러니까 한 선생님 말씀은 하라가 오르가즘을 느끼게 된다는 건가요?"

"예. 그것도 아주 심하게. 혹시 놀라서 방해를 할까 미리 말씀드리는 거예요."

"놀랄 정도라는 건가요? 설마 동영상에서 보던 이상한 짓을… 크흠! 아니겠죠?"

"당연히 아니죠! 그저 안마일 뿐입니다. 사람마다 조금씩 다르니 가볍게 끝날 수도 있습니다."

"…알겠어요. 시작하세요."

강가영은 혹시나 허튼짓을 할까 가까이 다가가 두삼의 손을 뚫어지게 쳐다봤다. 평범했다. 목부터 시작해 어깨, 허리, 자신이 보고 있는지 골반은 근처는 손도 대지 않고 허벅지, 종아리까지 부드럽게 주물렀다.

하라가 가볍게 신음 소리를 냈지만 마사지를 받을 때 기분이 좋으면 흔히 내는 소리였다.

'흥! 호들갑 떨 때 알아봤다. 여자 친구가 어지간히 연기를 잘하나 보네.'

강가영은 두삼이 여자들의 오르가즘에 대해 제대로 알지 못한다고 생각했다.

한데 그의 손가락이 살짝 구부러지며 찌르듯이 안마를 하넌

서부터 상황이 조금씩 바뀌었다.

"아항~"

갑자기 후끈한 열기가 퍼지면서 몸을 살짝 비틀며 콧소리를 내는 하라. 그리고 그 소리는 점점 커졌다.

혹시 자신이 모르는 사이에 뭔 짓을 했나 싶어 두삼을 봤지만 그의 표정은 아주 진지했다.

연예계에 종사하면서 많은 이들을 상대하다 보니 남자들의 표정과 시선에 대해서 잘 알고 있었는데 장담컨대 하라의 몸을 주무르면서도 그의 눈엔 일말의 사심도 없었다.

오히려 땀을 흘리는 모습이 경건하기까지 했다.

그러는 동안 하라의 신음 소리는 거의 우는 듯한 소리로 바뀌었다. 언제 땀이 났는지 흠뻑 젖은 얼굴과 꼼지락거리는 움직임은 영락없이 절정에 이른 여자의 그것이었다.

'도대체 어떤 느낌이기에… 헉! 내가 무슨 생각을.'

멍하니 하라를 보고 있다가 든 자신의 생각에 화들짝 놀라 정신을 차린 그녀는 시선을 두삼에게 돌렸다.

진중한 모습으로 마사지에 집중하는 그를 보자 비로소 음란 마귀에서 벗어날 수 있었다.

* * *

좌악! 좌악!

이른 아침 물을 가르며 수영을 하다 보면 환자에 대한 걱정도, 쌓여가는 일에 대한 걱정도 사라지고 오로지 앞에 있는 턴 마크에만 집중하게 된다.

'3초 후에 턴을 하면 되겠어. 3, 2… 응?'

턴 마크 지점에 길고 잘빠진 다리가 나타났다.

고개를 드니 원피스 수영복을 입은 하란이 끝에 앉아 발을 찰방이고 있었다.

"무슨 생각을 하기에 그렇게 수영만 해?"

벽에 걸린 시계를 보니 이제 슬슬 나갈 시간이다.

"아무 생각도. 수영을 하다 보니 다 잊어먹었어."

"수영을 하다 보면 그럴 때가 있지. 근데 오빠 수영하는 거 보면 신기해. 어떻게 얼굴을 들고 수영을 해?"

"어릴 때 강에서 수영을 배워서 그래."

"난 연습해도 자꾸 몸이 가라앉아서 안 되던데."

"그걸 왜 연습을 해. 난 네 자세가 훨씬 좋던데. 수영하는 모습이 마치 인어 같아."

"피이~ 그건 언제 봤대?"

"큼! 사람이 어떻게 계속 수영만 하냐. 쉴 땐 쉬어야지. 나가자."

수영장에서 간단히 샤워를 하고 부엌으로 올라갔다. 그리고 홀란다이즈 소스 대신 자신만의 소스를 올린 에그 베네딕트를 만들었다.

다 만들었을 때 출근 준비를 마친 하란이 왔다.

"맛있겠다. 잘 먹을게, 오빠."

"소스를 조금 바꿔봤는데 괜찮을까 모르겠다. 이건 만수 형이 보내준 봄나물로 만든 샐러드."

"희신이는 잘 있대?"

"응. 늦바람이 무섭다고 요즘 밖에서 들어오질 않는대. 겨울 동안 얼굴이고 손이고 다 튼 모양이야."

"다행이네. 가끔 오빠 고향이 생각나는 거 알아?"

"그래? 그럼 다음에 한번 갈래?"

"좋지. 근데 갈 시간은 있고?"

"요즘 나보다 더 바쁜 사람이 누군데."

"그래도 누구완 달리 하루 이틀쯤은 뺄 수 있거든."

"오케이! 그럼 나도 뺄 테니까 한번 가자. 참! 여사님이랑 여행 가는 게 내일이지?"

"응. 아버지 산소에 들릴 겸해서 가는 거라 일요일엔 돌아올 거야."

"그럼 여사님 건강 체크는 일요일 날 저녁에 할까?"

배영옥의 건강 체크는 꾸준히 하고 있었다. 가게를 할 때 아침에서 저녁으로 옮겼다가 이젠 하란의 집에서 하기로 했다.

"알았어. 그렇게 말해둘게. 와아~ 이거 진짜 맛있다."

"많이 먹어. 그리고 이거……."

두삼은 잠깐 쭈뼛거리다가 올 때 가져왔던 쇼핑백 두 개를 건넸다.

"뭐야?"

"이번에 상품권이 생겨서 어머니 가방 사드리러 백화점에 갔는데 너랑 여사님이 생각나서 샀어. 내 눈엔 예뻐 보였는데 너한텐 어떨지 모르겠다. 보증서 있으니까 마음에 들지 않으면 바꿔."

"마음에 들어!"

"…보지도 않고 어떻게 아냐?"

"그냥 알아. 고마워, 오빠. 잘 쓸게."

"내가 고마워. 널 만난 다음부터 모든 일이 술술 풀렸는데… 그동안 너무 받기만 했어."

"오빠가 나한테 해준 거에 비하면 오히려 적지."

"아니거든!"

"맞거든!"

"그럼 서로 고마운 걸로 하자."

"그래."

맛있게 아침을 먹고 각자의 차에 올라 출근을 했다.

달리는 차 안에서 두삼은 한숨을 쉬며 중얼거렸다.

"…말하기가 갈수록 힘드네."

수영과 식사를 같이할 때마다 '나랑 만날래?'라는 말이 머릿속을 가득 채우는데 결국 말하지 못한다.

오늘만 해도 그렇다. 가방을 건네며 사귀자고 말할 생각이었는데 엉뚱한 소리나 하고…….

"좀 더 높이 올라가면 말하기 쉬우려나? 아무튼 오늘도 시작해 보자!"

병원 주차장에 차를 댄 후 탈의실로 갔다.

두삼은 현재의 기분이 어떠하든 환자를 대할 땐 가급적 긍정적인 마음으로 대하려 한다.

자신의 기분을 환자가 느끼길 바라지 않기도 했지만 긍정적으로 생각하면 몸과 마음이 생각을 따라 변하기 때문이었다.

고백하지 못한 마음을 털어내고 긍정적으로 고연아의 치료를 끝마치고 내려올 때쯤엔 콧노래가 나왔다.

에스컬레이터에서 내려 한방센터의 복도로 들어서자 반가운 얼굴이 보였다.

공동희가 게시판에 뭔가를 붙이고 있었다.

“여어~ 공 팀장, 뭐 하나?”

“보면 몰라? 일하는 중.”

“무슨 일인데?”

“어제 어느 몰상식한 인간들이 병원을 모텔로 착각했나 봐. 그 때문에 공고문을 붙이고 있다.”

“에? 진짜?”

“말도 마라. 어떤 사람은 큰일 일어난 줄 알고 경찰에 신고까지 했다.”

“그래서 잡혔어?”

“잡히기는. 병원 중앙에 있는 야외 휴게실이 울리는 구조잖아. 그래서 찾을 수가 없었어. 망할 인간들 창문이라도 제대로 닫고 할 것이지.”

가만! 야외 휴게실 방향이라면……. 설마?!

“근데 웃기는 게 뭔지 아냐? 그때 우리 직원이 거기에 있었는데 사람들 표정이 가관도 아니었단다. 민망해하면서도 남자들은 다들 존경의 표정을, 여자들은 부러움의 표정을 짓고 있었다더라.”

“쿨럭! 그, 그래서?”

“감기 걸렸냐? 아무튼 찾으려고 노력은 했는데 찾기 전에 끝이 나서 결국은 못 찾았어.”

“…어딘지 짐작도 안 되는 거야?”

“됐으면 이러고 있겠냐? 아무튼 어젠 경찰들이랑 CCTV보느라 하루 다 보냈다."

휴우~ 다행이다.

"근데 표정이 왜 그래? 뭐 마려운 강아지처럼."

"커, 컨디션이 안 좋아서 그래. 수고해라. 난 이만 가볼게."

"그래. 근데… 두삼아."

특실로 가려는데 공동희가 불렀다. 그러고는 낮은 목소리로 물었다.

"혹시 뜸 수업 언제 해? 내일 해?"

"아니. 내일은 장 선생님이 친구분들이랑 놀러 가신다고 쉬기로 했어. 근데 그건 왜?"

"다른 건 아니고… 험! 혹시 도움이 필요하면 도움을 줄까 해서."

그렇게 질색하던 녀석이 갑자기 자진해서 도움을 주겠다니 수상했다.

"너, 애인 있었냐?"

"내가 없을 것 같이 보이냐?"

"그게 아니라 뜸의 효과를 봤는지 묻는 거다."

"…약간?"

공동희는 검지와 엄지를 이용해 약간을 표시했다. 그러다 물끄러미 쳐다보자 약간이 조금씩 커졌다.

"에휴~ 애인 없는 사람 서러워서 살겠냐. 나중에 치료받을 때 뜸도 놔줄게. 됐냐?"

"고맙다, 친구야!"

어깨 어긋난 뼈를 바르게 해주는 것보다 더 고마워하는 것 같다.

고백도 못 하는 주제에 남의 연애질을 위해 뜸을 놔주겠다고 하는 스스로를 책망하며 7층 특실로 갔다.

한데 특실로 들어가자 처음 보는 여의사가 복도에서 태블릿을 확인하고 있는 것이 보였다.

'응? 밑단이 한 줄인 걸 보면 본관 의사인가 본데.'

한강대학병원의 양의사의 복장과 한의사의 복장은 일반인들은 구분하기 힘들었지만 병원 관계자라면 알아볼 수 있게 밑단이 조금 달랐다.

한의사는 밑단의 줄이 두 줄이었다.

무슨 일로 왔나 알아보려고 다가가자 여의사가 인기척을 느꼈는지 고개를 들었다.

상당한 미인으로 중년의 나이지만 세련미와 원숙미가 물씬 풍겼다.

"안녕하세요. 한방의학센터의 한두삼입니다."

누구냐고 물으려다가 가운의 가슴께에 적힌 '성형외과 서문희'라는 이름을 보고 인사만 했다.

"아! 당신이 한 선생이군요. 성형외과의 서문희예요. 만나서 반가워요. 진선이에게 얘기를 들어서인지 낯설지가 않네요."

"소아과 김진선 선생님요?"

"네. 동기예요."

"그러시군요. 편하게 말씀하세요, 선생님."

"그럴까? 참! 올 때 맛있는 커피 사왔는데 같이 한잔할까?"

특실 한쪽에 마련된 탕비실로 들어갔다. 크기가 작지 않아 커피를 마시며 얘기하기에 좋았다.

알고 사왔는지 취향이 비슷한 건지 병에 담긴 달콤한 커피였다. 그녀는 한 모금을 마시더니 말했다.

"한 선생이 마스크맨 맞지?"

"풉! 쿨럭!"

"후후! 맞네. 뭘 놀라? VIP실에서 근무했던 사람들이라면 어느 정도 짐작하고 있을걸."

"…그렇습니까?"

"지금까지 한 선생과 비슷한 경우가 없었을까? 꽤 많았어. 원장님의 인재에 대한 욕심은 굉장하시거든. 물론 한 선생처럼 마스크까지 씌우면서까지 비밀스럽게 한 경우는 없었지만 말이야. 하지만 소문을 유추해 보면 한의사라는 걸 짐작할 수 있어. 마지막으로 한의사 중 누가 가장 집중받고 있느냐만 찾으면 되는 거지."

지금까지 이상한 별명까지 얻어가며 정체를 숨기려고 애썼던 게 바보짓이었단 말인가.

"너무 걱정 마. 그렇다고 소문을 내거나 하진 않을 테니까."

"…감사합니다."

"감사까지야. 그런데 내가 이곳에 온 이유 궁금하지 않아?"

대화는 서문희가 주도하는 형세였다.

"어떤 일을 맡으셨는지 궁금하긴 하네요."

"성형에 대한 조언. 그 이상도 이하도 아냐. 그러니 한 선생은 평소대로 하면 돼."

단지 조언을 위해 성형외과의 전문의를 보냈다? 언뜻 이해가 되지 않았다.

"이해가 안 되는 모양이네?"
"아, 아닙니다."
"아니긴. 한 선생 얼굴 근육이 그렇게 말하고 있는데. 내 앞에선 웬만하면 솔직하게 말해도 돼. 과가 과인지라 작은 얼굴 근육의 움직임만으로도 진실을 말하는지 거짓을 말하는지 정도는 알아."
배우고픈 능력이다. 그러나 부럽다는 마음과 함께 속마음을 들킬까 살짝 두려워진다.
"…그렇게 말씀하시니 솔직히 말씀드리죠. 부려먹기 좋아하시는 원장님이 조언이나 하라고 선생님을 여기로 보내진 않으신 것 같습니다."
"호호! 원장님에 대해 잘 아네. 하지만 조언하라고 보낸 것 맞아. 다만 일을 시키려는 것보단 퇴직하려는 날 위한 선물 같은 거지."
"퇴직 선물요?"
"웅. 더 늦기 전에 내 병원을 낼까 고민 중이었거든. 근데 원장님이 어떻게 아셨는지 여기로 보냈어. KM과 인연이라도 맺으라는 거지."
이해가 됐다. 그리고 하라에게 프로포폴을 누가 줬는지도 알 것 같았다.
굳이 언급하지 않았다. 이미 잊기로 한 일이다.
"그러시군요. 좋은 결과 있었으면 좋겠네요."
"나도 그랬으면 좋겠어. 참! 근데 걸크러시 성형 기록은 한 선생이 직접 한 거야?"

"성형 기록이 아니라 치료를 위해 저만 알아보게 작성해 놓은 건데요. 그걸 어떻게?"

기록이라 부를 만한 건 아니었다. 그저 자신이 알아볼 정도로만 표시를 해둔 수준이다. 한데 그걸 알아본 모양이다.

"전에 그들에 대한 의료 기록을 본 적이 있어서 알아본 거야. 내가 좀 그런 쪽으론 머리가 좋거든. 아무튼 혹시 성형외과에 대해 공부한 적 있어?"

"아뇨. 해부학적으로만……."

"그래? 그런데 어떻게 이렇게까지 알 수 있지? 한 선생은 진맥을 하면 인체 내부의 모습이 MRI처럼 보이는 거야? 그렇지 않고서야 설명이 안 되는데?"

추리의 여왕이냐?

"알았어. 대답은 들은 걸로 할게. 하긴 이 정도는 되어야 마스크맨이 한 일들이 설명이 되지."

얼씨구, 혼자서 북 치고 장구 치고 난리다.

왠지 벌거벗은 느낌이 들어 그녀와 얘기하는 게 꽤나 피곤하다.

'아니! 다르게 생각하면 서문희 선생님의 도움을 받을 수도 있을 것 같은데.'

고연아의 근육을 새롭게 자리 잡아 몸매와 얼굴을 최대한 고친다는 계획을 세워뒀지만 이런저런 이유로 차일피일 미루고 있었다.

처음 하는 일이니 분명 시행착오가 있을 것이다. 한데 만약 서문희의 도움을 받는다면 어떨까?

모르긴 해도 시간을 단축하고 배우는 것도 많을 것이다. 누가 뭐래도 VIP실을 드나들 만큼 실력 있는 의사이지 않은가.

'다만 입이 가벼우면 곤란한데.'

민규식표 보증 마크가 찍혀 있으니 어느 정도 안심은 되지만 확인은 해야 했다.

"선생님, 뜬금없고 실례되는 말인지 알지만 한 가지만 묻겠습니다."

"갑자기 진지해지니 살짝 무섭네. 얼마든지 해."

"환자의 비밀을 지키듯이 후배에 대한 비밀도 지켜주십니까?"

"환자든, 친구든, 선후배든 그들이 소문내라고 말하지 않는 이상 비밀 보호 의무를 저버린 적 없어. 앞으로도 그럴 거고. 물론 한 선생에 대해 내가 유추한 것 역시 혼자만 알고 있을 거야."

그저 확인을 하는 거다.

서문희가 그렇게 얘기했다고 온전히 믿을 만큼 순진하지 않다. 물론 능력이 드러난다고 해서 귀찮아질 뿐 피해가 있을 것도 없다.

"아! 물론 한 선생의 능력이 필요하다고 생각되면 도움은 청할 순 있겠다."

"그건 저도 마찬가지입니다. 아무튼 비밀로 해주신다니 마음이 좀 편하네요. 어떻게 예상하고 계신지 모르지만 제가 기운을 조절할 수 있는 재주가 있습니다."

"그게 아니면 설명이 안 되는 소문이 많아. 하지만 실제로 그렇다고 말하니 조금 놀랍네. 그런데 그것 말고도 할 말이 있지 않아?"

"정말 선생님껜 뭔가를 못 속이겠네요? 부러운 능력입니다."

"솔직히 별로 좋은 능력은 아니야. 남편 바람피우는 것까지 단번에 알아챘거든."

"아! …그런 뜻에서 말씀드린 건……."

"괜찮아. 위자료 두둑이 챙겼거든. 그리고 그 돈으로 내 병원을 차리려는 거고."

서문희처럼 사람의 표정을 보고 진실 여부를 파악할 정도는 되지 못하지만 말과 달리 마음까지 정리된 것은 아닌 것 같았다.

"이제 궁금하니까 무슨 능력이 있는지 말해봐."

"다른 건 아니고 기를 이용해서 일시적으로 사람의 얼굴을 바꿀 수 있습니다."

"…진짜?"

"보여 드릴까요?"

무협지에 나오는 것처럼 얼굴과 골격을 바꾸는 역용술은 아니다. 그저 살짝 코를 높이거나, 눈 밑에 애교 살을 넣거나, 입꼬리를 올리게 만들거나 따위의 간단한 것들이다.

이 능력은 갑자기 생긴 것이 아니다.

기를 이용해 이효원의 다리 근육을 고정시켰던 방법을 얼굴에 응용하는 것뿐이다.

고연아를 보면서 그런 방법을 떠올렸고 몇 번 자신의 얼굴에 실험을 해봤었다.

문제는 미적감각이 없는지 조금씩 고치면 얼굴이 더 어색해진다는 거였다.

코를 높이면 좀 더 잘생겨질 거라 생각해서 코를 살짝 높였더니 훨씬 못생겨졌다.

"나한테 해보겠다는 거야? …아프거나 이상이 생기거나 하는 건 아니지?"

"전혀요. 살짝 피부가 늘어나긴 하는데 그 역시 흔적 없이 원상 복구시킬 수 있어요."

"…알았어. 그럼 해봐. 난 항상 미간 끝이 높았으면 했거든. 미간 끝만 살짝 높여줘."

"알겠습니다. 그럼 실례하겠습니다."

얼굴로 손을 뻗자 움찔하던 그녀는 결국 눈을 질끈 감고 두삼에게 얼굴을 맡겼다.

두삼은 그녀의 머리를 감싸 쥐듯이 잡고 엄지로만 코끝을 살살 문지르거나 눌렀다.

피부를 늘린 후 적당량의 기운을 미간 끝 피부와 근육과 뼈 사이에 보내 모양을 만들었다.

"…다 됐습니다."

"벌써? 상당히 빠르네. 근데 어째 목소리에 자신감이 없다? 혹시 실패한 거야?"

"그건 아닙니다. …거울을 보세요."

서문희는 묘한 얼굴로 두삼을 본 후 거울을 봤다. 그러고는 요리저리 살피는데 표정이 점점 구겨졌다.

하지만 표정과 달리 목소리는 다름없었다.

"부기가 빠지는 안정화 시간이 필요한 건 아니지?"

"…네. 그게 끝입니다. 많이 이상합니까?"

"한 선생이 보기엔 어때?"

"…하기 전이 더 자연스럽고 예쁩니다."

"내 생각도 그래. 내가 처음 성형수술을 했을 때 여대생이 왜 날 원망의 눈초리로 봤는지 알 것 같아."

"…풀어드리겠습니다."

"아니, 잠깐 기다려. 이거 얼마나 가는 거야?"

그녀는 높아진 미간을 만지며 물었다.

"심하게 계속 만지면 며칠 안 갑니다. 만지지 않으면 얼마나 갈지는 잘……."

"음, 그렇단 말이지."

그녀는 뭔가를 골똘히 생각하다가 말을 이었다.

"한 선생, 미적감각 없지?"

"…그런 거 같습니다."

"기를 어떻게 이용하는지는 모르겠지만 실리콘이라고 생각할 때 좌우 비율은 어떻게 했어?"

"똑같이 했습니다."

"한 선생 혹시 얼굴 좌우가 완벽하게 똑같은 사람 본 적 있어?"

하란이 떠올랐다. 하지만 완벽하게 똑같다고는 할 수 없었다.

고개를 흔들자 그녀는 말했다.

"좌우가 완벽한 사람은 없어. 즉, 모든 사람은 좌우가 달라. 그래서 어색하지 않으려면 그 차이까지 맞춰주는 게 좋아. 그래야 사람들의 눈에 자연스럽게 보여. 내가 시키는 대로 해봐."

두삼이 다시 얼굴을 잡자 그녀는 설명했다.

"방금 두께에서 2㎜ 정도 줄여봐. 그리고 왼쪽은 그보다 1㎜ 더 줄이고. 그다음 실리콘의 끝부분을 자연스럽게 각이 지도록 하고 눈 쪽으로 조금 넓혀봐."

그녀의 말에 따라 미간에 있는 기운을 재조정했다. 그게 끝이 아니었다. 두 차례 더 재조정을 하고 나서야 비로소 오케이 사인이 떨어졌다.

"어때?"

"…분위기가 살짝 도도하게 바뀌긴 했는데, …아름다우세요."

그녀의 요구 조건이 까다롭긴 했지만 사실 처음 자신이 한 것에서 크게 바뀐 것은 아니었다. 한데 결과는 너무 달랐다.

"내 생각도 그래. 성형을 쉽게 생각하지 마. 작은 시술이라도 어떻게 하느냐에 따라 결과는 천양지차야."

"명심하겠습니다."

"음, 이번엔 입술을 살짝 올려볼까? 차가운 인상이면 남자들이 잘 다가오질 않거든."

"……."

"뭐 해? 어서 하지 않고? 배워야지."

성형은 중독이라더니 배움을 가장해 중독에 걸린 사람이 또 한 명 생겼다.

*　　　*　　　*

서문희는 사전 성형—성형수술 후의 모습을 보여주는 프로그램을 닮은 기술이라는 차원에서 그녀가 이름 붙인—을 네 곳을 하고 나서야 멈췄다.

만약 자신이 일 때문에 가봐야 한다고 하지 않았다면 하루 종일 잡혀 있었을지도 모르겠다.

아무튼 본격적으로 일을 시작했다.

노형진의 근육을 체크한 후 살 처짐 방지 마사지를 하고, 진료를 하고, 고연아에게 점심을 먹이고, 걸크러시의 멤버들을 마사지를 하고 다시 진료.

뛰어다니다 보니 오전, 오후가 금방 갔다.

예약 손님이 오지 않아 약간의 틈이 나 커피를 한 잔 마시면서 저녁 스케줄을 떠올렸다.

장난 아니다.

고연아에게 저녁을 먹여야 하고, 저녁으로 옮긴 뇌전증 환자를 치료해야 하고, 바로 뇌전증 연구소로 가서 약효를 테스트하고, 마지막으로 이준호의 눈 주위에 뜸을 떠야 했다.

"그래도 내일부터는 주말이니까."

주말이라고 일이 없는 건 아니다. 그러나 평일에 비하면 한결 편했다.

똑똑!

손님인가 싶어 얼른 커피를 마시고 자세를 취했다. 근데 빠끔히 얼굴을 내미는 이는 류현수였다.

"너 자꾸 진료 시간에 올래?"

"진료 시간이 아니면 형 얼굴 보기 힘들잖아요. 일하느라 짜증이 난 것 같은데 이거 먹고 기분 풀어요."

웬일로 푸드코트에서 파는 달달한 케이크와 과일 주스를 사왔다.

"…웬일이냐?"

"형 생각나서 샀죠."

"…아무튼 고맙다."

안 그래도 출출하던 차에 잘됐다고 생각하고 맛있게 먹다가 문득 류현수가 자신에게 뭔가를 사준 적이 있는지를 생각해 봤다.

몇 번 있었던 것 같다. 그리고 그때마다 뭔가를 부탁했었다.

그렇다고 갑자기 식욕이 떨어지진 않았다. 어차피 안 들어주면 그만이다.

그는 눈치를 보다가 입을 열었다.

"…형, 당직 근무표 나온 거 알고 있어요?"

"응, 봤어."

누가 짰는지 모르지만 양심은 있는지 자신의 이름은 근무표에 없었다.

"그럼 내가 내일 근무라는 것도 알겠네요?"

"그랬냐? 난 내 이름만 확인하고 자세히 안 봤어."

"하아~ 진짜 너무해요."

그는 슬슬 시동을 걸었다.

"당직이야 10일에 한 번 꼴이니 많은 건 아니지만 최소한 일주일 전에는 알려줘야 하는 거 아니에요?"

"표만 늦게 나온 거지 당직한다는 건 이미 알고 있었잖아?"

"그래도요. 사람마다 계획이 있는 거잖아요. 사실 전문의 결과 나온 후에 바로 병원에 출근하는 바람에 변변찮은 여행도 못 갔거든요. 마침 장인규 선생님 교육이 없는 이번이 기회다 싶어

가까운 일본이라도 다녀오려고 비행기며 호텔까지 다 잡아놨는데 떡하니 당직에 걸린 거예요."

당직 얘기가 나올 때부터 예상하고 있던 일이라 놀랍지도 않았다.

"그래서 하는 말인데요, 형."

"싫어!"

"…얘기를 끝까지 들어보세요."

"안 들어도 알아. 당직 서달라는 얘기잖아? 내가 왜? 너 내가 하루에 몇 시간씩 일하는지 알고는 있냐? 안다면 절대 그런 부탁 못 할 거다. 여행? 하아~ 일요일까지 나와야 하는 나에겐 꿈도 못 꾸는 단어다. 너도 양심이라는 게 있으면 나한테 부탁하면 안 된다."

다른 소리 못 하게 단번에 잘라냈다. 그러나 류현수는 포기를 몰랐다.

오히려 대화의 프레임을 바꿔 버렸다.

"형이 힘든 거 왜 모르겠어요. 은수에게 들으니 특실 손님들도 맡게 됐다면서요. 백번 이해하죠. 아! 그러고 보니 은수 특실에서 일하게 됐다면서요?"

"그게 왜?"

"형, 혹시… 은수한테 관심 있어요?"

"헐! 이게 미쳤나? 그 얘기가 갑자기 왜 나와?"

"아니, 그렇잖아요. 많은 사람들 중에 왜 하필 은수냐고요."

"실력이 좋아서 선택했다."

"은수가요? 에이~ 은수 실력 빤히 아는데 무슨 소리예요. 수련의 때 제가 키우다시피 했어요."

남자 친구를 위해 실력을 숨긴 건가? 모르겠다.

"너도 실력 좀 키워라. 그리고 은수에 대해서도 제대로 알아보고."

"어, 이거 봐. 형이 은수 만난 지 얼마나 됐다고 나보다 은수에 대해 더 잘 알아요? 그냥 해본 말이었는데 점점 수상해요."

"이 자식이 진짜! 나 좋아하는 사람 있거든? 그리고 은수는 내 스타일이 아니다."

"증명해 봐요."

그냥 패버릴까 하다가 민감하게 반응하면 더 이상했기에 스마트폰을 꺼내 하란과 찍은 사진을 보여줬다.

류현수는 물끄러미 보다가 갑자기 '피식' 하고 웃었다.

"형, 아무리 급해도 뽀샵한 사진을 보여주면 어떻게 해요. 옆에 있는 여자 연예인이잖아요."

"그런 연예인 본 적 있냐?"

"딱 봐도 외국계네요. 이야~ 정말 예쁘네요. 어느 나라 연예인이에요? 혼자 보지 말고 같이 봐요."

"말이 안 통하네. 꺼져, 이 자식아!"

결국 참지 못하고 고함을 쳤다.

류현수는 또 계획을 바꿨는지 금세 불쌍한 표정을 지으며 말했다.

"설마 제가 형을 못 믿겠어요? 믿어요! 아니 믿고 싶어요. 근데 자꾸 의심하게 돼요. 왜냐하면… 은수랑 아직 끝까지 못 가봤어요."

"…만나면 일단 침대에 눕히던 네가? 그 뻥을 믿으라고 하는 거냐?"

"진짜예요! 가벼운 스킨십은 했지만 그 이상은 은수가 절대 못 하게 했어요. 저도 결혼까지 생각하고 있어서 지켜주고 싶었고요. 하지만 저도 남잔데 도저히 더 참을 수가 없더라고요. 그래서 이국적인 분위기에선 좀 다르지 않을까 해서 이번 여행을 계획한 거예요. 근데 당직 근무라니… 형이라면 참을 수 있겠어요?"

"…동기한테 부탁하면 되잖아."

"그나마 조금 친해진 사람들에게 얘기해 봤죠. 선약이 있어서 안 된다고 하더라고요. 그렇다고 형처럼 친한 것도 아닌데 구구절절 말을 할 수도 없고요. 봐요. 오늘 11시에 예약된 비행기 표예요. 정말 형이 마지막 희망이라고요."

"……."

여행을 간다는 걸 제외하곤 거짓말인 거 안다. 두 사람 분명 백 번도 넘게 갈 때까지 갔을 것이다.

"형, 정말 안 될까요?"

억지로 장인규에게 교육을 받게 만들었다는 점과 내일은 일찍 집에 가도 하란이 없다는 점이 한몫했다. 결국 마음을 바꿨다.

"좋아! 당직 서줄게."

"형! 고마워요! 진짜……!"

"끝까지 들어. 대신 장인규 선생님 교육할 때 빼고 앞으로 한 달간 내 앞에 나타나지 마."

"에이~ 그건 좀 아니다."

"그래? 싫음 말고."

"아, 알았어요! 한 달간 진료실 출입 안 할게요."

"꼴도 보기 싫으니 다른 곳에서 나 보면 피해 다녀. 아무 말도 말고 당장 나가!"

그는 말없이 비행기표를 챙겨서 밖으로 나갔다. 그러나 머리가 붕어인지 자신의 말을 귓등으로 들었는지 문을 다시 열고 빼끔히 얼굴을 내밀고 말했다.

"고마워요, 형! 그리고 사랑해요!"

"꺼져라!"

"헤헤헤! 선물 사올게요."

볼펜을 던지려고 하자 비로소 사라졌다. 그 모습에 결국 피식 웃음이 나왔다.

"지겨운 놈."

그래도 미워할 수 없는 후배였다.

그러나 어쭙잖은 선의로 인해 길고 긴 밤을 보내게 될 줄은 이때까진 몰랐다.

*　　　*　　　*

토요일 날 한 시가 넘으면 병원의 로비는 썰렁하다 싶을 만큼 사람이 없다.

퇴근할 의사들은 언제 다시 잡힐지 몰라 후다닥 퇴근해 버리고 평일에 비해 그나마 숨을 돌릴 수 있게 된 의사와 수련의들은 병원 곳곳에 짱 박혀 부족한 수면을 채운다.

방금 수술을 마친 민청하는 그녀의 담당 교수이자 흉부외과 과장인 지강욱과 함께 늦은 식사를 하기 위해 식당으로 향했다.

"너 다음 수술도 그렇게 해라."

지강욱 과장의 말은 결코 잘했다고 하는 말이 아니었다. 다음에도 그렇게 하면 가만두지 않겠다는 질책이었다.

"…네, 선생님."

"전문의가 됐다고 사람 구실 하나 했더니 어째 레지던트보다 손이 더 엉망이야."

지강욱의 질책은 멈추지 않았다. 아마 밥 먹는 내내 잔소리를 할 게 빤했다.

'치사하게. 시험 끝나고 바로 합류하지 않았다고 혼내는 게 분명해.'

그전에는 어땠는지 모르지만 오늘 시술은 그녀가 생각하기에도 잘했다.

좁혀진 혈관을 넓혀서 금속 그물망을 삽입하는 스텐트 시술.

팔에 있는 요골동맥으로 철사를 통과시키는 과정에서 살짝 머뭇거리긴 했지만 그 후론 일사처리로 성공했다.

한데 지강욱은 계속 잔소리다.

인턴 생활 중 어떤 과를 선택할까 고민할 때 흉부외과를 선택하라고 꼬드기던 모습을 기대한 건 아니다. 하지만 못할 때야 당연하지만 잘했을 땐 칭찬을 해줘야 하는 거 아닌가.

민청하는 바쁜 흉부외과의 사정을 무시하고 여행을 다녀와서 혼내는 거라고 확신했다.

레지던트 1년 차에 배운 한 귀로 듣고 한 귀로 흘리는 우이독경 스킬을 발휘하며 식당으로 내려갔다.

점심시간이 지나서인지 넓은 식당엔 사람들이 드문드문 앉아 있을 뿐이었다.

사원증을 기계에 댄 후 쟁반을 들고 반찬과 음식들을 담은 후 어디에 앉을까 두리번거리는데 익숙한 얼굴이 보였다.

'두삼 오빠!'

안 그래도 어떻게 하면 지강욱에게서 떨어질 수 있을까 고민하던 그녀는 일부러 두삼을 향해 걸었다.

집중하고 있어서 못 알아보면 어쩌지 걱정했는데 다행히 그가 먼저 아는 척을 했다.

"어? 청하야, 토요일인데 퇴근 안 했어?"

"어! 오빠. 오늘 당직이에요."

그녀는 인사를 하는 척하며 쟁반을 그의 맞은편에 뒀다. 그리고 계속 말했다.

"한데 오늘은 웬일로 식당에서 밥을 먹네요?"

"하하! 가끔 여유로울 땐 내려와서 먹어."

"오빠가 여유로울 때가 있고 웬일이래요?"

"오늘 나도 당직이거든. 그래서인지 할 일이 있는데도 여유가 있네."

"호호! 같이 당직이라니 재미있네요."

"앉아. 같이 먹자. 어? 근데 저분, 흉부외과의 지 과장님 같은데 같이 온 거 아냐?"

뒤를 돌아보니 지강욱은 조금 떨어진 곳에 홀로 자리를 잡았다. 이쪽을 바라보고 있다가 그녀가 바라보자 고개를 돌리는 것이 포기를 한 모양새였다.

잘됐다 싶어 그녀는 두삼의 맞은편에 앉았다. 그리고 낮게 중얼거렸다.

"살려줘서 고마워요, 오빠."

"하하! 과장님이 어지간히 잔소리를 많이 한 모양이구나?"

"말도 마요. 우이독경 스킬을 써도 멘탈이 나갈 지경이었다니까요. 근데 오빠가 지 선생님을 어떻게 알아요? 봤었어요?"

"침술 마취 시연회 때 뵀었거든. 그때 마스크를 하고 있어서 선생님은 눈치 못 챈 것 같네."

"아닐 텐데……."

"뭐가?"

"아, 아니에요. 밥 먹어요."

지강욱은 사람을 체형으로 기억하는 버릇이 있었다. 그래서 예전에 그가 오는 것을 보고 피하던 수련의들이 엄청 혼난 적이 있었다.

[체형엔 얼굴만큼 많은 정보가 있어. 그러니 피하려면 몸뚱이가 안 보일 정도에서 피해.]

그가 했던 말이다.

두삼이 비밀로 하고 싶은 것 같은데 들켰다는 걸 굳이 말할 필요는 없겠다 싶었다.

우스갯소리를 잘하는 스타일이지만 사람이 밝아서 얘기하는 것만으로 기분이 좋아지는 매력이 있었다. 그래서인지 맛있게 점심을 먹을 수 있었다.

두삼이 사준 커피를 들고 과로 복귀를 했다. 한데 다크서클이 가늑한 레지던트 3년 차 후배가 와서 말했다.

"민 선생님, 지 선생님께서 방으로 오시랍니다."

"…왜?"

"…저희에게 이유를 말해주시는 분이 아니잖습니까."

"하아~ 점심시간에 못 한 잔소리를 지금 하시겠다는 건가? 미치겠다. 흉부외과를 선택한 내가 미친년이지."

한데 그녀를 부른 이유는 다른 연유에서였다.

"아까 그 한의사 잘 아나 봐? 애인?"

"아뇨. 조금 아는 사이에요."

애인 삼고 싶은 남자예요, 라는 말은 삼켰다.

"어느 과의 누구?"

"한방센터 안마과의 한두삼 선생이에요."

"침술로 마취까지 하는 친구가 안마과라… 위장이라도 하고 싶었던 건가?"

'역시 알고 계셨어.'

"근데 애인도 아닌데 무슨 얘기를 그렇게 재미있게 한 거야? 설마 내 뒷담화는 아니지?"

"아, 아니에요! 공교롭게도 같은 날 당직이 됐다는 얘기를 했을 뿐이에요, 선생니임~"

"말투에 애교가 섞이는 걸 보니 뒷담화도 했고만. 근데 한방센터에 당직이 있었든가?"

"입원 환자들이 늘면서 혹시 몰라 이번 주부터 서기로 했다나 봐요. 그리고 진짜 안 했다니까요오~"

"…아니라고 믿어줄 테니 콧소리 내지 마. 1시간 뒤에 있을 이소리 환자 수술은 누구 시키면 좋겠어?"

이소리 환자는 다한증으로 교감신경 절제술을 시행해야 했다.

"제가……."

"또 개판으로 하려고? 됐거든. 3년 차 중에 한 명 시키고 네가 퍼스트 서. 네가 뭘 잘못했나 애들이 하는 거 보면서 생각해 보고."

"…네, 선생님."

지상욱의 말은 절대적이었다.

밖으로 나온 그녀는 후배를 잡고 한참 뒷담화를 한 후에 수술실로 들어갔다.

두 시간 후에 수술실을 나오는 민청하의 표정은 좋지 않았다. 그녀는 수술을 한 3년 차 김한성에게 돌아보며 말했다.

"김한성!"

"…예, 선생님."

"너 인마, 수술이 우스워?"

"…아닙니다. 선생님."

"근데 수술하는 게 왜 그래? 선생님들이 쉽게 수술하니까 쉬워 보여? 조금만 잘못해도 다른 신경이 잘못될 수 있는 거 몰라?"

한 시간이 끝나면 수술이 두 시간 넘게 걸린 것은 문제가 없었다. 다만 수술을 너무 쉽게 생각하고 있는 듯한 모습에 실망했다.

"내가 혈관이 손상될까 얼마나 조마조마했는지……!"

다시 잔소리를 하는데 묘한 기시감이 들었다. 아까 지강욱이 자신에게 했던 말과 비슷했기 때문이다.

'이래서 보라고 하신 건가?'

"에이! 아무튼 다음에도 그런 자세로 해봐. 선생님들께 말해서 너한텐 수술 주지 말고 애들 퍼스트만 서게 할 테니까."

"…죄송합니다."

자신도 한 짓이 있다 보니 더는 혼내지 못했다. 막 수술실을 나가는데 바쁘게 수술실로 향하는 이들이 보였다.

"비켜요!"

얼른 옆으로 피하자 피투성이의 남자를 싣고 침상이 지나갔다. 한데 그게 끝이 아니었다. 다시 수술실 입구 문이 열리며 새로운 침상이 들어왔다.

뒤이어 몇 명의 교수들이 뛰어왔다. 그중 지강욱 교수도 있었다. 그래서 얼른 다가가 물었다.

"선생님, 무슨 일이에요?"

"말할 시간 없다! 넌 바로 응급실로 가. 너희들은 따라 들어오고."

"예!"

무슨 일이 생겼나 보다. 수술을 마친 애들은 지강욱 교수를 따라갔고 민청하는 응급실로 가려고 했다.

그때, 지강욱이 수술실에서 나오더니 외쳤다.

"참! 아까 너랑 뒷담화하던 녀석, 두삼이랬나?"

"안 했다니까요~"

"됐고. 그 녀석도 당장 불러! 도움이 될 거다."

민청하는 잠시 머리를 벅벅 긁다가 전화기를 꺼내며 응급실로 뛰었다.

* * *

"으응~ 정말 좋네요."

여유가 될 때 걸크러시 멤버들의 마사지를 해주기 위해 왔다. 한데 일곱이던 환자가 그새 한 명이 늘었다.

"…근데 왜 강 이사님이 환자가 된 겁니까?"

"저도 몸이 안 좋아서 좀 쉬고 싶었다고 말했잖아요. 그래서 우리 회사 지정 병원에 입원한 건데 이상해요?"

"조금… 아닙니다."

맞는 말이었다. 연예 기획사라고 연예인만 있는 건 아니니 말이다.

"제 몸은 어때요?"

"좋은 편은 아닙니다. 스트레스 때문인지 몸이 많이 경직되어 있네요."

"그렇죠? 어쩐지 요즘 몸이 영 안 좋더라고요."

그렇다고 나쁘지도 않거든요.

"다음 주에 두피 마사지와 경락 마사지를 받으면 한결 좋아지실 겁니다. 안마사들에게 말해둘게요."

"전 선생님이 해주셨으면 하는데요."

"…하하. 시간이 되면 해드릴게요."

"마사지를 받으며 땀을 쫙 빼면 개운할 것 같은데… 그런 것도 가능한 가요?"

"그건… 잠깐만요. 연락이 와서."

모르는 전화번호. 하지만 받았다.

—오빠?

"민 선생? 웬일이야?"

—바빠요?

"환자분 안마하고 있어."

—미룰 수 있는 일이면 지금 바로 병원 응급실로 와주세요.

다급한 목소리가 무슨 일이 일어난 모양이다.

"알았어. 갈게."

강가영에게 설명을 한 후 바로 응급실로 향했다.

『주무르면 다 고침!』 5권에 계속…